Le ténébreux

K. W JETER

Le ténébreux

TRADUIT DE L'AMÉRICAIN
PAR JEAN-PIERRE PUGI

ÉDITIONS J'AI LU

A Claude Bessy
et Philomena Winstanley

Ce roman a paru sous le titre original :

DARK SEEKER

1

C'était le milieu de la nuit. Tyler modifia sa prise sur le volant pour regarder sa montre sous la clarté bleutée des réverbères de la voie rapide qui illuminait par intermittence l'habitacle de la voiture. Minuit et quart, encore plus tard qu'il ne le pensait. Il perçut des fourmillements dans ses bras, que criblaient des milliers d'épingles invisibles.

Il prit l'échangeur de Melrose Avenue pour abandonner le flot presque ininterrompu des voitures qui circulaient chaque nuit dans Los Angeles. Les aiguilles de la montre parcoururent avec lenteur un autre segment du cadran. Il lui restait encore à traverser un labyrinthe de rues secondaires avant de se retrouver dans son appartement et de pouvoir dévisser les bouchons des flacons en plastique orange. Cachets et gélules s'entrechoqueraient, telles des carapaces d'insectes desséchés, lorsqu'il secouerait les flacons pour faire tomber dans sa paume la dose qu'il aurait dû prendre à vingt-deux heures…

Le feu situé au bas de la bretelle de raccordement passa au rouge, trop loin pour qu'il pût le griller. Il freina et stoppa. *Tu es devenu un chacal apprivoisé,* pensa-t-il avec une ironie teintée d'amertume. *Tu as peut-être perdu l'esprit, mais pas le respect des règles établies.*

À présent qu'il venait de quitter la voie rapide,

la nuit n'était percée que par la clarté des réverbères qui débordait des barrières de sécurité et, quelques pâtés de maisons plus loin, par la tache blanche lumineuse d'une station-service ouverte vingt-quatre heures sur vingt-quatre. Les grondements du trafic et du moteur de la Chevrolet ne couvraient plus la musique que l'autoradio diffusait en sourdine, permettant au silence de la nuit d'envahir le véhicule en même temps que les ténèbres. Il percevait, ou croyait percevoir, une certaine acidité chimique mêlée à sa salive. Chaque seconde écoulée affûtait un peu plus la lame du petit couteau qui tranchait la brume apaisante engendrée par les médicaments.

Le feu passa au vert et il vira sur la gauche, dans Melrose Avenue. Si Santa Monica Boulevard représentait le plus court chemin pour regagner son domicile, il redoutait d'être retardé par la circulation qui suivait lentement cette artère, même à cette heure de la nuit : un flot de voitures roulant au ralenti pour permettre à leurs passagers d'étudier à loisir les adolescents au regard vide adossés aux réverbères. Le détour par Melrose était préférable. Bien plus long, le trajet serait plus rapide compte tenu du petit nombre de personnes qui s'aventuraient loin des lumières de la ville.

Il passait les vitesses, freinait mais roulait toujours. Il parvint à franchir deux feux, mais dut stopper au troisième. La chaleur du vent du désert pénétrait par la fenêtre avant et tendait l'épiderme de ses bras, enfonçant plus profondément les épingles microscopiques qui les criblaient.

Rien de tout ceci... sa hâte, les premiers symptômes annonçant que l'effet du traitement s'estompait... n'aurait eu lieu s'il avait, comme à l'accoutumée, eu dans sa poche le petit paquet de cachets et de gélules. Il lui aurait alors suffi de s'arrêter à une station-service ou un débit de boissons et d'acheter une boîte de Coke pour faire glisser les drogues jusqu'à son estomac, où elles reverrouille-raient les petites portes ouvertes à la base de sa colonne vertébrale, les refermant sur la nuit. Mais il avait laissé ses médicaments sur la table de la cuisine. *Parce que tu croyais avoir tout ton temps,* se reprocha-t-il, le pied sur la pédale du frein, attendant le feu vert.

Le vieux cinéma qu'il gérait, là-bas, à l'autre extrémité de Wilshire, avait finalement obtenu deux films décents à programmer : les *Macbeth* de Welles et de Polanski. Pour une fois, il était sorti de son bureau afin d'assister aux deux projections depuis les derniers rangs de la salle, derrière les quelques cinéphiles venus assister à la première séance du jeudi soir. Constatant que personne ne restait à la seconde projection du Welles, il avait gagné la cabine du projectionniste pour lui annoncer qu'il pouvait fermer boutique et rentrer chez lui.

Puis il avait fait traîner un souper composé de poulet baignant dans la graisse et de salade de chou cru ramolli, à la cafétéria la plus proche. Et quand l'extrême limite de la marge de sécurité qu'il s'accordait avait été atteinte : l'instant magique de onze heures du soir, il avait plongé la main dans sa poche pour découvrir qu'elle était vide, et il avait souri en pensant à la conspiration que son corps et son subconscient venaient d'ourdir contre lui. *Mais qui prouve que le coupable soit mon subconscient ?*

De l'autre côté de l'intersection, il voyait un cha-pelet de prostituées régulièrement espacées le long du trottoir plongé dans la pénombre. La faible clarté filtrant de la baie vitrée d'un drugstore éclairait en contre-jour les plus proches de l'angle de la rue.

Tyler les regarda attendre d'éventuels clients, alors qu'il attendait pour sa part le feu vert. Aucune autre voiture ne passa.

Lorsqu'il avait emménagé dans ce quartier de L.A. et vu pour la première fois des femmes à cette intersection, il s'était demandé pourquoi elles n'allaient pas vendre leurs charmes sur Hollywood ou Sunset, comme la plupart de leurs congénères. Toutes portaient le même uniforme : chaussures à talons hauts, ceinture en léopard et petit sac en bandoulière. Mais il lui avait suffi de passer deux fois devant elles, tard dans la nuit, pour comprendre. Il s'agissait de professionnelles trop décaties, à la fois par le temps et par leur travail, pour se permettre de s'exhiber sous la clarté des néons des artères principales. Elles avaient battu en retraite, un pâté de maisons après l'autre, au fur et à mesure que leur visage s'était fané et durci, pour se trouver finalement reléguées dans cette partie de la ville que fréquentait une clientèle différente.

La fille en faction à l'angle de la rue pivota vers la Chevrolet et étudia Tyler à travers le pare-brise. Une tête de mort sous une perruque de fils de nylon raides évoquant des points de suture décousus; la hanche aussi dure que le coin d'une table à dissection. L'homme fut soumis à un examen attentif pendant une seconde, puis le radar poursuivit son balayage de la surface déserte de ce monde, en quête d'un client en puissance.

Comme si ses yeux possédaient un pouvoir grossissant, Tyler voyait nettement ceux de verre coloré d'une tête de serpent : la boucle du ceinturon d'écailles métalliques lové autour de la taille de la minijupe.

Sur sa langue, le goût des produits chimiques s'accentuait. Les pourtours des immeubles étaient désormais soulignés par une lumière bleutée. Il se demanda combien cette fille lui eût demandé pour coucher avec lui, si elle avait pu le reconnaître, se remémorer la photo de son visage parue dans tous les quotidiens, cinq ans plus tôt. Mais peut-être eût-elle tout simplement refusé, jugeant les risques plus gros qu'avec ses clients habituels.

Des pensées attribuables à la folie. D'autres produits chimiques venaient d'être drainés de son système circulatoire. Les vieux symptômes familiers, la saveur amère sous la langue, le halo bleuté nimbant les objets sombres. *Change de disque,* s'ordonna-t-il avant de river son regard sur les feux et de déplacer ses mains moites sur le volant.

Le feu allait passer au vert quand une Mercedes apparut à l'angle de la rue. Lavée et lustrée, elle était conduite par un individu qui avait probablement les moyens de s'offrir toutes ses fantaisies. Tyler vit la voiture ralentir et stopper. La pute du coin se pencha par la portière dont la glace descendait déjà.

Elle montait dans la Mercedes quand Tyler écrasa la pédale de l'accélérateur, et franchit l'intersection. L'autre véhicule s'écarta du trottoir et s'éloigna en direction des hauteurs d'Hollywood.

Il avait devant lui une rue rectiligne et obscure. Ici, les enseignes lumineuses des restaurants et des cinémas n'étaient plus que des étiquettes colorées, épinglées sur une toile noire. Il n'aurait eu qu'à se pencher par la portière pour les arracher au passage. S'il avait voulu. Son pouls battait dans ses poignets et ses tempes, augmentant la profondeur de la nuit. Il se contentait de conduire, en laissant ces pulsations et le besoin impérieux de poursuivre sa route envahir ses bras et sa poitrine.

Le son grêle de la sonnerie du téléphone parvint à ses oreilles puis pénétra plus profondément son esprit, brisant la carapace du sommeil. Sa tête tourna sur l'oreiller et elle goûta aux cheveux qui avaient pénétré dans sa bouche desséchée.

Ses paupières s'ouvrirent et elle se redressa sur un coude. Les contours familiers de la chambre... porte, placard, commode... se matérialisèrent dans les ténèbres. Les aiguilles vertes phosphorescentes du réveil posé près du téléphone se dressaient : deux petits bras aux mains presque jointes sur une heure du matin. Elle se pencha et parvint à décrocher à tâtons le combiné, interrompant une nouvelle sonnerie. Elle espérait que ces sons stridents n'avaient pas réveillé son fils, dans la chambre voisine.

– Allô ?

Dormant toujours à moitié, la langue pâteuse, elle se laissa retomber sur l'oreiller avec le combiné collé à sa joue.

Rien, à l'autre bout du fil… et les secondes s'écoulaient sans qu'elle reçût de réponse. Elle allait reprendre la parole quand elle entendit :

– Allô, Linda ?

Une voix d'homme un peu cassante, sortant d'une bouche tendue par un sourire.

Elle se raidit et se redressa dans la pièce silencieuse. Les dernières bouffées de sommeil l'abandonnèrent. Nul ne l'avait appelée ainsi, par son véritable prénom, depuis cinq ans. Personne ne savait.

Peut-être était-ce une simple coïncidence : un ivrogne qui tentait de joindre une autre Linda et qui s'était trompé de numéro. Son pouls s'emballa, alors qu'elle prenait le combiné à deux mains et le rapprochait de sa bouche.

– Je regrette, mais…

– Pas de ces salades avec moi, Linda, fit l'homme qui semblait avoir cessé de sourire. Je sais qui tu es, et tu sais qui je suis.

Elle reconnut la voix, en dépit des années écoulées depuis qu'elle l'avait entendue pour la dernière fois. Le lien avec le passé se renoua et se renforça. La femme fut parcourue par un frisson de terreur.

– Slide, murmura-t-elle.

– Exact. On n'oublie jamais ses vrais amis, pas vrai ?

Elle pouvait voir les traits de cet homme projetés sur l'écran vierge de son esprit. Quelque part, son visage émacié se penchait vers un autre téléphone, dont le fil s'éloignait jusqu'à elle en serpentant dans les entrailles de Los Angeles. Elle remonta le drap sur ses seins. Le souffle torride du vent, le Santa Ana, était brusquement devenu glacial.

– Que veux-tu ?

– Ce ne sont pas mes désirs qui importent, mais les *tiens*. Alors, que veux-tu, Linda ?

– Je t'en prie, Slide... J'ignore ce que... Ne...

– Que veux-tu, Linda ? Ton petit garçon ? Tu veux ton petit garçon, Linda ?

– Slide...

L'onde glacée pénétra sa chair.

– Où est ton fils, Linda ? Où est ton fils ?

Elle repoussa le drap et se leva pour gagner en courant le vestibule. Du combiné qu'elle venait de laisser tomber sur le sol sortait toujours une voix grêle et lointaine : « Où est-il, Linda ? Où est ton petit garçon ? »

La lumière inonda la chambre de son fils et elle resta figée sur le seuil, la main sur l'interrupteur, les yeux rivés sur le lit vide et les draps froissés. Les petits lutins bleus alignés sur la commode, les personnages d'un dessin animé diffusé chaque samedi matin, lui adressaient leur large sourire. Un avion suspendu à un fil tournait lentement sur lui-même, animé par le courant d'air provenant de la fenêtre ouverte dont le rebord avait été entaillé par un outil, sans doute un tournevis.

– Oh, mon Dieu. (Elle secoua la tête, la gorge serrée.) Non...

Elle sortit à reculons, ne pouvant détacher le regard de la chambre vide.

Puis elle se rua dans le couloir obscur. Son épaule heurta un mur.

Agenouillée à côté de son lit, elle colla le combiné à sa bouche.

– Où est-il ? Où est Bryan ?

Cinq ans plus tôt, ils appelaient cela le « marteau-pilon »... une technique consistant à trouver la question la plus pertinente, la plus cruelle, et à la répéter sans cesse jusqu'au moment où la victime s'effondrait.

– Où est ton petit garçon, Linda ?

Elle savait que le sourire de l'homme se changerait en rire d'un instant à l'autre.

– Slide... je t'en prie...

– Où est ton petit garçon, Linda ?

Elle s'affaissa sous les coups portés par cette voix, se recroquevilla sur le téléphone. La ligne était un tube creux par lequel lui parvenait une voix issue des ténèbres.

– Où est ton petit garçon ?

– Pitié...

Sa prière était parvenue à franchir les sanglots qui éclataient dans sa gorge. Des larmes au goût saumâtre pénétraient dans sa bouche, aux commissures de ses lèvres.

– Où est-il ?

L'homme cessa de répéter sa phrase. Le but recherché venait d'être atteint.

– C'est une question stupide, Linda. Il se trouve naturellement près de moi. Mais ne t'inquiète pas, je prendrai soin de lui.

– Non... (Les cheveux de la femme retombèrent sur son visage et leurs extrémités balayèrent le sol.) Non... Tu auras tout ce que tu voudras... je peux te payer...

La voix de l'homme se teinta d'une parodie de regrets.

– Tu ne possèdes rien que je désire, Linda. Il est trop tard...

– Par pitié, Slide...

– Tu n'aurais pas dû disparaître, Linda. Il m'a fallu beaucoup de temps pour te retrouver, mais j'y suis parvenu. Et à présent, tu ne fais plus partie du Groupe, Linda. Tu as déserté et perdu le droit d'y appartenir à nouveau.

Puis la voix se tut et le téléphone devint un objet de plastique inerte dans ses mains. Seul un grésillement à peine audible venait troubler le silence.

– Non, gémit-elle en lâchant le combiné.

L'appareil tomba sur son genou puis glissa jusqu'au sol. Des milliers d'insectes bourdonnaient derrière les petits trous noirs de l'écouteur.

Les doigts de Linda se refermèrent sur ses cuisses et serrèrent, griffant la peau. La souffrance rétablit le cours de ses pensées. La respiration hachée et glaciale, elle se releva et écarta les cheveux en bataille retombés devant son visage humide de larmes.

Les autres personnes, les autres femmes dont les enfants étaient enlevés, s'adressaient à la police. Elle regarda le téléphone, ses pieds nus. Mais, même si les policiers parvenaient à retrouver Slide... ce dont ils avaient été incapables au cours de ces cinq dernières années... ainsi que son fils, ils ne lui rendraient pas ce dernier. Pas où elle se trouverait. Elle était condamnée à perdre son enfant.

Elle s'assit au bord du lit, puis se pencha pour récupérer le téléphone qu'elle posa sur ses genoux. Le silence revint dès qu'elle eut pressé le commutateur pour interrompre le bourdonnement. Elle connaissait par cœur l'indicatif de son ex-mari, bien qu'elle ne l'eût encore jamais composé. Après avoir trouvé dans l'annuaire le nom qu'elle portait autrefois, elle l'avait gravé dans sa mémoire. Elle fit le premier chiffre.

Le cadran n'était pas revenu à son point de départ que des voix lui parvinrent de la porte d'entrée. Elle se figea et entendit le craquement du bois tendre de l'encadrement qui volait en éclats. Les voix devinrent plus fortes. Elles s'élevaient désormais à l'intérieur de l'appartement.

Elle lâcha le téléphone et courut vers le vestibule. Elle l'atteignit à l'instant où quelqu'un donnait de la lumière, et elle vit devant elle deux policiers en uniforme.

– Linda Tyler ? demanda le plus proche.

Un flic en civil qui était passé par l'arrière-cour barrait la porte de la cuisine. L'homme, adossé au chambranle, croisait les bras et lui interdisait le passage tout en l'étudiant avec curiosité. Elle pivota vers l'entrée puis hocha la tête sans dire un mot. C'était Slide qui leur avait appris où elle se trouvait… cela ne faisait aucun doute.

Tandis qu'ils lui passaient les menottes, puis plaçaient sur ses épaules un peignoir trouvé dans sa chambre, elle reconnut le plus âgé des hommes, celui qui ne portait pas un uniforme bleu comme les autres mais un vieux costume brun élimé, le même que cinq ans plus tôt. Tous les éléments du passé émergeaient de ses souvenirs pour dresser autour d'elle une muraille infranchissable.

– 'soir, Linda, fit-il. Ça fait longtemps qu'on ne s'est pas vus.

Son visage s'était ridé mais n'avait rien perdu de son expression sévère.

Le nom lui revint à son tour.

– Kinross, fit-elle. (Elle se pencha vers lui, les poignets immobilisés dans son dos par la courte chaîne des menottes que tenait un autre policier.) Il a enlevé mon enfant. Slide l'a pris.

Kinross l'étudia un instant puis s'éloigna en se glissant entre ses collègues. Des larmes réapparurent dans les yeux de la femme que les policiers poussaient vers les ténèbres du dehors.

S'estimant satisfait de la frayeur de Linda, il sourit et replaça le combiné du taxiphone sur son crochet chromé. C'était amusant. Sans la moindre utilité, mais amusant. Puis il poussa la porte de verre de la cabine et sortit dans l'air chaud de la nuit.

Il traversa la station-service en direction de la voiture d'où l'enfant l'observait et s'installa au volant. Son sourire s'élargit lorsqu'il se pencha pour caresser les cheveux du petit garçon.

– Je veux rentrer chez moi.

L'enfant s'écarta de la main tendue, ses yeux ronds rivés sur le visage de l'homme.

– Bien sûr, fit ce dernier en écartant une mèche rebelle des sourcils du petit garçon.

Les yeux des enfants étaient toujours démesurés, avec des cils semblables à des poils de pinceau. Il remit la clé de contact et démarra.

– Je vais t'emmener dans un endroit très agréable. Un endroit où tu seras en sécurité. D'accord ?

Le petit garçon ne répondit rien, se contentant d'étudier son ravisseur alors que la voiture quittait l'aire de stationnement obscure et s'engageait dans une rue.

Il était une heure du matin lorsque Tyler arriva à destination. Il trouva, non loin de chez lui, une place assez spacieuse pour la Chevrolet, puis glissa la clé dans sa poche et se dirigea vers l'immeuble d'angle du pâté de maisons.

Il voyait devant lui, au-delà de Fountain, les néons de Sunset et les projecteurs des voitures qui suivaient lentement ce boulevard. Derrière lui, les bars homosexuels de Santa Monica resteraient ouverts jusqu'à deux heures, la musique aux basses grondantes se ruant jusqu'au trottoir chaque fois que quelqu'un ouvrait leurs lourdes portes insonorisées. Mais seuls le silence et l'obscurité régnaient dans cette étroite enclave d'habitations anciennes séparant les deux artères illuminées. Ici, on pouvait entendre les bruissements des palmiers rachitiques que venait caresser le vent du désert.

Il leva les yeux vers le liseré bleu lumineux des immeubles. Le goût de produit chimique s'était accentué dans sa bouche, devenant plus âcre. Il aurait pu s'aventurer plus loin dans les ténèbres, s'il l'avait voulu, et ce voyage n'aurait jamais eu de fin. Les rues sombres se seraient ouvertes sur d'autres rues sombres, avec des femmes aux yeux vides montant la garde à chaque intersection.

Il n'avait plus à redouter la nuit. Il avait surmonté le pire des dangers alors qu'il se trouvait au volant de sa voiture... la tentation de plonger dans les ténèbres et de les suivre, où elles le conduiraient, en un lieu situé au-delà des allées obscures et des putes que les ans contraignaient à fuir toujours plus loin des lumières.

Il quitta le trottoir pour emprunter une allée qui serpentait entre des buttes envahies de lierre. Un petit animal aux yeux injectés de sang prit la fuite dans le tapis de feuilles mortes recouvrant la pelouse.

Stéphanie l'attendait à l'appartement. La lumière de la salle de séjour se répandit dans le couloir lorsqu'il ouvrit la porte puis la verrouilla derrière lui. Le tablier de Steff était posé sur la table basse, lesté par les pièces de vingt-cinq *cents* et les billets de ses pourboires. Les pieds de la femme reposaient sur le rebord de la table et un épais manuel d'anatomie était ouvert sur ses genoux. La Corvette modèle réduit qu'il avait construite pour Eddie, le fils de Steff âgé de quatre ans, avait stoppé juste au bord du canapé.

– 'soir, fit-elle. Je commençais à m'inquiéter.

Il passa devant elle.

– Je sais. Mais je les ai oubliés sur la table.

Elle vint se planter sur le seuil de la cuisine et l'étudia tandis qu'il se servait un verre d'eau puis dépliait la feuille d'aluminium contenant gélules et cachets.

Elle tenta une plaisanterie :

– C'est l'heure de ta potion, Mike.

Mais peut-être voulait-elle simplement exprimer son soulagement.

– Non, Steff... (Il tenait une des gélules, bleue d'un côté et blanche de l'autre, entre le pouce et l'index.) Comme tous les médicaments, les potions sont censées guérir les malades.

Il posa la gélule sur sa langue et sentit aussitôt fondre son enveloppe. Il l'avala, puis les autres allèrent rejoindre la première.

Allongé sur le lit, il sentait les drogues se dissoudre lentement dans son sang, les ténèbres céder la place à une nuit ordinaire. Se découpant sur le seuil de la chambre, Steff déboutonnait son corsage. Un vernis chimique commençait à couvrir la lassitude de l'homme. Il déplaça sa tête sur l'oreiller, ferma les yeux et attendit la venue d'un sommeil sans rêve.

2

Les grondements de la première ruée matinale, un ouragan métallique dont les piliers de béton transmettaient les vibrations jusqu'à la terre meuble de son nid, l'éveillèrent d'un sommeil tourmenté. Des cauchemars. Le vacarme des voitures et des camions n'avait cessé de croître au cours des heures précédant l'aube, un pilonnage d'artillerie sur un champ de bataille illuminé par des fusées éclairantes.

Il ouvrit un œil et vit le soleil pénétrer dans le passage inférieur de l'autoroute : une clarté rougeâtre assez vive pour achever de l'éveiller. Le dos de sa veste racla le toit de béton de son petit refuge lorsqu'il se mit à quatre pattes pour étudier les reflets renvoyés par les pare-brise des véhicules gravissant avec lenteur une lointaine bretelle d'accès. Il resta un instant sans respirer, puis se remémora où il se trouvait, et bascula sur le dos, heureux de s'être aménagé ce refuge peu profond sous la voie rapide, au sommet du talus d'un passage inférieur; heureux de pouvoir dormir dans ce nid de haillons sentant sa sueur; heureux de posséder à proximité du cœur de la cité un petit pied-à-terre dont il pouvait toucher les parois en écartant les bras.

De l'index, il suivit les lettres blanches du nom tracé sur le plafond. JIMMY. Il les avait écrites avec un bout de craie de géomètre trouvé devant les portes du dépôt des services d'entretien, en contrebas de l'autoroute. Il percevait au bout de son doigt immobilisé à la base du Y les vibrations du surcroît de circulation dû au lever du jour. Une épaisseur de béton armé de tiges d'acier le séparait des monstres de métal qui se poursuivaient au-dessus de lui... il était plus en sécurité sous les roues des véhicules que dans les tas d'ordures bordant les chaussées, à chercher des boîtes d'aluminium qu'il pourrait fourrer dans un sac en papier après les avoir écrasées.

Sans doute serait-il resté dans son nid douillet s'il n'avait été aiguillonné par la faim.

– Oh, d'accord, Jimmy, marmonna-t-il en fermant les yeux d'impatience.

La veille, la journée avait été bonne. Parti du Safeway d'Hollywood, il était arrivé derrière le supermarché juste au moment où les employés se débarrassaient de produits à la fraîcheur douteuse. Il avait grimpé dans la grande benne à ordures verte en regardant où il posait les pieds, de crainte d'écraser quelque précieuse denrée comestible. Dans des plateaux de carton aplatis doublés de papier humide, il avait trouvé près d'une douzaine de tomates dont la peau commençait seulement à se ratatiner et se fendre, ainsi que deux melons à peine blets. Le maïs, toujours avec sa gaine de feuilles, ne l'intéressait pas... il n'était comestible qu'après cuisson... pas plus que les cœurs de laitue flasques... qu'il jugeait aussi insipides que du papier.

Il avait dû retirer son blouson de jean pour envelopper et emporter son butin, le jus des tomates imbibant la toile maculée de taches d'huile.

Quand il était ressorti de la benne du supermarché, une petite femme âgée l'observait : cheveux gris frisottés, yeux de rhumatisante déformés par des lunettes aux verres épais, mains décharnées et piquetées de taches brunâtres serrées sur la poignée d'un de ces caddies à deux roues, indissociables des silhouettes de vieillards en train de faire leurs emplettes. Il s'était éloigné rapidement, penché sur son butin, et avait regardé derrière lui la femme qui se levait sur la pointe des pieds pour étudier le contenu de la benne déjà pillée.

Les tiraillements de son estomac devinrent plus violents, stimulés par la salive qu'il ravalait. Il resta allongé sur le dos à analyser cette sensation, comme s'il passait son pouce sur la lame d'un couteau. Il trouvait la faim agréable. C'était sans doute ce qu'il appréciait le plus, lorsqu'il savait qu'il avait caché quelque part de quoi assouvir son appétit. Il dissimulait toujours ses biens hors de son antre. Parfois, d'autres trimardeurs vous surprenaient en plein sommeil et n'hésitaient pas à sortir leurs rasoirs pour s'approprier un peu de nourriture, lorsqu'ils ne jugeaient pas plus simple de vous briser le crâne et de faire rouler votre cadavre jusqu'à l'autoroute. Il était donc préférable de dormir dans un endroit et de garder ailleurs ses provisions, même si elles restaient ainsi sans surveillance. On trouvait à présent des types vraiment peu recommandables sous les autoroutes.

Il se retourna sur le ventre afin de regarder hors de son nid pour s'assurer que personne ne s'était aventuré dans les parages. Rien, dans aucune direction. Il se laissa glisser vers le bas de la pente en utilisant ses mains pour conserver son équilibre, ses pieds provoquant de petits éboulis.

Le réveil électrique interrompait toujours son bourdonnement une fraction de seconde avant de se mettre à sonner, semblant prendre une profonde inspiration avant de lancer son signal aigu. Ce petit accroc dans la trame de la nuit... le vent et la circulation au-dehors, la respiration lente de Mike près d'elle... suffisait à la réveiller.

Habituellement, Steff tendait la main pour presser la touche et empêcher l'alarme de se déclencher. Ce matin-là, cependant, elle continua d'étudier le plafond de la chambre et la laissa sonner. Les vagues sonores se succédaient dans la pièce faiblement éclairée par la clarté filtrant entre les lamelles des stores. Sa tête pivota sur l'oreiller et elle regarda Mike. Le réveil ne l'avait pas tiré de son sommeil. Il continuait de dormir, la bouche entrouverte par sa respiration peu profonde. Lorsqu'elle le regardait dormir, il lui semblait parfois que les médicaments avaient drainé le sang hors de son cœur, métamorphosant son visage en un masque mortuaire. Mais, depuis quelque temps, elle s'abstenait d'allumer en se réveillant, préférant ne voir que son profil dans l'obscurité.

Le réveil sonnait toujours. Elle se redressa et s'adossa contre la tête de lit, se pencha et arrêta l'appareil. Seules leurs respirations troublaient ce qui passait pour du silence à Los Angeles : un bruit assourdi de circulation. Cinq minutes s'étaient écoulées depuis qu'elle aurait dû se lever, prendre sa douche et se préparer pour le premier cours de la journée. *Et puis, merde,* se dit-elle en remontant le drap sur ses seins. Dehors, les voitures encombraient déjà Fountain et Santa Monica, progressant d'un feu à l'autre en direction des tours de Century City dans un sens, des bretelles d'accès à la voie rapide et le cœur de la ville de l'autre. Deux heures de sommeil supplémentaires n'auraient pas été superflues avant son départ pour l'université, à bord de la vieille Toyota : un véhicule dont il aurait fallu changer l'embrayage et les sièges.

Les nombreux cafés avalés le soir précédent lui avaient laissé la bouche pâteuse, lui rappelant : interro, aujourd'hui. Seulement à onze heures, en physiologie. *Grâce à Dieu*, pensa-t-elle en fermant les yeux... après le premier cours, elle pourrait consacrer une heure à relire ses notes dans la bibliothèque. Mais il lui faudrait préalablement passer déposer son fils à la crèche et atteindre le campus. Bien qu'elle eût préféré rester pelotonnée contre la chaleur de Mike et synchroniser le rythme de sa respiration sur la sienne, elle fit basculer ses jambes nues hors du lit et repoussa du pied les vêtements entassés sur le sol.

– Debout. (Elle était déjà dans la chambre d'Eddie et secouait l'épaule de l'enfant allongé sous le drap.) Debout, debout, debout.

Il enfouit son visage dans l'oreiller, lui indiquant ainsi qu'il l'avait entendue.

Sous la douche, elle leva le visage vers le jet, laissant l'eau la cingler et emporter la lassitude accumulée derrière ses paupières closes.

Tout en peignant ses longs cheveux bruns rendus plus foncés par l'humidité, elle étudiait le visage de Mike dans le miroir de la coiffeuse. Il était toujours dans la même position, blême sur la taie d'oreiller blanche. Elle utilisa le sèche-cheveux, dont les grondements ne purent eux non plus l'éveiller.

Il semblait plus âgé lorsqu'il dormait. Elle continua de l'observer pendant que le souffle chaud de l'appareil lovait des mèches de cheveux autour de ses doigts. Plus âgé que ne le justifiait leur différence d'âge. Lorsque la batterie de la Toyota avait rendu l'âme et qu'il était venu la chercher à l'université, quelqu'un lui avait ensuite demandé si elle sortait avec un de ses professeurs. Il n'avait que trente et quelque chose... un écart de dix ans. *La prochaine fois, je répondrai que c'est mon père.*

Et c'est reparti pour un tour.

Elle versa du lait sur les corn flakes d'Eddie puis remit le pack dans le réfrigérateur. Tout en le regardant manger et admirer la Corvette miniature posée sur la table, elle remonta ses cheveux en chignon sur sa nuque. Un petit gain de temps... elle devrait se rendre directement à son travail après les cours.

Elle pourrait mettre dès maintenant sa tenue de serveuse... minijupe noire, tablier blanc, chaussures d'infirmière dont les semelles à coussins d'air parvenaient presque à empêcher la douleur de remonter plus haut que les mollets en fin de journée... et se rendre ainsi à l'université. *J'aurais un succès indéniable.* Elle en était sûre, certaines filles à papa voudraient probablement savoir où elle avait déniché de quoi avoir un look pareil.

– Mike est levé ? demanda Eddie, plein d'espoir.

– Non. Et ne va pas dans sa chambre. Nous devons partir.

Elle rentra sa chemise dans son jean, puis ramassa sa tenue de serveuse qu'elle fourra dans un sac de toile... elle se changerait dans les toilettes du restaurant.

Livres et notes allèrent rejoindre le tablier blanc, puis elle regagna sa chambre. Mike ne réagit pas lorsqu'elle se pencha pour l'embrasser. Ses rêves restèrent captifs derrière ses paupières, entraînés dans les profondeurs de son être par la dilution des produits chimiques.

Termine tes études de médecine, se dit-elle en abaissant le regard sur lui. *Consacre-toi à la recherche, obtiens la bourse la plus importante de l'histoire, et trouve le remède à son mal.* La pilule qui remplacerait les pilules et effacerait le passé. Un exploit qui lui permettrait de ne plus avoir à porter en équilibre sur chaque bras un tas d'assiettes chaudes, en attendant le prix Nobel. *Finalement.*

– Merde.

Steff venait de porter le regard sur la pendule. Eddie releva les yeux vers elle tout en s'acharnant sur un bouton-pression de sa veste. Plus d'une demi-heure s'était écoulée... et il lui faudrait désormais se hâter. En poussant son fils devant elle, elle gagna le vestibule et récupéra son sac au passage.

Le journal du matin était posé sur le paillasson.

Elle le ramassa et le jeta dans le vestibule, avant de refermer la porte.

– Viens, dit-elle tout en sortant de son sac les clés de la Toyota. Nous sommes en retard.

Tyler sut qu'il était éveillé avant d'ouvrir les yeux. Le sommeil artificiel avait été drainé de son sang et la vive clarté du soleil apportait de la substance au monde extérieur. Il le savait, mais gardait les paupières closes, goûtant sa salive rendue amère pour avoir respiré trop longtemps par la bouche. Le drap replié sur sa poitrine se levait et se tendait à chaque inspiration.

Ça ne s'arrange pas, se dit-il après quelques minutes. *Tu dois te lever, t'habiller et manger quelque chose...* C'était indispensable s'il voulait se libérer de l'inertie imposée à ses bras. Il se demanda quelle heure il pouvait être. Il n'aurait eu qu'à ouvrir les yeux et tourner la tête pour être fixé sur ce point; un acte qui lui aurait également confirmé son état de dormeur éveillé. Sa nuit avait été hantée par des rêves imprécis de suffocation, fruits de l'assoupissement des centres respiratoires dû aux drogues qu'il prenait, mais il préférait encore le sommeil à la veille.

Et la nuit au sommeil. Cette autre nuit... Arrête. Les pensées indésirables s'interrompirent. *Tu ne dois surtout pas remettre ça.*

Il roula de côté, prit le réveil sur la table de chevet, et le rapprocha de ses yeux à la vision brouillée. Il était près de midi. La faim desserra un petit nœud dans son estomac. Il déjeunerait. Il avait encore une autre raison de se lever et de regagner l'univers temporel du réveil, délimité en heures que ses aiguilles parcouraient lentement... les flacons de plastique orange rangés dans le placard de la cuisine. Après la rechute de la veille... *accidentelle? Vraiment? La ferme, la ferme...* il devrait redoubler de

24

prudence, se remettre sur la bonne voie et effectuer des haltes toutes les quatre heures pour prendre ses médicaments. Il lui fallait recommencer sa progression sur cette corde raide, maintenir l'équilibre précaire du taux de produits chimiques infusant dans son sang pour que la nuit redevînt simplement la nuit.

Le visage qui s'était superposé à celui de la prostituée possédait les traits d'un être issu d'un lointain passé et des ténèbres.

Il repoussa les draps moites de sueur. Dans la salle de bains, il aspergea son visage d'eau froide... des canalisations souterraines alimentaient l'immeuble et la température de l'eau ne changeait jamais, quelle que fût la saison... jusqu'au moment où son épiderme fut cuisant. Penché sur le lavabo pour laisser l'eau goutter de sa barbe d'un jour, il étudia les tics qui tiraillaient une de ses paupières : un tremblement musculaire familier. Le miroir lui renvoyait l'image d'un visage bien réveillé. *Dommage,* ne put-il s'empêcher de penser.

Car son sens de l'écoulement du temps avait été faussé, la petite horloge biologique qui tictaquait au fond de lui s'était déréglée.

Il avait ouvert les yeux et inspiré pour reprendre haleine quand les premières lueurs du jour filtraient dans la chambre... sans doute avant six heures. Steff dormait toujours près de lui, en chien de fusil, et il s'était relevé sur un coude pour l'observer. Son profil et ses cils noirs étaient soulignés d'un vague halo bleuté : le même liseré bleu électrique que celui qui entourait les immeubles au cours de la nuit précédente. Comme si son sang avait déjà consumé la dose prise à son retour et permettait la réapparition du phénomène de vision nocturne. Il avait gagné la cuisine à tâtons dans l'obscurité, cassé en deux un des petits sachets de phénobarbital, et avalé cette moitié. Une dose suffisante pour le faire dormir quelques heures supplémentaires. Il s'était rallongé et avait écouté la respiration de Steff, jusqu'au moment où il avait cessé de l'entendre.

À nouveau dans la cuisine, il laissa au soleil qui pénétrait par la fenêtre le soin de sécher son torse nu et laissa tomber le marc de la cafetière avant d'y placer un nouveau filtre en papier. En attendant que l'eau fût portée à ébullition, il prépara sa dose de midi et aligna cachets et gélules au bord du plan de travail.

Voilà un garçon bien sage, qui prend tous ses médicaments. Une pensée sarcastique mais dénuée d'humour. Il revissait le couvercle en plastique du dernier flacon quand le téléphone sonna.

– Allô ? fit Tyler en décrochant le combiné du poste mural, à côté de la porte de la cuisine.

La bouilloire libérait ses premiers murmures.

– Mike... comment vas-tu ? fit la voix familière qui sortait de l'écouteur. C'est Bedell.

Il aurait dû s'y attendre. Deux semaines s'étaient écoulées depuis son dernier appel : une conversation se rapportant à des droits d'auteur pour une réédition en langue allemande et la part lui revenant. Bedell semblait prendre plaisir à rester en contact avec lui, qu'il eût ou non des raisons valables de téléphoner. Comme s'il y avait eu entre eux une vieille amitié, et pas simplement ce livre.

– Bonjour, Bedell, répondit Tyler en levant une épaule pour coincer le combiné contre sa joue.

Le murmure de la bouilloire s'était changé en sifflement.

– Hé, Mike, je te téléphone pour... (Sa voix contenait autant d'impatience et de joie qu'à l'accoutumée : un chien de chasse dopé aux amphétamines.) Ce que je voudrais savoir, c'est... heu... est-ce que tu as lu le journal ?

Le ton de l'homme était lourd de sous-entendus.

Tyler versa l'eau frémissante dans la cafetière.

– Quel journal ?

– Heu, n'importe lequel. Le *Times*. Tu reçois le *Times* ?

– Ouais.

Un jour, Steff l'avait interrogé sur l'actualité et poussé à s'abonner après qu'elle eut découvert qu'il ignorait même le nom du vice-président de l'époque. Depuis lors, il prenait soin d'ouvrir le quotidien et de le laisser bien en évidence sur la table basse, sans l'avoir lu.

– L'édition du matin ? Tu l'as regardée ?

– Je me lève à peine.

– Hmmm...

Fous-moi la paix, connard. Tu n'es pas chargé de me surveiller pendant ma liberté conditionnelle et tu n'es pas non plus mon psychiatre attitré. Alors fiche-moi la paix. Il attendit la suite en étudiant la bruine de café qui opacifiait le récipient en verre.

– Dans ce cas, jette un coup d'œil au *Times* de ce matin. Page... heu... (Le téléphone lui transmit un bruissement de papier.) Page trois. Nouvelles locales.

– Pourquoi ?

– Je suis sûr que ça t'intéressera. (Joyeux, plein de mystère.) Je te rappellerai tout à l'heure, quand tu auras eu le temps de lire l'article.

Seigneur, pensa Tyler en raccrochant. Tout en se massant le front, comme s'il assimilait les vestiges du sommeil à une peau morte, il gagna le vestibule et vit le journal sur le sol. Steff avait dû le lancer à l'intérieur de l'appartement, en sortant.

Il ouvrit le *Times* sur la table de la cuisine, en prenant soin de ne pas renverser la rangée de médicaments et le café qu'il venait de se servir. Lorsqu'il leva la tasse, sa main trembla et il se brûla les lèvres. Des taches brunes maculèrent la première page du journal.

Les nouvelles locales se trouvaient dans le supplément du quotidien. Il le sortit et le plia sur la page trois. Pendant quelques secondes il ne vit que l'annonce publicitaire d'un grand magasin occupant la majeure partie de la page. Puis il lut la manchette de l'article du haut : ARRESTATION D'UN MEMBRE DU GROUPE WYLE. Et au-dessous : *Un élément important de cette secte sanguinaire était parvenu à échapper à la police pendant cinq ans.* Les points noirs et gris de la photo se fondirent en une image de son ex-femme.

Oh, merde. Il se pencha en arrière et but une gorgée de café brûlant. Le visage qui le regardait et le nom cité dans la manchette le firent réagir contre les ratés de ses nerfs et affermirent sa main. *Ils l'ont arrêtée.*

Il se pencha et lissa le pli de la feuille. Cette photo de Linda était ancienne, probablement dénichée dans les archives du *Times*. Bedell l'avait utilisée dans la section photographique de son bouquin. Malgré le flou dû au mode d'impression, le regard qu'elle lançait au flash du photographe lors d'une première assignation à comparaître, cinq ans plus tôt, n'avait rien perdu de sa froideur et de sa dureté... ses cheveux, un à-plat d'encre noire opaque, revenaient dessiner une boucle sur sa pommette. *Tu as eu raison de filer,* dit-il à l'image de son ex-femme. Il suffisait d'un cliché de ce genre pour que les jurés soient fixés sur le compte de l'accusé; un seul regard à cette photo l'eût privée du bénéfice des circonstances atténuantes.

Ils nous auraient peut-être attribué des chambres adjacentes dans la section psychiatrique. Son humour noir le fit sourire. *Nous pourrions toujours nous y trouver, complètement dingues. Si je n'avais pas été cinglé lors de mon admission, je le serais rapidement devenu.*

Il s'aperçut qu'il était resté à fixer la photographie pendant plusieurs minutes lorsque le téléphone sonna à nouveau. Il prit le journal et parcourut rapidement l'article du regard tout en gagnant l'appareil.

Mardi, en début de matinée, la police a procédé à l'arrestation de Linda Tyler, un personnage clé du « Groupe Wyle », cette secte sanguinaire qui se rendit tristement célèbre au milieu des années 70. Pour citer un porte-parole du shérif du comté de Los Angeles : Linda Tyler, 35 ans, a été arrêtée à Hollywood Est dans un des appartements où elle se dissimulait depuis...

Il décrocha le combiné au milieu d'une nouvelle sonnerie.

— Bedell ? fit-il sans interrompre sa lecture.

Il savait qui l'appelait.

— Alors, qu'en penses-tu ? Je t'avais dit que ça t'intéresserait.

Tyler traduisit son haussement d'épaules par un silence.

— Ils l'ont donc retrouvée. C'était inévitable, tôt ou tard.

— Voilà qui remet le Groupe Wyle sous les feux de l'actualité, intervint adroitement Bedell. L'occasion rêvée.

Devinant ce qui allait suivre, Tyler baissa le journal et étudia le rectangle lumineux de la fenêtre, de l'autre côté de la salle de séjour.

— Pour faire quoi ?

— Je ne sais pas... un tas de choses intéressantes. Un papier pour une revue. *California*, peut-être ? Ou encore le *New Yorker,* bon Dieu ! Pourquoi pas un nouveau bouquin ? J'ai déjà dû refuser les propositions de deux éditeurs. J'espère que tu as conscience du montant de l'avance sur droits d'auteur que nous pourrions obtenir...

— Un nouveau bouquin ? (Tyler ferma les yeux et secoua la tête, avec lassitude.) Sur le Groupe

Wyle... Il ne te semble pas que tu as déjà exploité à fond le sujet ? Une fois suffit, bon Dieu.

Il put presque voir le visage de son interlocuteur rougir d'enthousiasme.

– Pas sur le Groupe Wyle, mais sur ce que sont devenus ses membres. Toi et les autres. Et Linda, à présent qu'elle a été arrêtée. Ce genre de truc devrait intéresser un tas de lecteurs.

Tyler reporta son attention sur le journal.

– Alors, amuse-toi bien. Je verrai sans doute ton nom sur la liste des best-sellers.

Liberté sous caution refusée. Incarcérée sous l'inculpation de...

La voix de Bedell se fit sérieuse.

– Je croyais que tu voudrais être de la partie. Comme la première fois.

Il se sentait épuisé. Le cordon du téléphone semblait avoir pénétré jusqu'à son cœur, provoquant l'hémorragie de son énergie souffreteuse.

– Hé... faut pas y compter, Bedell. Je n'ai plus besoin de ton argent et je ne tiens pas à ce qu'on sache où je me trouve, ni ce que je fais. J'ai essayé de me faire oublier, mon vieux. De disparaître de la circulation. D'accord ? Alors, écris ce machin sans moi.

– Tu n'es pas en cause, Tyler. Tu n'intéresses plus personne, quoi qu'il en soit. J'ai besoin de toi pour autre chose.

Il le savait, il l'avait deviné dès l'instant où l'article du journal lui avait permis d'établir un lien entre les deux appels.

– Tu voudrais que je contacte Linda. Que je lui parle. Que j'obtienne ses confidences à ta place.

– Tu étais son mari, autrefois. Il me semble que tu es bien placé pour ça, non ?

– Va te faire foutre, rétorqua Tyler en jetant le journal sur le canapé. Tu veux savoir quel est ton problème ? Tu écris des choses mais tu ne crois pas en leur authenticité. Pour toi, cette histoire est seulement un moyen de ramasser du fric. Tu peux aller au diable. Et ne compte pas sur moi pour t'aider à déterrer les cadavres.

– Hé... Tyler...

Il raccrocha. Sa main continua de serrer le combiné de plastique blanc jusqu'au moment où les pulsations qui secouaient sa gorge ralentirent, en même temps que le rythme de sa respiration.

Dans la cuisine, Tyler prit un verre d'eau et les médicaments posés sur la table. *Hollywood Est.* Les gélules glissèrent sur sa langue. *Elle est restée ici pendant toutes ces années. Sous le nez de tout le monde.* Il ne pouvait s'empêcher d'éprouver de l'admiration pour le prédateur rusé aux crocs tranchants tapi derrière les yeux de la photographie du journal. Il n'était pas encore en elle lorsqu'il l'avait épousée; il était resté en gestation, se développant jusqu'au jour où il avait pris possession de Linda et découvert le monde extérieur depuis sa tanière, située derrière ses cavités oculaires. Il devait son existence à Wyle; un des nombreux exploits de cet homme.

Tout en faisant tourner les derniers millimètres d'eau au fond du verre, il s'assit sur le canapé puis lissa le journal et lut la fin de l'article. Un autre nom issu du passé retint son regard. *Le vieux Kinross était présent, lui aussi.* Dans l'article, on le citait en tant que policier à la retraite faisant toujours office de conseiller spécial auprès des services du shérif du comté. *Le passé refuse également de te lâcher, mon vieux.* Il eut un vague sourire. *À moins que...*

Le vent du désert, le premier Santa Ana de la saison, s'infiltrait à travers les murs de l'appartement et le mettait en sueur. Il laissa sa tête reposer sur le canapé et ferma les yeux pendant que les petites gélules se dissolvaient lentement.

– Hé, Jimmy, qu'est-ce que tu trafiques ?

Il releva les yeux vers le Noir qui s'approchait de lui. Assis à proximité de la voie rapide, sur le muret de béton d'une aire de stationnement où l'ombre d'un palmier rachitique le protégeait du soleil de midi, il pouvait surveiller le passage inférieur et son refuge. D'ici, il voyait également les hommes portant des tee-shirts poussiéreux et des casques que rassemblaient les bêlements stridents d'un klaxon annonçant la pause de midi. Le conducteur du camion-cantine descendit de la cabine avec son distributeur de monnaie accroché à la ceinture et leva le volet d'aluminium du véhicule sur des rangées de sandwichs ensachés et de fruits.

– Hé, mec... me fais pas flipper, tu veux ? Je t'ai demandé ce que tu trafiques.

Les mains du Noir étaient fourrées dans les poches de son blouson en jean, des poings durs comme le roc. *Je pourrais facilement lui casser la gueule,* pensa Jimmy en étudiant son interlocuteur qui n'était pas plus corpulent que lui. Mais l'homme avait un couteau. Jimmy avait noté le reflet bleuté de sa lame dans la clarté des réverbères de l'autoroute, un jour où le Noir avait terrorisé un petit fugueur au visage couvert d'acné et aux cheveux blond sale tombant sur les épaules, en lui susurrant que si son petit cul pouvait tenter les riches pédés d'Hollywood, il ferait également son affaire. C'était pour cette raison que Jimmy surveillait les mains de son interlocuteur, ou tout au moins ce qu'il pouvait en voir. Son blouson n'était plus bleu mais rendu gris par la fine poussière accumulée dans les passages inférieurs.

– Rien.

Jimmy venait de répondre avec une désinvolture feinte, tout en pelant la cellophane recouvrant un carton contenant quelques tomates.

Dix tomates, pour être exact. Et cela, avec le quignon d'une miche de pain, représentait tout ce qui lui restait de son expédition de la veille. Après avoir sorti son butin de sa cachette, il avait mangé jusqu'à se sentir gavé. Il terminerait ses réserves dans la journée... À l'heure qu'il était, on ne devait plus rien trouver d'intéressant dans les bennes à ordures des supermarchés de la ville.

— Rien du tout, répéta-t-il. Toujours la même chose.

La pellicule transparente adhérait aux tomates, là où leur peau plissée s'était fendue et révélait leur chair.

Le Noir ne semblait pas écouter ses explications. Il avait seulement voulu obtenir une réponse, et le reste lui importait peu. Il se détourna pour étudier la rue déserte, les yeux mi-clos, changés en deux fentes étroites. Même lorsque les aires de stationnement de la zone industrielle étaient encombrées de voitures, il n'y avait pratiquement pas de circulation dans ces rues, exception faite de quelques camions de livraison effectuant le tour des entrepôts. À présent, face au silence et aux mauvaises herbes brunes qui montaient à l'assaut du portail cadenassé, les crispations du muscle qui tressautait à l'articulation de la mâchoire du Noir étaient presque audibles, un tambour sous sa peau.

— J'en ai marre de dormir à la dure, mec. Bordel de merde. Ras le bol des rats et de toutes ces bestioles. Ouais, je vais aller en ville, à la mission, et dormir dans une vraie piaule, avec une porte. (Le Noir porta un regard menaçant sur son interlocuteur qui restait assis sur le muret de béton.) Et j'aurai droit à un repas chaud, servi à la cuillère par une de ces jolies putes de l'Armée du Salut. Chouette, non ? Pas vrai ? Le pied.

Sans faire de commentaire, Jimmy se servit du quignon de pain pour éponger le jus amer et les graines qui restaient au fond du plateau. Si ce taré voulait dormir dans un fauteuil pliant et respirer les éructations et les vents d'une bande d'ivrognes, c'était son affaire. Sans parler des ronflements baveux des vieillards à la barbe blanche, pendant qu'il fallait déplacer son poids d'une fesse à l'autre pour tenter de soulager les meurtrissures infligées par les arêtes du siège... *Ça te regarde, mon vieux.* Quoi qu'il en soit, Jimmy serait heureux de le voir quitter les parages. Il suspectait ce type de pénétrer à la faveur de la nuit dans le dépôt des services d'entretien et de rôder autour des bulldozers et des camions, à la recherche de quelques outils pouvant être subtilisés. Des choses qui ne se faisaient pas... les types douillettement installés dans leurs terriers, sous les chaussées grondantes, ne souhaitaient pas être réveillés à l'aube par des flics venus arrêter l'individu qui effectuait des ponctions dans le matériel du service d'entretien des autoroutes. Il ignorait si c'était par compassion pour des mecs dans une mauvaise passe, ou par suite d'un manque d'empressement à aller ramper dans la poussière et les immondices, mais les policiers avaient jusqu'à présent laissé en paix les trimardeurs des autoroutes. *Faut bien que les gens dorment quelque part,* se dit Jimmy en suçant la dernière peau de tomate. Au moins étaient-ils dissimulés aux regards.

Alors fiche le camp. Casse-toi, négro. Il accompagna cette pensée d'un signe de tête adressé à l'ombre de l'autre. Qui aurait pu souhaiter voir débarquer la flicaille ?

— Quelqu'un te cherchait, déclara le Noir en regardant au loin. Un type qui posait des tas de questions.

Il passa le dos de sa main sur l'arête de son nez.

— Qui ?

Jimmy replia le carton vide autour de la cellophane froissée.

— Hé, mec, je ne connais pas tes potes. Un peigne-cul, sec comme un coup de trique. (Du doigt, le Noir désigna le passage inférieur de la voie rapide.)

Il fouinait autour de tes affaires. Il disait qu'il voulait te parler.

Jimmy fourra la boule de carton et de cellophane entre ses jambes. *Qui diable*... Cette pensée picota sa nuque. Il fallait toujours s'attendre à des ennuis quand quelqu'un vous cherchait. Ça signifiait qu'on voulait vous faire chier, et que l'emmerdeur... flic, fonctionnaire, papa, maman... allait vous coller quelque chose sur le dos. Les expériences de ce genre étaient toujours pénibles. Elles vous laissaient avec une douleur sourde dans les tripes, couché sur le sol d'une piaule obscure pendant que la pocharde qu'on appelait maman marmonnait des menaces à l'oreille d'une bouteille, ou prostré sur une chape de béton froide puant le désinfectant et les vomissures. Il se demandait parfois pourquoi les flics, les mères et ceux de la PM ne pouvaient jamais rien dire sans ponctuer leurs paroles de coups de poing ou de coups de matraque.

On le cherchait, et cela ne présageait rien de bon... ça signifiait qu'il avait échoué dans sa tentative de se rendre invisible, de disparaître. Quelqu'un avait retrouvé sa trace dans la poussière et les ordures. Et il devrait en subir les conséquences.

– Un flic ?

Il releva les yeux vers le Noir. Le carton et la cellophane roulés en boule étaient humides sous ses paumes.

– Que...

– La police ?

– Non, mec. Pas ce type. Ça se voyait à sa dégaine. (Brusquement, le Noir eut un sourire.) On se reverra à la mission ?

– Ouais, bien sûr. Peut-être.

– Faut encore que je me trouve une bouteille, pour la rentrer en douce. Ces foutues chaises me sembleront moins dures.

Après le départ du Noir, Jimmy regarda sur l'autoroute, au bout de la rue. Gagner le centre représentait la solution la plus simple, même s'il lui faudrait passer la nuit dans une impasse des alentours de la Sixième et de Hill. Il avait suffisamment vieilli : les loubards ne le prendraient pas pour un de ces paumés venus chercher du boulot à L.A. et ne lui tomberaient pas dessus dans l'espoir de lui piquer du fric ou des outils cachés sous sa veste. *Bordel.* Quelle que soit l'identité du peigne-cul qui le cherchait, ce type ne pourrait jamais le retrouver au milieu des autres.

Les flancs du camion-cantine furent repliés et le véhicule s'ébranla en direction de la bretelle d'accès. Un instant plus tard, les ouvriers se levèrent et remirent leurs casques. Jimmy les observa, mais aucun d'eux ne regarda dans sa direction. Comme toujours, ces hommes lui inspirèrent de la pitié. Ils ne connaissaient l'autoroute et ses espaces intérieurs que sous la terne clarté du jour. Ils ne pouvaient savoir...

Il s'accorda quelques minutes supplémentaires pour étudier le béton et les personnages lointains, puis il jeta la boule de carton et de cellophane dans le caniveau, se releva et s'éloigna lentement. Il ne se dirigeait pas vers le centre de la ville mais vers son nid, sa maison.

Bedell raccrocha et brancha le répondeur. Pendant deux minutes, il réécouta la cassette et entendit sa propre voix demander à ceux qui appelaient de laisser leur nom et leur numéro de téléphone. Puis il rembobina la bande jusqu'au début; là où était enregistrée la voix de Tyler dont la colère filtrait entre les spires serrées.

La machine était prête et en attente. Il l'étudia et hocha la tête avec satisfaction. *D'accord, mon salaud,* pensa-t-il en adressant un sourire au voyant rouge allumé sur l'appareil. *Tu me rappelleras. Et alors, il sera possible de discuter.* Il ne pourrait rater l'appel de Tyler, le répondeur y veillerait. À présent qu'il avait lancé l'hameçon, il ne lui restait qu'à faire plonger plus profondément la ligne puis à ferrer sa proie et la ramener en douceur.

Il croisa les bras. Du bon travail... plus qu'il n'en avait accompli depuis longtemps... effectué en seulement deux coups de fil. Il regarda la pièce où il se trouvait. Le téléphone et le répondeur installés sur une étagère constituaient, avec un meuble-classeur et l'IBM Selectric posée sur la table de l'alcôve qui lui servait de cabinet de travail, les derniers vestiges de sa carrière d'écrivain. La table, un plateau imitation chêne clair avec des pieds métalliques pliants, lui avait coûté quarante-neuf dollars chez un soldeur de matériel de bureau. Elle lui rappelait les tables de réunion entreposées au sous-sol d'une bibliothèque publique où il avait travaillé à l'époque où il poursuivait ses études. Lorsqu'il l'avait rapportée chez lui, il s'était même souvenu du petit tour de main consistant à lever un pied et à redresser la table en position ouverte, afin de faire reposer son poids à l'endroit désiré. Cette table à la surface chinée, qui absorbait les taches de café et les métamorphosait en motifs permanents, était sortie de son passé sur ses pattes tubulaires squelettiques pour remplacer le bureau de teck reparti avec les autres meubles de location. Lorsqu'il tourna le dos à la fenêtre, il vit en enfilade les autres pièces de la maison totalement vides.

À l'extérieur s'élevèrent les crachotements d'un moteur deux-temps qui démarrait avec difficulté. *Merde,* pensa-t-il en se frottant les yeux, comme les bruits de pétarade s'amplifiaient et s'agrémentaient du fracas d'une lame métallique affairée à déchiqueter des brins d'herbe et des mottes de terre. Le jardinier venait faire sa tournée hebdomadaire.

Bedell se pencha pour prendre son portefeuille dans sa poche revolver et s'assurer qu'il contenait au moins un billet de vingt dollars. Un mois plus tôt, le jardinier, un Coréen flegmatique accompagné de son épouse (une femme qui venait tailler les haies affublée d'un chapeau démodé semblant sortir tout droit d'un épisode de *la Petite Maison dans la prairie*), avait brusquement insisté pour être réglé en liquide. Bedell n'avait jamais remis de chèques en bois à ce type, mais les informations se rapportant à l'hémorragie de son compte en banque avaient dû se répandre comme une traînée de poudre.

Il se leva et écarta le rideau de la salle de séjour, juste assez pour voir le pick-up du jardinier garé le long du trottoir, avec des planches posées sur le pare-chocs arrière pour faciliter le déchargement de la tondeuse et du reste du matériel. Une étincelle qui s'éleva du trottoir lui indiqua que la lame rotative de la machine venait de s'en prendre au ciment. Le jardinier, au visage dissimulé par la longue visière d'une casquette des Dodgers, était trop affairé à guider la tondeuse pour voir Bedell derrière la fenêtre. Ce dernier laissa redescendre le rideau.

Ce n'étaient pas les dix dollars qu'il donnerait à cet homme qui lui auraient permis de redresser la situation. En outre, il n'avait pas le choix. Si le jardin restait à l'abandon, tout le monde saurait la vérité. Le mobilier pouvait disparaître sans qu'on l'apprenne, mais il était impératif que l'extérieur fût entretenu. Faute de quoi ses voisins comprendraient que sa situation était désespérée.

Il se retourna et regarda la salle de séjour avec sa table de travail, le classeur, les meubles de jardin en aluminium et en plastique qu'il avait rentrés de l'arrière-cour envahie par les mauvaises herbes... des achats réglés comptant, et que personne n'était venu reprendre quand le canapé et les fauteuils de cuir noir et crème, la table de verre fumé garnie de chrome étaient repartis à bord du camion qui les avait livrés quelques mois plus tôt. Il avait toujours cela, ainsi qu'un matelas posé à même le plancher d'une des chambres, des livres empilés dans les couloirs, et le carton à moitié plein d'exemplaires ornés de sa photo, au dos de la jaquette. Toutes les tasses qu'il possédait étaient éparpillées sur le plan de travail de la cuisine, avec un fond de marc séché qui l'obligeait à en récurer une chaque fois qu'il voulait y verser une cuillerée de café soluble.

Et le jardinier à l'extérieur : une maison heureuse. Le vacarme de la tondeuse s'interrompit et Bedell ferma les yeux pour jouir pleinement de ce bref instant de quiétude. Dans le brusque silence qui venait d'envahir la demeure, il découvrit que ses mains étaient tremblantes et moites. Lorsqu'il rouvrit les yeux, le voyant rouge du répondeur lui confirma son bon fonctionnement. Ses doigts le démangeaient du désir de saisir et comprimer le temps mort qui s'écoulerait entre cet instant et celui où Tyler le rappellerait.

Allez, connard. Appelle, bon Dieu.

Un vacarme assourdissant lui signala que le jardinier avait terminé sa pause.

3

Tyler avait lavé les assiettes empilées dans l'évier, rincé la cafetière, déjeuné d'un sandwich fait de deux morceaux de pain collés à une tranche de viande froide par des lamelles de fromage, et il lui restait à affronter un après-midi interminable avant d'aller ouvrir le cinéma, quand le téléphone sonna pour la troisième fois de la journée.

– Allô ?

Il posa le verre d'eau à moitié vide sur la table basse. Dans sa paume, deux gélules s'entrechoquaient.

– Monsieur Tyler ?

Une voix qu'il ne reconnaissait pas, froide, impersonnelle.

– C'est exact.

– Je m'appelle Silberman, monsieur Tyler. Larry Silberman. Je suis l'avocat... ou tout au moins un des avocats... de votre ex-femme, Linda Tyler. J'espère que je ne vous dérange pas ?

– Non, rassurez-vous.

Il fit rouler une des gélules bicolores entre son pouce et son index, sentant sous ses doigts le renflement circulaire marquant la jonction des deux enveloppes. Il s'était attendu à cette petite diversion dans le néant de la journée. Linda ne pouvait rester une simple photo dans un journal ouvert sur le canapé.

– Qu'est devenu... comment s'appelait-il, déjà... le vieux Minosian ? (Il s'agissait de l'avocat auquel les parents de Linda avaient fait appel au début de l'affaire, longtemps auparavant : une légende aux cheveux argentés sortant tout droit du cadre huppé du Jonathan Club.) Je m'attendais à ce que ce soit lui qui me contacte.

– M. Minosian est décédé il y a un an. J'ai en quelque sorte hérité de cette affaire.

L'avocat semblait embarrassé. Et très jeune ; plus jeune que lui.

– Eh bien, que puis-je pour vous ?

Un nouvel espoir du barreau, se dit-il. Il se sentait pour sa part très âgé, une relique du passé ; les quelques années de différence d'âge s'étaient changées en un gouffre pour des raisons qui n'avaient rien à voir avec l'écoulement du temps.

Son interlocuteur se racla la gorge.

– J'ai passé la majeure partie de la matinée au centre de détention, monsieur Tyler. Avec ma cliente.

Tyler s'assit sur le canapé.

– Vous a-t-elle appris des choses intéressantes ?

La moiteur de sa main ramollissait la gélule. Il la posa à côté de la première, près du verre.

– Oui, mais un certain temps me sera nécessaire pour faire le tri. Elle est en état de choc... j'ai laissé là-bas un de mes associés afin qu'il obtienne une autorisation de visite pour un médecin privé. Elle a besoin de calmants. Les autorités pénitentiaires n'accordent pas facilement ce genre de dérogation mais je pense que nous aurons malgré tout gain de cause.

Tyler hocha la tête. Il ne mettait pas en doute les capacités des parents de Linda à faire une fois de plus sentir le poids de leur argent. Il s'imaginait sans peine la ligne téléphonique de Santa Barbara bourdonnante de leurs voix autoritaires.

– Mais si je vous contacte, c'est parce que Linda m'a chargé de vous transmettre un message. Elle veut vous voir. (Tyler ne dit rien.) Elle désire vous parler. Elle était très... elle a beaucoup *insisté*. J'ai dû lui promettre de tout faire pour vous convaincre de venir...

– Linda est une femme de tête, confirma Tyler tout en admirant la nature morte des médicaments et du verre d'eau sur la table basse. Vous le découvrirez rapidement.

– Je n'en doute pas. Et c'est pourquoi j'espère que vous accepterez de passer la voir. Vous me rendriez un grand service.

– A-t-elle précisé de quoi elle désirait m'entretenir ? Est-ce pour me parler de choses importantes, ou simplement pour se remémorer le bon vieux temps ?

Un nouveau silence avant la réponse :

– Elle m'a chargé de vous dire que cela concernait votre fils, monsieur Tyler. Elle m'a affirmé que vous comprendriez.

Le silence suintait de la ligne téléphonique et envahissait la pièce. Les bruits de la circulation semblaient désormais provenir de si loin que des années leur étaient nécessaires pour l'atteindre. Il se trouvait isolé du reste du monde, avec pour seule compagnie de vieux souvenirs.

– Monsieur Tyler ?

La voix de Silberman venait de le ramener au présent.

– Oui.

Il était pour l'instant en sécurité. Le médicament avait érigé une barrière protectrice entre sa personne et les arêtes tranchantes du passé.

– J'ai peut-être eu tort de vous téléphoner pour vous demander cela, mais si vous acceptiez... ce serait très utile. Il est indispensable qu'elle se calme avant que nous puissions préparer ce procès. Vous comprenez, n'est-ce pas ?

– Non, je regrette. (Il prit une des gélules posées sur la table et l'étudia.) Enfin... si... peut-être.

– Quelle que soit votre décision, je vais vous faire inscrire sur la liste des personnes demandant une autorisation de visite. Dès l'instant où vous avez des papiers d'identité en règle, la voir ne devrait pas poser de problèmes. Il sera probablement impossible de faire la moindre démarche pendant le week-end, mais lundi, si vous êtes libre...

Silberman récita le numéro de téléphone de son bureau.

Après avoir raccroché, Tyler nota que la gélule s'était effritée dans sa main. Une poudre blanche coulait de l'enveloppe et glissait le long de son pouce et de son index. Il l'étudia un moment, puis porta sa main à sa bouche. Sa langue recula en découvrant le goût chimique.

Le type avait dû repartir, à présent. Jimmy se glissa derrière la clôture grillagée et les lames recouvertes d'une gangue de boue des bulldozers, puis regarda au-delà des machines silencieuses, scrutant les ténèbres régnant sous l'autoroute. Les conducteurs d'engins venaient de plier bagage et de quitter les lieux... il devait donc être trois heures de l'après-midi : ces hommes commençaient très tôt leur journée de travail et deux heures s'écoulaient ensuite avant que la ruée matinale ne vienne encombrer les chaussées. Depuis que ce Noir lui avait annoncé qu'on le cherchait, Jimmy avait tenté de gagner du temps. Après avoir marché sans but, il s'était assis sur le trottoir de l'aire de stationnement, le dos brûlé par le soleil et occupé à dessiner du pied des cercles dans la poussière des caniveaux. Restant toujours à proximité du passage inférieur et de son nid, il avait cherché à pénétrer les ombres profondes où quelqu'un risquait de l'attendre.

Il en a peut-être eu marre de poireauter, se dit-il. Jimmy se tenait à une des sorties de la vaste caverne carrée du passage inférieur. Il cillait, s'accoutumant à la pénombre. Au-dessus de lui, les grondements de la circulation couvraient tous les sons qui auraient pu révéler la présence d'un intrus dissimulé dans le noir. *Ce type a renoncé.* Il glissa ses doigts dans les mailles du grillage le séparant de la butte et y colla son visage. Il ne voyait personne sur l'étroite corniche longeant le sommet de la pente.

Il n'y avait qu'à attendre, patiemment, et le type finirait par partir. C'était simple. Et ensuite, il serait à nouveau seul, sans personne pour l'embêter.

Il glissa dans des mailles du grillage la pointe de ses chaussures, des baskets de toile raccommodées avec du ruban adhésif d'électricien partout où leurs semelles se séparaient du reste, et se mit à grimper.

L'homme était toujours là. Et il fouillait dans ses affaires, *le salaud.* Jimmy s'assit sur ses talons, en contrebas de la voie rapide. D'où il se trouvait, il voyait son refuge entre les piliers de béton. Tous ses trésors étaient dispersés autour de l'inconnu qui semblait les trier, accroupi sur ses talons. Les épaules de ce type tendaient le cuir de sa veste au col dissimulé par ses cheveux huileux... mais pas crasseux comme les siens. Cet homme devait utiliser un produit capillaire pour les rendre aussi noirs et brillants. La faible clarté du passage inférieur se reflétait dans sa chevelure, comme si sa veste de cuir avait pris racine et grandi, pour faire partie intégrante de son corps.

D'accord. L'irritation engendra des démangeaisons sur l'arête de son nez. (*Pas juste,* cria une voix d'enfant qui s'élevait d'un lointain terrain de jeux; la sienne, accompagnée d'un goût d'asphalte et de sang dans sa bouche, alors que le môme plus âgé et plus fort se dressait au-dessus de lui, *pas juste.*) Il voyait les mains blêmes de l'intrus trier le contenu de la petite cache où il gardait ses photos et ses papiers, les élevant vers la lumière pour les examiner. *Ce n'est pas juste.* Le ressentiment alimentait une chaleur qui envahissait son visage et brouillait sa vision : l'homme nageait dans les mares de larmes salées apparues au bas de ses yeux. *Sa place n'est pas ici.* Jimmy articula silencieusement ces mots et se pencha en avant pour faire reposer ses mains sur le sol. *Cet endroit nous appartient, c'est notre domaine. Nous ne nous mêlons des affaires de personne, alors on doit nous laisser tranquilles.* L'injustice de la situation était intolérable; il avait tenté d'agir pour le mieux et était venu se dissimuler ici, dans les ténèbres où ils ne le verraient plus... Cela lui importait peu, comme de devoir se glisser derrière les supermarchés pour fouiller dans les bennes à ordures. Mais les autres refusaient de le laisser en paix. Ils venaient toujours le harceler. *Les saligauds.*

Il s'agissait certainement du type dont le Noir lui avait parlé. Jimmy en était convaincu. *Dommage que ce ne soit pas un autre.* La présence en ces lieux de deux individus différents n'aurait pas eu de signification précise : une simple démonstration des coïncidences absurdes se produisant en ce bas monde. Un jour, un journaliste accompagné d'un photographe s'était aventuré dans l'univers des passages inférieurs, afin d'interviewer certains de ses habitants. Jimmy était allé se réfugier dans les zones les plus sombres et personne ne l'avait remarqué. Un môme, arrivé deux jours plus tôt et reparti deux jours plus tard, s'était montré intarissable sur le thème de la vie sous les autoroutes, permettant au journaliste et au photographe de repartir pleinement satisfaits. Oui, il se produisait parfois des choses sans conséquences.

Mais lorsqu'un type venait pour vous rencontrer à deux reprises... son insistance avait forcément des raisons. Jimmy étudiait cette équation. *C'est moi qu'il veut trouver; moi et personne d'autre. C'est la raison pour laquelle il est revenu. À moins qu'il ne soit jamais reparti. Pas juste.*

L'intrus avait fini d'étudier les photographies et les papiers, puis il resta accroupi, se balançant sur ses talons. Oh, cet homme n'avait rien d'intimidant... *Je suis certainement plus fort que lui...* mais il semblait lové sur lui-même, comme un serpent fourré dans un sac, ce qui était toujours annonciateur d'ennuis. Les gens de son espèce savaient quels coups étaient les plus douloureux, et ils les portaient rapidement, si vite qu'on ne pouvait ni les esquiver ni riposter. La courbe du dos de ce type, plus prononcée que la normale, rappelait à Jimmy les petits connards qu'on trouvait dans les baraquements de l'armée : ces peigne-culs noirs citadins ou ces jeunes ploucs du Sud avec leurs cheveux gominés et une frange graisseuse sur le front; des petits salopards qui laissaient leur victime dans un recoin des douches, là où personne ne risquait de la trouver, recroquevillée sur la cavité qui venait d'imploser dans ses tripes, respirant l'odeur du savon et de la vapeur. Et plus on tentait de s'écarter de leur chemin, comme pour contourner un nid de vipères, plus on les retrouvait sur son passage. Parce qu'ils aimaient qu'on leur adresse des sourires tendus, et ils voulaient démontrer que les autres étaient des imbéciles. Comme si on ne le savait pas.

Et c'était l'injustice suprême. On devinait la suite des événements. On savait ce qui allait se produire, mais il restait encore à le subir. Jimmy était conscient qu'il devrait affronter l'intrus, lui demander de quel droit il fouillait dans ses affaires. Et il recevrait une volée; c'était écrit. Il avait encore la possibilité de filer, de se laisser glisser jusqu'au bas de la pente, de courir vers la route passant sous la voie rapide et de s'éloigner dans les rues de la zone industrielle, de s'enfuir et de se chercher un autre abri, au cœur de la ville. Peut-être même trouverait-il un autre passage inférieur, un nouveau nid douillet. Il en connaissait des douzaines, avec leurs petites colonies de vagabonds de son espèce. Il y avait toujours de la place pour un paumé supplémentaire, autour de L.A. Il laisserait ce type derrière lui. Ainsi que tous ses biens. Que des trucs sans valeur, de toute façon. Sans la moindre utilité. Des choses qui lui rappelaient de mauvais moments, pour la plupart. Tout abandonner. Marcher, simplement.

Mais il perdrait tout, en agissant ainsi. Et il savait où finissaient ceux qui n'avaient plus rien, pas même un petit bout de papier sur lequel était écrit leur nom, ou celui d'une autre personne. On les retrouvait dans les refuges des institutions charitables, avec un gobelet de carton serré dans une main tremblante et un ruisselet de café brun dans une barbe grise d'un jour. Leurs yeux étaient vides : deux cavités cernées de rouge qui restaient rivées sur la paroi et une photo d'église aux couleurs passées. Il ne voulait pas devenir semblable à ces épaves. Pas encore.

Il se mit à ramper lentement en direction de son nid. Pas en ligne droite dans le passage séparant les piliers, mais en effectuant un détour; au cas où l'intrus entendrait un bruit derrière lui... ce qui se produirait malgré tout, il ne se faisait pas d'illusions. Le moindre bruissement parviendrait à ses oreilles... et il pivoterait et le verrait à plusieurs mètres. Et Jimmy serait même privé de la piètre satisfaction de pouvoir lancer son poing par surprise vers l'intrus avant d'être roué de coups. *Silence...* une mise en garde muette adressée à ses jambes et à ses bras, alors qu'il progressait en restant plié en deux et que ses doigts fouissaient la terre. *Pas un bruit, pauvre crétin. Sinon il t'aura le premier.*

Il gravissait la pente en rampant et l'inconnu avait disparu de son champ de vision. Plus il approchait de la voûte de béton du passage inférieur, plus les grondements des voitures filant sur la voie rapide devenaient bruyants. Les rangées de piliers lui dissimulaient désormais son sanctuaire profané. Il inspira profondément, mais les battements de son cœur renvoyèrent l'air dans sa bouche. Ses chaussures se calèrent dans la terre et le poussèrent un peu plus haut.

L'espace existant entre le dernier pilier et la partie inférieure de l'autoroute formait l'entrée de cette cavité juste assez vaste pour qu'un homme pût y dormir en chien de fusil. Jimmy colla son épaule à la colonne de béton rugueux et... lentement, silencieusement... il parcourut son nid du regard. Papiers et photos étaient dispersés autour des couvertures maculées de terre, les restes de nourriture emballés dans du plastique se trouvaient toujours dans la niche aménagée entre le béton et le sol. Mais l'intrus avait disparu. Deux cavités étaient visibles près des bouts de papier épars, comme si des poings avaient martelé la terre... les empreintes laissées par les chaussures d'un homme accroupi qui avait laissé tout son poids reposer sur ses orteils tandis qu'il étudiait le refuge.

Merde. Et maintenant ? À quatre pattes, Jimmy regarda autour de lui. La douce clarté de cette fin d'après-midi soulignait les contours des cavités incurvées. *Ce fils de pute est parti.* Les empreintes jumelles de ses pieds lui démontraient cependant qu'il n'avait pas rêvé. Il devait renoncer à la possibilité rassurante d'un songe trouvant sa source dans les propos qu'avait tenus le Noir : ces choses qu'on perçoit dans les ténèbres, à la bordure de son champ de vision, et qu'on refuse de regarder en face de peur de découvrir qu'elles appartiennent à la réalité.

Il rampa à l'intérieur de son nid, cette poche de

silence relatif au cœur du fracas assourdissant de la circulation, puis abaissa le regard sur les photos et les vieux papiers. Il semblait croire que leur disposition écrivait le nom de l'intrus dans un langage qu'il était capable de décrypter.

Puis sa tête fut poussée vers le sol, le papier glacé d'une des photos se colla à son visage, et un poids écrasant pesa sur son dos.

Il ne pouvait plus respirer et prit conscience qu'un bras venait de se refermer sur son cou. L'arête d'un poignet pénétrait dans sa gorge. Ce bras le redressa et, en regardant au-dessus de la bordure supérieure de la photo plaquée à sa joue par la sueur, il découvrit l'étroit visage aux yeux luisants qui étudiait le sien.

L'inconnu le fit pivoter et le repoussa contre la paroi du refuge. Il reprit sa respiration si brusquement que le sommet de son crâne heurta le toit de béton. Ses yeux se portèrent sur l'homme accroupi, appuyé sur une hanche, qui l'observait en esquissant un sourire. Des mèches de cheveux noirs brillants étaient tombées sur son front au cours du bond qu'il avait fait pour jaillir de la cachette offerte par les piliers de soutènement, et elles semblaient dessinées à l'encre de Chine au-dessus de ses sourcils.

Le sourire s'élargit, puis fut brisé par des paroles :

– Tu es du genre sournois, pas vrai ? Pourquoi as-tu pris toutes ces précautions ?

Jimmy cala ses paumes dans la terre meuble, afin de ne pas glisser en arrière sur le demi-mètre de pente le séparant de l'inconnu. La présence de ce dernier emplissait l'espace exigu du nid et repoussait son propriétaire contre la paroi du fond. Jimmy secoua la tête sans détacher les yeux des deux points brillants leur faisant face.

– Pourquoi te cachais-tu ? Allez, réponds. (L'homme se pencha vers Jimmy, crachant vers lui son haleine.) Dis-moi. Tu t'es rapproché sans faire de bruit et je veux savoir pourquoi. (Sa tête s'immobilisa, pour l'épingler du regard.) Allez, connard. Pourquoi ? Pourquoi ces précautions ? (Les mots l'engluaient, le collaient contre la pente. Il ne pouvait les fuir. Il ne disposait d'aucun abri où se dissimuler à ces yeux perçants.) Merde. Laisse tomber.

L'intrus détourna la tête, dégoûté. Pendant quelques instants, ils n'entendirent que le grondement métallique qui filtrait à travers les couches de béton. L'homme regardait au loin les arêtes du passage inférieur illuminées par le soleil, semblant chercher quelque chose à la frontière de cet autre univers dissimulé à la clarté du jour. Jimmy étudiait son profil anguleux et attendait la suite. Il y avait toujours une suite.

Les yeux perçants revinrent se poser sur lui.

– Comment t'appelle-t-on ? Jim, ou Jimmy ?

La voix de l'homme s'était faite un peu plus douce.

Son nom était écrit sur son certificat de démobilisation et d'autres documents dispersés dans son antre... c'était ainsi que ce type l'avait appris.

– Jimmy.

Il restait adossé à la terre, attentif à maintenir l'espace d'un demi-mètre qui le séparait de l'homme. Il n'était pas difficile de deviner que personne n'aurait jamais appelé James un individu de son espèce.

– Jimmy, répéta l'inconnu qui sourit en l'étudiant. C'est ici que tu vis, Jimmy ?

– Ouais.

Tu le sais parfaitement, pauvre con. Pourquoi posent-ils tous des questions dont ils connaissent déjà la réponse ? Ses doigts se refermèrent sur la terre.

L'intrus secoua la tête sans cesser de sourire.

– Ça pue l'urine, ici. En as-tu conscience, Jimmy ? (Rien à répondre... il continuait d'observer, sur ses gardes.) Mais, non, bien sûr. Tu ne peux pas t'en rendre compte pour la simple raison que cette puanteur est la tienne. C'est ton odeur qui règne ici...

(L'homme s'allongea sur le flanc : un fauve à l'odorat développé au repos.) Tu connais mon nom, Jimmy ?

Il secoua la tête.

– Non.

– Slide. Tu peux m'appeler Slide. (L'intrus se pencha. Ses yeux brillants se rapprochèrent le long de la ligne invisible qui les reliait à ceux de son interlocuteur.) D'accord, Jimmy ?

Il sentait la cavité obscure se contracter autour d'eux, poussant leurs visages dans un puits empli de grains de poussière rendus lumineux par le soleil. Il sentait à nouveau l'haleine âcre de l'autre et notait que son sourire avait changé. S'il restait identique en surface, il était intérieurement tendu par un amusement sarcastique.

– D'accord.

Le sourire s'élargit. Un autre accord tacite venait d'être conclu.

– Tu aimes vivre ici, pas vrai ? (Slide parcourut du regard le nid concave et ses yeux s'attardèrent un instant sur le toit de béton.) C'est agréable. Agréable et discret. Je comprends. Personne ne vient t'ennuyer, ici. Les autres ne peuvent te retrouver, pas vrai ? Pas vrai, Jimmy ?

– Non.

Il savait. Il avait eu amplement l'occasion d'apprendre que c'était le meilleur moyen d'arrêter les coups portés par la voix. Il suffisait de répondre ce que votre interlocuteur souhaitait entendre. Il respectait cette convention et suivait pas à pas l'autre homme vers le point où il désirait le conduire.

Slide se pencha un peu plus, assurant son équilibre sur le sol meuble avec sa main. Jimmy nota les petits triangles injectés de sang aux coins de ses yeux.

– Tu peux faire quelque chose pour moi, déclara Slide. Tu es d'accord, j'espère ?

Jimmy recula, fuyant les yeux rouges luisants et l'haleine âcre.

– Quel genre de chose ?

Slide secoua la tête et ses yeux se fermèrent à demi.

– Non, Jimmy. Tu veux bien m'aider, pas vrai ? Pas vrai, Jimmy ?

Aucune possibilité de fuite. Le regard et l'haleine de l'intrus emplissaient tout le refuge. Alors que ses paroles se figeaient dans l'esprit de Jimmy, ce dernier comprit que son nid et tout ce qu'il contenait appartenaient désormais à un autre que lui.

Il hocha la tête, et vit le mouvement se refléter au centre exact des yeux de Slide.

Ce dernier se pencha en arrière, souriant toujours.

– N'aie pas peur. (De la douceur, désormais, ou le squelette de quelque chose d'approchant.) Tu trouveras ça agréable, crois-moi. Je ne te veux pas de mal.

Des mots déjà prononcés par une autre voix appartenant à ses souvenirs. Des paroles murmurées dans un réduit obscur. *Je ne te veux pas de mal.* Un adulte qui abaissait les yeux sur un enfant, puis se rapprochait et se collait à son corps, lui communiquant sa moiteur. *Je ne te veux pas de mal tu trouveras ça agréable je ne te veux pas de mal pas de mal.*

Les yeux de Slide étaient vides. Ils ne renvoyaient même plus son reflet. Le contact de ce regard se rompit et Jimmy s'effondra dans la poussière, alors que l'homme accroupi l'étudiait toujours.

4

Agenouillé devant le placard du vestibule, il retirait d'un carton des piles de vieux journaux.

Il s'écoulait rarement un mois sans que Tyler prît le livre, pour parcourir du regard ces lignes lues tant de fois qu'il aurait pu refermer l'ouvrage et citer n'importe quel passage en déchiffrant les mots inscrits dans son cœur. Il feuilletait la partie centrale et ses photographies sur papier glacé, pour contempler les visages de personnages morts depuis longtemps ou ne valant guère mieux. Il s'arrêtait sur un paragraphe où son nom était cité et lisait les pages suivantes pendant une heure, gravant plus profondément le braille intérieur. Il n'en souffrait plus; ses nerfs étaient morts, eux aussi.

Mais il n'avait pas perdu son habitude de ranger ce livre dans la boîte enfouie au bas du placard, comme s'il s'agissait d'un vice, d'une autre drogue. Et il éprouvait, comme toujours en pareil cas, moins de plaisir que de honte et de regrets. Il s'agissait du troisième exemplaire. Tyler avait jeté les deux précédents dans des accès de dégoût. Le premier à connaître un tel sort portait sur la feuille de garde quelques mots écrits par Bedell : *À mon ami et ma principale source de renseignements,* et il l'avait reçu avant sa libération.

Il se redressa et laissa retomber dans le carton la

pile de quotidiens et la réserve de papier d'emballage pour paquets-cadeaux que Steff s'était constituée. La jaquette du livre, désormais traversée par une longue déchirure oblique, était froide dans sa paume moite.

Les rites indispensables qu'il convenait d'accomplir avant l'acte lui-même. *Indication que la personne concernée n'est pas surchargée de travail et a du temps devant elle,* se dit-il en gagnant la fenêtre afin d'étudier le coin de rue visible depuis ce poste d'observation. Il avait posé le livre sur la table basse, après l'avoir laissé sur d'autres tables et sur les lits inconfortables de la section médicale de la prison. *Tu as toujours eu du temps à tuer, mon vieux.*

Tyler revint vers le canapé, s'assit et se pencha vers la table basse. Les couleurs primaires de la jaquette lui sautèrent aux yeux. Rouge pour le sang; une preuve d'imagination débordante de la part du service artistique de la maison d'édition. Et, en grosses lettres noires : AU CŒUR DE LA NUIT. Avec au-dessous, en caractères plus petits : *Les meurtres du Groupe Wyle,* et en bas de page : *Par J. Alan Bedell et Michael Tyler.* Un coin de la jaquette était blanc, comme si on l'avait tenue par cet angle pour la plonger dans du sang.

De l'index, il redressa le livre sur sa tranche. Les pages s'ouvrirent sur la section photographique centrale et le regard calme de Liam Wyle : ce portrait de studio utilisé pour la quatrième de couverture de l'ensemble des ouvrages publiés par cet homme. Tyler les avait tous possédés, autrefois : les énormes tomes didactiques écrits dans un jargon psychanalytique; les livres de poche rédigés dans le vocabulaire branché de l'époque et à présent désuet; les pamphlets ronéotés et polycopiés encore plus impénétrables et réservés aux seuls initiés. Autrefois, il possédait tous les écrits de Wyle : une collection complète qui avait trôné sur une étagère comme dans un écrin, jusqu'à la dissolution du Groupe et à l'interruption du bain de sang à la suite de l'inter-vention de la police. Les images de Wyle, captives d'un univers noir et blanc statique, s'étaient recro-quevillées et changées en cendres au cœur d'un petit feu de joie alimenté par ses ouvrages.

Tyler avait été contacté par un collectionneur avide d'acquérir tout ce qui avait pu échapper à cet autodafé. Un homme que Bedell lui avait envoyé. Certains ouvrages de Wyle, lorsqu'il avait limité la diffusion de sa démence à deux cents exemplaires destinés aux rares élus, valaient à présent une for-tune. Pour les personnes friandes de sensations for-tes, tout au moins. Tyler avait mis le collectionneur à la porte, à coups de pied aux fesses.

Pour lui, les traits de Wyle n'étaient plus qu'un ensemble de points d'encre noire sur du papier glacé. Ses yeux, sereins et compatissants sur la photo, devaient à présent rester rivés sur les parois beiges d'une cellule capitonnée de la section psychiatrique d'une prison. Dans le dernier chapitre de son livre, Bedell précisait qu'après avoir confondu les médecins en employant le même jargon qu'eux... qui eût été mieux placé que cet homme pour les battre sur leur propre terrain ?... Wyle avait sombré dans un mutisme dédaigneux; un silence qu'il n'avait jamais rompu depuis.

J'ignore quels sont ses sujets de méditation, là-bas, et je ne tiens pas à les connaître. Wyle pensait peut-être à lui et aux autres membres de son groupe, à moins qu'il n'eût fait le grand saut pour se retrouver au-delà du sang et du reste, errant dans le monde glacial et silencieux de la schizophrénie à son stade ultime; cette démence à laquelle il avait voué tant d'admiration. *Je ne veux pas le savoir.*

Il tourna la page, vers d'autres tranches familières de ce temps révolu. Son propre visage le regarda. Le piqué de l'objectif avait permis de saisir toute la dureté de son regard : des yeux menaçants sous une chevelure négligée retombant sur le front. L'expression d'un homme ayant vu trop de choses. Les poignets ramenés dans son dos par une paire de menottes, il regardait l'éclair du flash par-dessus son épaule. On voyait encore la main d'un flic qui serrait son bras et le faisait avancer.

Au-dessous, le visage de Linda. Le même cliché que celui du *Times*. Il lui vint à l'esprit qu'il s'agissait de la meilleure photographie jamais prise d'elle. Il n'était pas étonnant que les journalistes l'aient exhumée chaque fois que le Groupe Wyle suscitait à nouveau l'attention du public : à l'occasion de l'anniversaire d'un des massacres, lors d'un de ces débats pieux ayant pour thème la violence et la télévision, la drogue, les taches solaires, et tout ce qui fournissait matière aux articles publiés dans les magazines. Linda était très belle, sur ce cliché. Peut-être même était-elle mise en valeur, avec son visage plus émacié et plus dur que dans la réalité, ses pommettes hautes qui lui donnaient un visage en lame de couteau. Et avec, au fond des yeux, un condensé de toute l'histoire du Groupe Wyle; un regard qui avait foudroyé l'appareil photo, peut-être dans l'espoir de calciner la pellicule.

Le cliché de leur mariage était également inclus dans la section photographique de l'ouvrage : un ajout redevable au sens de l'humour de Bedell. Dans la pompe tape-à-l'œil financée par les parents de Linda, Tyler paraissait mal à l'aise dans son smoking de location alors que Linda arborait un sourire radieux par-dessus son bouquet.

Tyler glissa l'index entre la dernière page de la section centrale et le papier au grain plus grossier du texte. D'un mouvement du doigt, il sauta les autres photos : les membres du Groupe; le campus de l'université et les maisons de banlieue banales que seuls les panneaux ENQUÊTE POLICIÈRE – PASSAGE INTERDIT barrant les trottoirs différenciaient des

56

autres; et les victimes, vivantes et souriantes, puis gisant dans une mare de sang.

Pendant quelques instants, ses yeux parcoururent les mots sans les lire. À l'extérieur de l'appartement silencieux s'élevait le murmure de la circulation, peu importante à cette heure dans les rues secondaires, alors qu'elle restait toujours aussi dense, vingt-quatre heures sur vingt-quatre, dans les artères principales, comme Sunset et Santa Monica. Il tourna les pages jusqu'au moment où un nom... *Linda*... retint son attention. Le chapitre qu'il cherchait. Il prit le livre et le posa sur le canapé, devant lui.

... étaient sur le point de découvrir. Tous les autres membres du Groupe arrêtés jusqu'alors, son mari compris, s'étaient vu refuser le bénéfice de la liberté sous caution et avaient été incarcérés exactement sous le même chef d'accusation que Linda Tyler, mais le ministère public informa le juge Bellamy qu'il voyait d'un œil favorable la mise en liberté provisoire de cette femme dans l'attente du procès. La puissance financière qui avait retardé de trois semaines l'arrestation de Linda Tyler, et l'aurait renvoyée aux calendes grecques si deux journalistes du Times, *Benelli et Royce, n'avaient suivi sa trace jusqu'au ranch de ses parents, à Santa Barbara, venait à nouveau de peser de tout son poids sur le cours de la justice. Dans une ville où il est possible de lire le nom de Mueller sur toutes choses : des titres espagnols d'attribution de terres aux conseils d'administration des plus grandes sociétés, il serait irréaliste de croire que l'héritière d'un tel patrimoine puisse séjourner longtemps dans une prison. Ou y soit simplement incarcérée quelques heures, ainsi que l'avenir devait le démontrer.*

Cette demande de libération sous caution surprit à tel point le juge Bellamy que le magistrat fit aussitôt convoquer Welbeck (un responsable des services du

procureur), Aram Minosian (l'avocat de Linda), et...
ainsi que le révélait la première édition du Times
mais pas les suivantes... le propre père de Linda.
Lorsque Bellamy ressortit de son cabinet, vingt-cinq
minutes plus tard, le montant de la caution exigée
pour la mise en liberté provisoire de la fille de Mueller
était rendu public : un quart de million de dollars.
Si le juge était disposé à céder aux désirs de son
vieux partenaire de golf, il ne tenait pas à ce que la
somme exigée pût être assimilée à une faveur...

Pauvre Bellamy. Tyler revoyait les traits du vieux
juge sans avoir à regarder sa photo. Au fil du temps,
il en était venu à éprouver de la compassion pour
cet homme dont le visage n'avait cessé de se flétrir
à chaque nouvelle audience du procès. Les pièces
à conviction, les rapports d'autopsie, les photos de
scènes sanglantes agrandies pour être exhibées sur
un chevalet disposé devant les jurés : tout nouvel
élément de ce puzzle macabre semblait avoir rongé
une partie de son être. Six mois après avoir rendu
son verdict et cinq mois après avoir renoncé à la
magistrature, le vieux juge était mort. *La dernière*
victime du Groupe Wyle, pensa Tyler. Il feuilleta
d'autres pages, s'arrêta, et lut une fois de plus.

... attente du procès. Chose étrange, Tyler trouvait
presque cette incarcération à son goût. En prison, il
jouissait d'une tranquillité et d'une sérénité relatives.
Comme tous les autres membres du Groupe Wyle,
il bénéficiait de dispositions particulières destinées à
assurer sa sécurité et le protéger d'autres prisonniers
pouvant être tentés de lui rendre la vie dure pour
acquérir une certaine notoriété. C'était, pour lui, la
première véritable opportunité de réfléchir aux événe-
ments de ces deux dernières années et d'effectuer un
tri entre la réalité et les illusions attribuables à cette
folie meurtrière.

Ses avocats ne manquèrent pas de s'interroger sur son fatalisme apparent, son manque d'intérêt pour les préparatifs du procès. Il n'avait à sa disposition aucun moyen de leur faire comprendre qu'il ne pouvait redouter le verdict d'un juge après avoir été le témoin d'un si grand nombre d'atrocités. Allongé sur le lit de sa cellule après l'extinction des feux, les yeux rivés sur le plafond tout en grignotant des biscuits... une habitude d'enfance retrouvée en prison et qu'il ne perdrait qu'après le procès... il laissait des images de massacres surgir de sa mémoire en ayant l'impression de les voir pour la première fois. Et s'il trouvait le sommeil, ce n'était qu'au petit matin, quand les premières lueurs de l'aube venaient chasser les spectres de son esprit.

Avant le procès, quand la cour étudiait encore les requêtes présentées par les avocats, le juge Bellamy approuva une demande déposée conjointement par la défense et le ministère public. Les deux parties sollicitaient que les membres du Groupe Wyle soient autorisés à suivre sans plus attendre le traitement à base de psychotropes préconisé par les chercheurs de l'armée qui avaient étudié les premiers l'Hôte et les effets de cette drogue : un produit fourni par une firme pharmaceutique allemande sous le nom de code 83 Blau. Les militaires avaient abandonné ce type de recherches et tout espoir de trouver une application à l'effet « d'esprit collectif » engendré par cette drogue en raison de ses effets secondaires... une décision dont le bien-fondé fut dramatiquement confirmé par l'usage qu'en firent ensuite les adeptes de Wyle. La nature « pseudo-virale » de cet hallucinogène avait pour conséquence imprévue de rendre ses effets permanents; le résultat d'une altération fondamentale des processus chimiques du cerveau. L'Hôte établissait de nouvelles connexions dans l'ensemble du système nerveux central de tout utilisateur. Un traitement relativement simple, mais devant être administré à inter-

valles réguliers, permettait d'atténuer les hallucina-
tions et autres phénomènes. Les malheureuses recrues
qui avaient servi de cobayes lors des expériences
militaires réagissaient positivement à...

Tyler sauta la longue liste de tranquillisants et
autres médicaments que Bedell, avec son obsession
du détail, avait rapportée dans son livre. Tous ces
noms lui étaient familiers : il les voyait chaque jour
sur les étiquettes des flacons de plastique orange
rangés dans le placard de la cuisine. La lourde prose
de Bedell qui les enchâssait ne les rendait pas plus
intéressants. Un écrivain dans son genre était bien
forcé de prendre le crime comme sujet de ses écrits,
s'il voulait être lu.

... encore plus clair. Il avait senti l'effet « d'esprit
collectif »... ou son illusion... s'atténuer à la suite de
la disparition de ses contacts avec les autres membres
de la secte. À présent, grâce aux médicaments que
les infirmières de la section médicale de la prison lui
apportaient quatre fois par jour, il découvrait que
son esprit lui appartenait à nouveau. Si son procès
le laissait toujours indifférent, ses avocats pouvaient
noter une certaine amélioration dans son comporte-
ment.
Puis, peu avant le procès, Tyler fut ébranlé par
deux coups portés contre lui. Après avoir demandé
conseil au psychiatre du comté, qui le jugeait désor-
mais suffisamment rétabli pour pouvoir résister au
choc, on lui apprit...

Il ferma les yeux. Lire les paragraphes suivants
était trop pénible. Lorsqu'il l'avait fait, autrefois,
les mots s'étaient gravés au fer rouge dans son
cœur. Il tourna la page avant de rouvrir les paupières.

... partie de la stratégie adoptée par les avocats de Linda. Ils étaient déjà parvenus à séparer son cas de celui des autres membres du Groupe Wyle et voulaient à présent prendre des distances encore plus grandes. Tyler répondit que son accord à cette demande de divorce était subordonné à l'obtention de certains privilèges dans le cadre de sa détention. Il exigeait de pouvoir consulter librement tous les livres qui lui seraient adressés de l'extérieur. Si les avocats de sa femme ne pouvaient officiellement obtenir une telle autorisation, Tyler reçut malgré tout les premiers livres qu'il avait commandés le lendemain du jour où il donna son consentement au divorce. Fait peut-être significatif, la Bible figurait en tête de sa liste. Le reste...

Les titres n'étaient plus pour lui que des mots, depuis qu'il en avait fait don à la bibliothèque de la prison.

Il existe une limite à ce que les livres peuvent enseigner. Même lorsqu'ils relatent l'histoire de celui qui les lit. Il soupesa l'ouvrage dont la large tranche emplissait sa paume.

Kinross fit chauffer l'eau dans un poêlon, avant de la verser sur le café soluble. Il s'agissait du seul ustensile de cuisine que sa femme lui avait laissé au moment de leur divorce. Il n'avait pas acheté de casserole ou de bouilloire... mais il n'utilisait ce poêlon que pour faire chauffer l'eau de son café et estimait n'avoir ni temps ni argent à consacrer à de telles acquisitions. Il versait l'eau dans la tasse et la vapeur remontait le long de ses doigts, quand il pensa à Linda Tyler. Et à toutes les autres choses qui venaient l'obséder chaque jour.

Il a pris mon enfant. Ces mots refusaient de quitter son esprit et y effectuaient inlassablement des circuits, alors qu'il portait la tasse jusqu'à la table de la cuisine et la posait à côté du sandwich rose et blanc (mayonnaise et chipolata) constituant son déjeuner quotidien. *Slide a enlevé mon enfant.*

C'était bien d'eux. Il mâchonnait méthodiquement le sandwich insipide et faisait défiler une bande vidéo mentale dans son esprit : Linda qui éclatait en sanglots avant d'être emmenée; Linda qui l'implorait de l'aider... Ils étaient tous les mêmes. Il approuva son verdict d'un hochement de tête, tout en avalant une nouvelle bouchée. Quand ils comprenaient que tout était perdu, ils se mettaient à chialer et à chier dans leur froc. Tous. Ils appelaient à l'aide. Ils étaient désolés. Tous les assassins regrettaient d'avoir ôté la vie à leurs victimes. *Il a pris mon enfant.* Kinross but la dernière goutte de café. *De belles ordures,* pensa-t-il. *Tous.*

Il repoussa la tasse vide, puis tira vers lui un autre accessoire du rituel immuable des jours, des mois et des années. Le livre s'ouvrit à plat, son dos s'étant brisé à force d'être manipulé. Il avait mis la jaquette rouge vif à la poubelle le jour même de cet achat, comme une feuille de papier sulfurisé imbibé de sang au retour de chez le boucher.

Dans ce bouquin, on ne trouvait rien que ce gros porc de Bedell et Tyler... un autre de ces cinglés sanguinaires... n'aient converti en une prose édulcorée de best-seller à la vaseline, puis en argent qui était venu remplir leurs poches; rien que Kinross ne connût déjà de façon plus complète. Tout était nettement ordonné dans son crâne, et dans les dossiers empilés à l'intérieur des cartons occupant le pourtour de la pièce : des rapports de police et des dépositions. Des milliers de pages qu'il avait photocopiées... contre le règlement... et ramenées chez lui avant de prendre sa retraite et de ne plus avoir accès aux archives. Mais, même après son départ, il n'avait pas cessé d'accumuler les documents. Des collègues plus jeunes, qui avaient travaillé avec lui sur cette affaire et appartenaient toujours au corps de la police de L.A., lui fournissaient encore des copies de tout ce qu'ils devaient archiver. Un flot de papiers qui se tarissait au fur et à mesure que les années s'écoulaient et que les fils conducteurs de l'enquête s'effilochaient et sombraient dans l'oubli. Mais certaines personnes ne pouvaient oublier, et il était de celles-là.

L'arrestation de Linda Tyler était le premier fait nouveau depuis longtemps. Ses anciens collègues avaient pris soin de l'en informer et fait en sorte... une nouvelle transgression du règlement... qu'il fût présent lors de son arrestation. Comme si Kinross n'avait jamais quitté le service actif. Ce qui était le cas, à ses yeux : pour lui, il avait simplement atteint un stade où son statut lui permettait de consacrer tout son temps à Wyle et ses adeptes, ainsi qu'aux crimes qu'ils avaient commis. L'article du *L.A. Times* du matin avait déjà été soigneusement découpé et glissé dans la chemise portant le nom de la femme.

Il feuilleta le livre jusqu'à la section photographique centrale où l'attendait le visage de Linda Tyler : le même cliché que celui reproduit dans le quotidien. Il savait à qui appartenait la main qui serrait le bras de la femme et la poussait dans les couloirs du poste de police. L'anneau qui reflétait le flash du photographe était son alliance... qu'il portait toujours. Il n'avait jamais pris la peine de lui faire franchir l'épais bourrelet de la jointure de son annulaire pour s'en débarrasser.

Des millions de personnes, tous ceux qui avaient acheté le livre de Bedell, son édition de poche, ou sa traduction en langue étrangère... autrefois, juste avant de prendre sa retraite, il était allé chercher un témoin à Tijuana et en avait vu une version mexicaine bon marché dont la couverture rouge sang était rendue plus couleur locale par l'ajout d'une tête de mort souriante... tous ces gens avaient vu sa main sur la photo. Une main de flic, en train de faire son boulot. Les lecteurs n'avaient pas besoin d'en voir plus. Cette grosse main, volumineuse même lorsqu'il n'avait que treize ans et boxait dans l'espoir de remporter les Gants d'Or de la Police Athletic League, serrant le bras fragile d'une femme aux épaules voûtées et aux yeux brillants comme ceux d'un animal aux abois. *Ce qu'elle était,* pensa-t-il en regardant la photographie de Linda Tyler. *Ce qu'elle est toujours. Mais à présent, elle est brisée.* Lors de sa première arrestation, ses yeux étaient semblables à des dagues qui avaient tenté de le transpercer. Le temps avait émoussé leur tranchant et ils étaient désormais implorants et mouillés de larmes.

Son nom était également cité dans l'index : Kinross, Gerald, Inspecteur; avec quatre pages de texte indiquées à la suite, renvoyant à tel ou tel chapitre relatant l'enquête menée sur le Groupe Wyle et l'arrestation de ses membres. Le nom du procureur, qui avait écrit son propre livre sur cette affaire et appartenait désormais au conseil municipal, était suivi d'une véritable colonne de nombres. Kinross ne trouvait pas la chose injuste. Les policiers étaient censés travailler dans l'anonymat. Une règle qu'il respectait toujours.

Du doigt, il tapota l'image du visage de Linda Tyler. *On t'a eue, salope. Finalement.* Il savourait le goût de la satisfaction dans sa bouche. Le sang semblait être entré en crue sous sa langue.

Elle le foudroya du regard depuis les profondeurs noir et blanc de la photo. Il gardait d'autres clichés d'elle, dans ses dossiers. D'elle et des autres. Ainsi que de leurs victimes. Bedell en avait utilisé certains, dans son bouquin. Mais les éditeurs, qui ne manquaient pas d'une certaine sagesse commerciale, avaient refusé les plus atroces. Ceux qu'on devait étudier un certain temps avant de pouvoir reconnaître les restes d'un être humain dans l'amas sanglant représenté au centre.

Mais l'affaire n'est pas encore classée, se dit Kinross en tournant les pages pour quitter la section photographique. Ses yeux parcouraient les rangées de mots ordonnés, sans espérer y trouver du nouveau, des éléments qu'il n'aurait pas gravés dans son esprit longtemps auparavant, mais permettant à tout ce qu'il savait d'attiser le brasier qui couvait dans son bas-ventre.

Il y avait toujours cette ordure de Tyler. Et tous les autres. Aucun de ces salauds n'avait véritablement expié ses crimes.

Ses mains se figèrent. Il aplatit le livre sur la table et se mit à lire.

... dans la chaleur de l'été. Ce que l'inspecteur Kinross découvrit sous l'essaim de mouches eût provoqué des nausées incontrôlables chez un homme moins aguerri que lui. Mais, avec le professionnalisme qui le caractérisait, Kinross regagna sa voiture laissée au sommet du ravin et lança un appel radio qui fut enregistré au poste de police à 12 h 47.

Plus tard, après que les pièces de ce puzzle sanglant eurent été séparées les unes des autres et réassemblées, Kinross fut crédité de la découverte des sixième et septième victimes du Groupe Wyle. Les examens dentaires effectués par les services de médecine légale permirent d'identifier Kim Nygren et Jeffrey Wallace, deux autres étudiants de l'université.

Mais, au cours de cet après-midi estival, alors que Kinross regardait ses collègues passer au peigne fin les buissons des alentours, il ne pouvait savoir que le Groupe Wyle ferait encore cinq victimes supplémentaires, et qu'il découvrirait une semaine plus tard la neuvième à moins de cinq cents mètres de là.

Entre-temps, au fond d'une poubelle se trouvant derrière la faculté des sciences, sur le campus, une paire de jeans maculée de sang et de taches d'herbe enveloppait un couteau. Si la société Mac-D Reclamation, chargée de ramasser les ordures de l'université, était passée le vendredi comme à l'accoutumée, le pantalon et l'arme blanche auraient disparu dans une des décharges du comté. Mais, cette année-là, ce vendredi était un quatre juillet, le jour de la fête de l'Indépendance, et le camion de ramassage était passé la veille pour permettre aux éboueurs de bénéficier de ce jour férié. Telle est la raison pour laquelle le paquet sanglant resta dans la poubelle jusqu'à la semaine suivante...

Kinross hocha la tête avec satisfaction. C'étaient ce couteau et ce jean qui les avaient perdus; l'extrémité du fil conducteur qu'il avait ensuite suffi de tirer pour dénouer toute l'intrigue. Ces universitaires morveux n'avaient naturellement pas pensé que les éboueurs prendraient un jour de congé. Même avant de pénétrer dans l'univers de l'Hôte et de s'assimiler à de petits dieux en fer-blanc détenant un pouvoir de vie et de mort sur les simples mortels, ils avaient probablement considéré les gens sans instruction tout juste bons à emporter leur linge sale. Pour eux, le monde réel n'était que du papier hygiénique. S'ils avaient gardé des traces de l'écoulement du temps, Wyle et ses disciples auraient probablement ricané des réjouissances populaires du Quatre-Juillet; les initiés avaient d'autres rituels à accomplir.

C'est ce qui vous a perdus. Votre mépris du monde réel. Cette réalité qui trouvait toujours un moyen de prendre sa revanche. Un juste retour des choses. Quand on jetait des cadavres éventrés dans des collines où les chiens errants pouvaient plonger leur museau dans leurs viscères, et où les mouches venaient ronger les joues d'une fille de dix-neuf ans, métamorphosant son visage desséché par le soleil en melon trop mûr... alors, on cessait de vivre dans une tour d'ivoire dressée autour d'un gourou tout-puissant pour appartenir à nouveau à ce bas monde. Avec sa justice, sa police, ses tribunaux et ses prisons où l'on n'exécutait plus les assassins comme les animaux enragés qu'ils étaient, mais où ils pouvaient vivre et réfléchir. Méditer sur le monde réel.

Mais que se passait-il lorsque ce mécanisme s'enrayait, quand des avocats madrés parvenaient à puiser dans leurs gros livres des quantités de sable suffisantes pour bloquer les rouages délicats de la justice ? Alors, des psychiatres pouvaient s'offrir des costumes à quatre cents dollars en allant de cour en cour pour expliquer qu'un meurtre n'était pas un meurtre, que la mort n'était pas la mort *(En ce cas, comment fallait-il appeler cette chose noire de mouches qui puait comme un abattoir, et dont la simple évocation faisait réapparaître un goût de nausée au fond de sa gorge ?)* et qu'en punition de crimes commis sous l'emprise d'une drogue, il convenait d'administrer d'autres drogues dans un service psychiatrique bien confortable. Des stupéfiants qui jetaient un voile d'oubli miséricordieux sur les atrocités commises.

Quant aux plus chanceux, ils trouvaient des avocats assez habiles pour convaincre un vieux juge sénile qu'ils n'avaient pas personnellement commis ces actes épouvantables, qu'ils avaient simplement assisté aux atrocités perpétrées par leurs camarades. On pouvait seulement leur reprocher d'avoir gardé le secret sur les cadavres en décomposition dans les collines ou dans le coffre d'une Volvo garée sur le parking du campus, d'avoir jeté un couteau enveloppé dans un jean à l'intérieur d'une poubelle et accompli d'autres peccadilles de ce genre pour protéger leurs amis... jusqu'au jour où la puanteur de la putréfaction avait été trop forte pour qu'il fût encore possible de dissimuler quoi que ce soit...

Les criminels entrant dans cette catégorie étaient

autorisés à recevoir un écrivain raté dans leur confortable chambre d'hôpital. Ils lui décrivaient toutes les choses intéressantes auxquelles ils avaient assisté, afin qu'il transcrive tout cela et en fasse un best-seller. Tous devaient pouvoir profiter d'une telle expérience, car existait-il un sujet plus passionnant que la description d'un cœur palpitant arraché de la poitrine, puis roulant dans un fossé comme une balle de mousse rouge ? Ensuite, des psychiatres compatissants déclaraient la guérison complète, et la libération survenait, après seulement deux années de détention. Il ne restait plus qu'à empocher sa part de droits d'auteur...

Pouvait-on assimiler cela à un châtiment ?

Kinross referma le livre et le serra entre ses mains, comme s'il avait pu le comprimer en une boule d'encre et de papier, assez petite pour tenir dans son poing.

Le fracas de la tondeuse s'était éloigné. Le jardinier s'occupait de la villa voisine, suivant son itinéraire dans les rues de cette banlieue aux espaces verts bien entretenus. Allongé sur le dos, à même le tapis, Bedell écoutait les pétarades lointaines du petit moteur et tenait son exemplaire de travail levé devant son visage, à bout de bras. Le seul livre ayant de l'importance. *Celui par lequel l'argent coule à flots*, se remémorait-il de temps en temps. Ou, plutôt, *avait* coulé à flots. C'était une période révolue, qu'il avait pourtant crue éternelle.

Il s'agissait toujours de son livre favori, cependant. Non qu'il en eût signé beaucoup d'autres auxquels le comparer. Il porta le regard sur les lignes, ces mots qu'il avait ordonnés sur des pages blanches en les puisant dans le chaos d'enregistrements, d'entretiens, de rapports de police, de documents trouvés dans les archives des journaux... Il avait conscience qu'une personne assistant à cette scène l'eût assimilée à une parodie d'instantané classique d'un papa-avec-son-bébé, levant dans les airs le rejeton bien-aimé.

Ou plutôt, se reprit-il en s'imaginant sur le seuil de la pièce comme le témoin de son comportement ridicule, à la place d'un homme secouant une tirelire dans l'espoir d'en faire encore tomber quelques pièces. C'était en tout cas ce qui serait venu à l'esprit des personnes connaissant sa situation financière. *Et elles auraient raison.* Il regardait les mots qu'il avait écrits, puis lus et relus si souvent, comme s'ils contenaient un secret qu'il n'était pas encore parvenu à décrypter.

Le téléphone sonna, couvrant le fond sonore de la tondeuse à gazon. Bedell bascula de côté, pour entendre sa propre voix jaillir du répondeur et débiter les mots enregistrés sur la cassette. La boucle de sa ceinture meurtrit son estomac proéminent, lorsqu'il leva la main vers l'appareil posé sur l'étagère.

– Alan, êtes-vous là ?

La voix semblait inquiète. Non... irritée. Bedell se leva en s'appuyant au mur. Le voile indistinct que le scotch avait tendu entre sa personne et tout ce qui se trouvait hors de cette maison fit glisser le combiné de ses doigts, et il dut le coller au tapis avant de pouvoir le remonter vers son oreille.

– Ouais, c'est bien moi. Que se passe-t-il ?

– Ce serait plutôt à *vous* de répondre à cette question. (Son agent littéraire, l'homme qui avait remplacé Barry Ephrem après son bide auprès d'*Esquire* et l'échange de propos désagréables ayant suivi. Bedell chercha son nom dans ses souvenirs... Jeff machin-chose. C'était ça. Un petit connard imbu de lui-même.) Êtes-vous parvenu à joindre ce Tyler ?

Merde... Bedell inclina le combiné pour regarder sa montre. Quatorze heures... donc dix-sept à New York. Ce matin-là, il s'était levé avant huit

heures pour téléphoner à son agent pendant que les
tarifs des communications téléphoniques interur-
baines étaient réduits, et il lui avait déclaré qu'il le
rappellerait en cours d'après-midi avec l'accord de
Tyler à cette proposition.

– Ouais... ouais, évidemment. (Il se massa le
front, pour stimuler sa circulation sanguine paresseu-
se.) Il a paru... intéressé.

– Dans quelle mesure ?

La ligne lui transmettait l'irritation de son interlocuteur par l'entremise des câbles et des installations
électroniques le séparant de New York. Un soupçon
d'impatience difficilement contenue. *Espèce de petit
con,* pensa Bedell.

Le temps. Voilà ce dont il avait besoin : de temps
et d'argent. Bedell baissa la tête, se détournant de
la fenêtre aux rideaux tirés, comme pour empêcher
quiconque d'entendre ses paroles.

– Ce projet l'a enthousiasmé. Vraiment. Ce type
a encore beaucoup de choses à dire. Sur son ex-
femme, et le reste. Je crois qu'il va accepter.

– Quand doit-il vous donner une réponse défini-
tive ? insista l'agent. Nous devons être fixés, avant
de nous mettre sur les rangs.

– Il a demandé un délai de réflexion. Il a besoin
d'un peu de temps.

Oui, de temps. Ne me bouscule pas, connard.

– Il serait peut-être préférable que ce soit moi
qui lui parle. Après tout, parvenir à un accord avec
ce type est mon boulot.

Non non non non, hurla une voix intérieure.
Bedell devait absolument rester l'intermédiaire entre
Tyler et les autres. Après son échec de l'année
précédente, il risquait de se voir exclu du contrat.
Rien n'empêcherait cette petite ordure de le mettre
sur la touche en proposant à Tyler un autre écrivain
(un type sûr... la ferme, la ferme). Ils étaient tous
pareils. Ils s'empressaient d'empocher leurs 10 %

puis vous laissaient tomber, juste quand vous aviez le plus besoin d'eux... comme ce salaud d'Ephrem. Pendant un instant, Bedell revit son ancien agent littéraire, avec son visage émacié et ses tempes grises, sa cravate nouée avec soin et ses boutons de col en or *(payés avec mon fric)* dans ce box d'angle d'un bar de New York, après que les types d'*Esquire* et les éditeurs de Knopf les avaient laissés seuls, rempochant leur proposition et leur chéquier. Ephrem, qui secouait tristement sa tête grisonnante tout en relisant le manuscrit qu'il avait apporté : le fruit d'une nuit de labeur frénétique, rendu possible grâce à la stimulation du café jusqu'au moment où ses mains s'étaient mises à trembler sur les touches de la Selectric; la fin d'un délai de six semaines passé à fixer une feuille vierge sur le rouleau de la machine à écrire, faute de pouvoir trouver l'inspiration dans l'alcool ou la sobriété.

— Alors ? (La voix de son nouvel agent le tira de ses pensées et dispersa ces souvenirs pénibles. Il prit conscience d'avoir laissé s'écouler plusieurs secondes... combien ?...) Vous voulez que je le contacte ?

— Non. Non... je ne pense pas que ce soit une bonne idée. Tyler est... un peu bizarre. Je suis bien placé pour le connaître, pas vrai ? J'ai déjà travaillé avec lui et je sais comment m'y prendre pour le convaincre.

Un soupir lointain.

— Bon, alors essayez d'obtenir son accord le plus rapidement possible, déclara l'homme qui feignait la patience et ne parvenait qu'à exprimer son exaspération. L'arrestation de cette femme a remis l'affaire sur la sellette, et nous ne serons pas les seuls à faire des propositions aux éditeurs.

Une déclaration qu'on pouvait assimiler à une bonne nouvelle. L'esprit de Bedell s'éveilla et se livra à de rapides calculs. Si le Groupe Wyle avait à nouveau les honneurs des magazines et de la une des journaux, cela relancerait les ventes de son premier livre. Mais, même si cela se confirmait, les droits d'auteur n'apparaîtraient dans les relevés de l'éditeur que dans six mois ou un an. Bien trop tard, compte tenu de l'état actuel de ses finances. *Du temps. Du temps et de l'argent.*

Laisse tomber. Pour l'instant, alors qu'il avait son agent en ligne, une seule chose importait : convaincre ce petit morveux de ne pas le plaquer; l'empêcher de lui voler l'idée de ce nouveau bouquin et de le préparer avec un autre type. *Des salopards. Ce sont tous des ordures !* Il devait garder la mainmise sur Tyler et, par son entremise, sur Linda : ses sources exclusives de renseignements. Des révélations qu'il transcrirait en faisant crépiter sa machine à écrire comme une mitrailleuse : le manuscrit d'un nouveau livre qui lui rapporterait beaucoup d'argent. Voilà ce qui importait pour l'instant : empêcher le pactole de lui échapper.

– Je vous rappellerai. (Il s'humecta les lèvres et découvrit des perles de sueur aux commissures de sa bouche.) Dès que je serai fixé. Demain, sans doute.

– Je l'espère.

L'agent raccrocha.

Petit merdeux. Bedell tendit le bras pour reposer le combiné. Son autre main tenait toujours le livre à la jaquette rouge, l'index glissé entre les pages centrales. AU CŒUR DE LA NUIT. *Par J. Alan Bedell.* Les exemplaires de cet ouvrage ne manquaient pas, chez lui : des trophées jamais ouverts et sentant le papier neuf, derrière la porte vitrée du placard mural ou empilés à l'intérieur d'un carton remisé dans le débarras de la chambre qui faisait désormais office de bureau. Mais il s'agissait de son exemplaire de travail, celui aux phrases soulignées et aux marges noires d'annotations : le sang et la violence constituant les bases d'un nouvel ouvrage. Ces événements avaient été relégués à l'arrière-plan par de nouveaux crimes, avec du sang frais qui éclaboussait quotidiennement l'ensemble de la population, jaillissant des pages des journaux et des écrans des téléviseurs. Et Bedell avait sombré dans l'oubli, lui aussi, ainsi que son livre qu'il n'avait dû qu'à la chance de s'être trouvé au bon endroit, au bon moment, pour pouvoir embarquer sur ce radeau qui voguait sur un océan d'hémoglobine.

Cependant, toutes les idées griffonnées dans les marges et les lignes d'écriture penchée encadrant le texte imprimé n'étaient rien, comparées à la découverte et à l'arrestation de Linda. Et à l'exclusivité qu'il détenait sur les déclarations de cette femme par l'entremise de son ex-mari, Tyler. Bedell savait déjà que Linda avait demandé à le voir. Cet homme était la clé de la caverne ténébreuse de son esprit.

Il ouvrit le livre sur le tapis, devant lui. Comme un heureux présage, le nom de Tyler lui apparut. *Je le tiens,* pensa-t-il avec un enthousiasme attisé par le scotch. *Je l'ai déjà mis une fois dans ma poche, j'ai comprimé en phrases tout ce qu'il savait. Cet homme m'a appartenu. Et il m'appartient toujours.*

Il se pencha vers le livre et se mit à lire.

... problème intéressant. Que l'accusation se soit divisée si profondément sur des questions fondamentales de stratégie est révélateur de l'imprécision du domaine juridique dans lequel tous évoluaient. Le cas de certains membres du Groupe Wyle ne prêtait pas à équivoque : pour Paula Josephson et Dennis Meyer, que tout désignait comme les auteurs des meurtres, le ministère public maintint les charges initiales. Wyle lui-même, avant de se murer dans un silence hautain, n'avait à aucun moment nié avoir été l'instigateur des crimes. En outre, d'après les

témoignages concordants des autres membres de la secte, il n'était pas permis de douter que cet homme avait été présent sur les lieux d'au moins six de ces assassinats, à l'instant où ils avaient été perpétrés ou peu après. Toutes les tueries avaient été portées à sa connaissance et lui avaient été décrites; son manifeste Ikon Anarchos, *inachevé lors de son arrestation*, en apportait la confirmation. Ce manuscrit devint d'ailleurs une des principales pièces à conviction dans son procès.

Mais de quoi fallait-il accuser Tyler et les autres membres du Groupe, ceux qui connaissaient tous ces meurtres dans leurs moindres détails alors que ce savoir ne pouvait être expliqué que par l'effet « d'esprit collectif » attribué à tort ou à raison à cette drogue redoutable : l'Hôte ? Si le ministère public niait l'existence d'un tel phénomène paranormal, il lui fallait expliquer comment les divers membres du Groupe, certains distants de trois mille kilomètres lors des massacres, pouvaient décrire la scène comme s'ils y avaient assisté. Bonnie Rees, par exemple, se trouvait à bord du vol Boston - L.A. lors du meurtre de Delahay; et Glenn Williamson était présent sur un site archéologique de la péninsule du Yucatan pendant le massacre Nygren-Wallace-Bowers. L'hypothèse d'une description téléphonique minutieuse de ces crimes atroces, au moment même où ils étaient perpétrés, était à exclure. Cependant, dans les « journaux de contact » que tous les membres du Groupe tenaient méthodiquement à jour, et que l'accusation avait également retenus comme pièces à conviction, des détails aussi insignifiants que l'épingle de sûreté à tête de plastique que la sœur de Kim Nygren avait donnée à cette dernière pour tenir provisoirement la bretelle de son soutien-gorge avaient été méticuleusement consignés.

L'autre dilemme posé à la partie civile était tout aussi épineux. Admettre la thèse de la défense sur *l'existence de cet esprit collectif eût ouvert la boîte de Pandore et autorisé une avalanche de témoignages sur les effets de l'Hôte. Réduction des capacités mentales, folie temporaire, etc. Les discussions se poursuivaient jour et nuit dans le bureau de Welbeck et le cabinet du juge Bellamy. L'accusation d'association de malfaiteurs... « s'unissant ou agissant ensemble »... était-elle recevable quand le fait de démontrer que les inculpés avaient eu connaissance de ces crimes équivalait à reconnaître que les inculpés avaient agi sous l'influence de cet esprit unique, et donc privés de leur libre arbitre ?*

Finalement, comme c'est souvent le cas dans des affaires s'enlisant dans leur propre complexité, ils parvinrent à un compromis. Le procureur devrait sous peu affronter une campagne de réélection difficile et ne pouvait se permettre de relaxer la plupart des membres du Groupe Wyle au vu des expertises des psychiatres; il ne pouvait pas davantage supporter que l'affaire fasse l'objet d'un appel interminable et ruineux en pleine crise budgétaire du comté. La première ouverture entre la défense et l'accusation émana des services de Welbeck le matin du lundi 21, sous la forme d'une note manuscrite...

La drogue; on en revenait toujours à cette drogue. Assis en tailleur sur le tapis de la salle de séjour, le livre ouvert sur les cuisses, Bedell se massa la nuque. *Ce que l'Hôte avait donné, l'Hôte l'avait repris en tant qu'alibi.* Par chance pour Tyler et les autres, ils s'étaient retrouvés engloutis dans un cloaque, et ce qui les avait placés dans ce mauvais pas leur avait permis d'en sortir. L'Hôte. L'unique responsable était cette drogue. *J'étais possédé par le diable, lui seul est coupable... juré.*

Bedell reconnaissait qu'il avait lui aussi des raisons de s'en réjouir. Cette histoire « d'esprit collectif » avait évité aux meurtres du Groupe Wyle d'être catalogués comme de simples remakes de l'affaire Charles Manson - LSD - Sharon Tate-et-son-bébé, ce qui n'eût suscité qu'un intérêt passager et des manchettes du genre : « Nouvelle folie dans la folle Californie du Sud ». L'Hôte permettait de justifier la fascination morbide que les armes blanches et les corps démembrés exerçaient sur l'ensemble des lecteurs. Pour eux aussi, cette drogue servait d'excuse.

Il n'était guère étonnant que la secte eût rendu un véritable culte à cet hallucinogène, jusqu'à en faire une substance sacrée. Une réminiscence de l'enfance catholique romaine de Wyle s'ajoutait à la vision, que tous prétendaient avoir eue, d'un personnage souriant qui les accueillait dans la nuit métamorphosée. Une image hallucinatoire à laquelle ils donnaient le même nom : l'Hôte.

À quoi cette apparition pouvait-elle ressembler ? Au cours de toutes les recherches menées pour compiler ce livre, les longues heures d'entretien avec Tyler et les autres membres du Groupe qui acceptaient de parler, il en avait obtenu la description la plus complète que les mots permettaient d'obtenir. Il la jugeait cependant insatisfaisante : les initiés refusaient de révéler les secrets suprêmes.

Il reposa le livre et se pencha pour revenir vers un chapitre du début de l'ouvrage dont les pages s'ouvraient d'elles-mêmes.

... similarité surprenante. Bien qu'aucun contact n'ait jamais pu être découvert entre les membres du Groupe Wyle et les recrues ayant servi de cobayes lors des premières expériences effectuées par l'armée sur cette drogue, les descriptions de l'apparition vue par toutes les personnes ayant pris de cet hallucinogène coïncident de façon troublante. Les soldats et les fidèles de Wyle identifient ce personnage caractéristique à la drogue elle-même, et s'y réfèrent en le qualifiant « d'esprit » ou de « gardien » de la drogue.

On ne peut alors s'empêcher de penser à cet être hallucinatoire, le « Mescalito », que Carlos Castaneda et d'autres auteurs ont mentionné dans leurs ouvrages consacrés au peyotl. Les membres du Groupe Wyle considéraient l'apparition de cette image… « l'Hôte »… comme un signe individuel démontrant que l'hallucinogène n'offrait pas simplement à celui qui en prenait le partage de « l'esprit collectif », mais lui ouvrait également les portes d'un monde différent.

Les descriptions de l'Hôte, en tant qu'incarnation de l'esprit de la drogue, font invariablement référence à ses crocs pointus d'animal, presque toujours dénudés par un large sourire, et à ses yeux d'un noir profond. Nuit et Hôte sont généralement associés, ses apparitions spectrales ayant toujours lieu lorsque des distorsions du champ visuel provoquées par l'absence de lumière…

Bedell s'allongea sur le tapis, le livre posé sur sa poitrine. Même après toutes ces années, ces lignes le fascinaient : ses propres mots, décrivant une chose qu'il n'avait jamais vue mais pouvait imaginer. Ils lui avaient dit tant de choses, à son sujet. L'Hôte.

Fascinant… et terrifiant à la fois, avec tout ce que cela contenait de dangers et de secrets démoniaques. Tout un monde inconnu, juxtaposé à celui-ci. Un univers différent où Tyler et les autres s'étaient rendus. Il sentit une fois de plus les tiraillements de l'envie dans son estomac. *Ils ont été vernis, ces salopards.* Assis dans leurs cellules et penché vers le micro de son enregistreur, quand ils venaient d'achever le récit de ce qui leur avait été donné de voir et qu'il insistait pour en savoir plus sur le compte de cette drogue et du personnage mystérieux surgi hors des ténèbres, il avait perçu dans leur silence un émerveillement sans bornes et vu leurs regards traverser les couloirs de la prison, vers un univers qui lui restait inaccessible. Le monde de l'Hôte était hors d'atteinte pour quiconque ne s'y était pas déjà rendu avec eux.

Il rouvrit les yeux et feuilleta les pages jusqu'à la section photographique et au cliché qui était à la fois le plus épouvantable et le plus fascinant de tous. Il leva le livre et l'étudia. Ce n'était pas une photographie mais la reproduction d'un morceau de papier sur lequel avait été griffonné un dessin. L'unique chose trouvée dans la cellule de Dennis Meyer, si l'on exceptait son cadavre pendu à une corde constituée de ses vêtements noués les uns aux autres.

Du doigt, Bedell suivit les contours de l'image. Une caricature d'être humain, frêle et spectrale, évoquant par son tronc et ses membres filiformes certains dessins d'enfants. Le visage était délimité par deux traits en dents de scie, entre lesquels on ne voyait que les pointes de ses crocs et les deux disques de ses yeux, si noirs que la pointe du crayon avait traversé le papier.

Pauvre Meyer. Il avait toujours la cassette de sa dernière entrevue avec cet homme, dans un tiroir du meuble-classeur. Cet enregistrement où il affirmait d'une voix tremblante qu'il n'avait tué personne, que c'étaient les crocs acérés de l'Hôte qui avaient déchiqueté les corps...

Les autres s'étaient abstenus de tout commentaire, lorsque Bedell leur avait répété les déclarations de Meyer. Ils avaient regardé ailleurs, sans rien dire. Les membres du Groupe Wyle gardaient leurs petits secrets.

Et lui également. Une autre révélation de Meyer, qu'il n'avait ni mentionnée dans son livre ni rapportée aux policiers. Bedell avait attendu de bénéficier de l'anonymat de la nuit pour se rendre en voiture sur cette colline située à la bordure de la ville. Il avait trouvé le petit tumulus de pierres, creusé le sol, et exhumé la bouteille thermos qu'il avait ramenée chez lui et ouverte. Après avoir sorti le sachet en plastique glissé à l'intérieur, Bedell avait tenu dans sa paume les six gélules contenant la poudre blanche; le saint sacrement de la secte, dissimulé avant la vague d'arrestations.

Bedell avait eu en main la clé du monde nocturne sur lequel l'Hôte montait la garde, avec tous ses mystères. Puis il avait trouvé une autre cachette à la drogue. Son petit secret personnel.

Des salauds pleins de morgue. Et Tyler était le pire. Bedell savait que tous les anciens membres du Groupe le méprisaient. Comme ils méprisaient l'ensemble des profanes qui n'avaient pas visité leur univers personnel. Tout s'était effondré autour d'eux mais ils possédaient toujours ce qu'ils étaient les seuls à détenir, la clé d'un monde où nul autre qu'eux ne pourrait pénétrer.

Moi excepté, pensa-t-il en s'étirant sur le tapis. *Quand je le voudrai. Sans la moindre difficulté.* Ils l'ignoraient. Ils se croyaient très malins mais ne pouvaient savoir cela. N'importe quand ! Et, alors, il ne serait plus contraint d'attendre qu'un imbécile comme Tyler le contacte. Il visiterait l'autre monde, enfin.

Voilà qui me fournirait le thème d'un sacré bouquin. Le sommet de la recherche. Ni Mailer ni Capote ne pouvaient prétendre être allés aussi loin dans l'exploration de l'esprit d'un criminel.

Cette pensée le fit sourire puis il ferma les yeux, et vit apparaître derrière ses paupières closes le dessin sommaire d'un personnage aux longs crocs et aux yeux noir de jais.

... provoquées par l'absence de lumière...

Tyler referma le livre mais garda la page avec son doigt. Il n'avait pas besoin de regarder les photos de la section centrale ou de lire le texte qui les illustrait. Comme la drogue, tout cela s'était définitivement gravé dans son esprit. Le traitement qu'il suivait servait autant à tenir le passé éloigné qu'à empêcher les effets de la drogue... l'amertume dans sa bouche, le halo bleuté soulignant le pourtour de toutes choses dans la nuit, l'accélération de son pouls... de resurgir de son sang contaminé.

Et le système final, la vision confirmant l'entrée dans l'autre univers. L'apparition de l'être souriant, aux crocs acérés sous les deux puits noirs de ses yeux si profonds qu'il était impossible d'en ressortir. L'accueil de l'Hôte, un vieil ami perdu depuis longtemps, un parent proche, la chair de sa chair.

Provoquées par l'absence de lumière. Ces mots résumaient presque tout. Le diagnostic final. Le passé était une substance qui, lorsqu'on avait connu sa caresse, menaçait de resurgir à tout instant. Seuls les médicaments apportaient l'oubli. Ou étaient censés parvenir à ce résultat.

Il posa le livre sur la table basse. Il avait assez lu. Le soleil brillait toujours, au-dehors. La journée s'écoulait lentement. Il avait encore bien des heures devant lui avant de devoir se rendre à la crèche pour récupérer Eddie et le ramener à la maison, avant d'aller ouvrir le cinéma. Les petits détails du monde réel. Telle était l'utilité des cachets et des gélules : empêcher la disparition de tout cela.

Des heures et des heures. Amplement le temps de rappeler l'avocat pour fixer un rendez-vous. Un petit fragment de passé. Juste de quoi prouver que ce dernier ne le terrorisait pas, qu'il n'avait plus peur du noir.

Il se leva du canapé et gagna la cuisine. À peine eut-il décroché le combiné que son index composait déjà le numéro.

5

Eddie était debout, habillé, et prêt à partir pour la crèche bien avant l'heure habituelle. Sa mère et Tyler auraient le temps de prendre ensemble leur café du matin. L'homme était taciturne et son regard allait des profondeurs brunâtres de sa tasse au rectangle lumineux de la fenêtre de la pièce voisine. Il faisait rouler entre ses doigts une boule de papier d'aluminium : la feuille qui avait contenu sa dose du matin, soigneusement préparée et enveloppée la veille pour éviter toute erreur dans les brumes du réveil, conséquence possible de la dilution des produits chimiques pris avant de se coucher.

Steff ne se sentait pas offensée par son silence. Elle devinait ses pensées, savait à quel rendez-vous il devrait se rendre et qui il reverrait bientôt. Après qu'il lui en avait parlé, ils n'avaient plus abordé le sujet; même s'ils ne pouvaient l'oublier. Le samedi et le dimanche s'étaient écoulés ainsi. Qu'il fût libéré de l'emprise du passé et pût rester assis près d'elle était suffisant. Steff regardait son fils qui faisait rouler un camion en plastique sur le canapé.

Tyler releva la tête en entendant la sonnette de la porte d'entrée de l'immeuble.

– C'est probablement lui. Tu vois quelque chose ? demanda-t-il à Eddie.

L'enfant avait gagné la fenêtre de l'autre pièce,

d'où il pouvait voir la rue entre les immeubles. Il écarta son nez de la vitre.

– Seulement une BMW.

– Seulement une BMW, répéta Steff. J'adore ça.

Son fils savait reconnaître les voitures; un don encouragé par Tyler. Ils avaient tous deux un parcours favori qui suivait Santa Monica Boulevard en direction de Century City, passait devant l'atelier de réparation Rolls-Royce... n'ayant d'autres particularités pour Steff que son air vieillot et son odeur de cambouis... et longeait Beverly Hills où ils apercevaient parfois une certaine Lamborghini rouge et noir qui se glissait, tel un prédateur, vers le bas des collines couronnant la ville. C'était un des privilèges accordés à ceux qui habitaient Hollywood Ouest : l'odeur de l'argent.

– Il me déçoit, approuva Tyler avant de terminer son café et d'aller poser sa tasse dans l'évier. Mais il faut lui pardonner, Eddie. C'est probablement un de ces jeunes avocats qui portent un costume trois-pièces assorti à leur voiture.

Steff le suivit dans la salle de séjour.

– Tu en as pour longtemps ? demanda-t-elle en le regardant enfiler sa veste.

Tyler eut une grimace.

– Certainement pas. J'ignore de quoi elle veut m'entretenir mais je n'ai, pour ma part, rien à lui dire.

– Qui ? demanda Eddie.

Il s'était glissé entre eux avec son camion.

– Personne. Quelqu'un que Mike a connu autrefois. (Elle se pencha et le poussa en direction de sa chambre.) Va chercher ta veste.

La sonnerie de la porte de l'immeuble se fit à nouveau entendre.

– Laissons-le attendre. C'est un service que je lui rends, crois-moi. Quel est ton programme, aujourd'hui ?

Intercaler ses cours entre ses différentes apparitions au restaurant nécessitait une précision toute militaire. Elle ne tenait pas rigueur à Mike de ne pas gagner à lui seul de quoi les faire vivre; elle avait déjà connu des moments difficiles.

– Je filerai directement au campus, sitôt après avoir déposé Eddie. Ensuite, j'irai assurer mon service de l'après-midi. Je voulais seulement savoir si tu reviendrais à temps pour passer prendre Eddie à la crèche.

– Ouais, aucun problème. Crois-moi.

Elle l'accompagna jusqu'à la porte, l'embrassa et le regarda descendre les marches. Son fils vint se faufiler entre ses jambes et le chambranle.

– Où va Mike ?

– C'est sans importance, dès l'instant où *toi, tu* sais où *tu* vas. (Elle baissa les yeux.) Seigneur, qu'as-tu fait à tes chaussures ?

– Je tiens à vous exprimer ma reconnaissance, déclara Silberman, sincère. (Il était rayonnant et Tyler gardait ses lunettes noires, autant pour s'isoler que pour se protéger du soleil.) Je suis vraiment heureux que vous ayez pu trouver un moment à nous consacrer. (Tyler haussa les épaules et s'adossa confortablement au dossier de son siège.) J'apprécie les voitures allemandes, vous savez. À cause de leur confort.

L'attitude de l'avocat irritait Tyler et provoquait la réapparition de ses mauvaises manières.

– Juste après ma libération, j'ai rencontré une fille qui adorait rouler en Mercedes. Mais, comme elle ne pouvait pas supporter leurs lignes austères, elle a demandé à son papa de lui en offrir une puis, avec l'aide de quelques amis, elle a défoncé la carrosserie à coups de masse. Quand la bagnole a ressemblé à un vieux tas de ferraille, ils sont tous allés se pavaner sur Sunset Boulevard.

Silberman le regarda un instant puis reporta son attention sur la circulation, au sein de laquelle la BMW se frayait un chemin en direction de la bretelle d'accès à la voie rapide la plus proche. Tyler nota une pile de cassettes des Doors sous le lecteur stéréo du tableau de bord. *Ah, ce type est un classique,* pensa-t-il avec un hochement de tête approbateur. *Rien que du L.A. des origines.*

– La famille de Linda apprécie également votre coopération.

Il inclina sa nuque contre l'appui-tête pour étudier le jeune avocat.

– Ce qui signifie ?

D'entendre mentionner ses ex-beaux-parents venait d'éveiller sa méfiance.

À présent, c'était au tour de Silberman de se montrer distant. Il prit une autre rue.

– Uniquement ce que j'ai dit, M. Mueller est un homme qui sait manifester sa gratitude.

– Vraiment ?

La dernière fois que Tyler avait rencontré le magnat grisonnant des parcs de stationnement et de tous les moyens possibles de convertir un héritage de nombreux hectares de Californie du Sud en liasses de billets, venant s'empiler par-dessus d'autres liasses de billets, c'était dans les couloirs de la cour d'assises du comté de Los Angeles. Et le père de Linda l'avait menacé en brandissant sa canne à pommeau d'argent : emblème de la richesse et du pouvoir sorti des souvenirs d'enfance de films de série B, ce magasin à accessoires où tant de personnes de sa génération avaient trouvé le mobilier de leur vie intérieure. Mueller l'avait maudit... toujours son goût du mélo... avant de lui affirmer qu'il finirait ses jours dans le cachot le plus profond et le plus sombre de tous les établissements pénitentiaires de l'État : un lieu de réclusion où il pourrait tout à loisir regretter le mal qu'il avait fait à sa fille si pure et innocente. Le vieil homme avait répété son refrain jusqu'au moment où ses avocats s'étaient enfin décidés à l'emmener, hurlant et rouge de colère.

– À combien peut-on chiffrer sa gratitude ?

Silberman haussa les épaules.

– Eh bien, je ne pense pas qu'il soit question d'argent. Ce ne serait guère approprié à la situation. En outre, vous n'en avez pas réellement besoin, n'est-ce pas ? Disons plutôt que M. Mueller est une personne qu'il est préférable d'avoir avec soi plutôt que contre soi. S'il se passait quelque chose, par exemple. Si vous aviez des ennuis. Il est utile de connaître une personne aussi influente que lui.

Sale petit avocat marron. Tyler étudia le profil de l'homme qui gardait les yeux fixés droit devant lui, rivés sur la circulation. Il venait de révéler le fond de l'affaire.

– Inutile d'essayer de me mener en bateau. J'ai plus d'expérience que vous en matière de menaces. Que fera le vieux Mueller si je refuse de coopérer ? Il espère obtenir la révocation de ma liberté conditionnelle, ou autre chose de ce genre ?

L'homme se décida à le regarder.

– Personne ne vous a menacé, monsieur Tyler, mais vous savez comme moi que certaines choses peuvent se produire.

– Elles ne se produisent pas. On les provoque. Il m'a été donné d'apprendre la différence. Et je sais également que ni vous ni Mueller n'avez le moindre moyen de pression pour faire révoquer ma liberté conditionnelle. Je tiens mon rôle de criminel repenti, Silberman. C'est d'ailleurs ce que je sais faire le mieux.

Un silence de plusieurs secondes, puis :

– Dès l'instant où nous nous comprenons, Tyler.

Une simple déclaration, exprimée avec indifférence.

– Oh, c'est le cas. Croyez-moi.

Le flot d'adrénaline déclenché par cet échange de paroles accéléra la dilution des produits chimiques dans son sang. Pendant un instant, les immeubles de la rue qu'ils suivaient, assombris par ses lunettes de soleil, furent soulignés d'un liseré bleu électrique. Ils longèrent encore un pâté de maisons sur Sunset Boulevard puis Silberman tourna en direction de l'autoroute. À l'angle de la rue, une des filles, qui terminait sa nuit passée à racoler ou débutait sa journée, pivota pour suivre des yeux la BMW. Le visage qui se superposa au sien n'avait rien de féminin, ni même d'humain : un sourire dénuda ses crocs pointus, puis Tyler vit réapparaître le masque informe, rouge à lèvres et mascara, visage de poupée offert aux regards des passants.

Il pencha la tête en arrière et l'étudia dans le rétroviseur. L'image de la fille s'éloignait et s'amenuisait. Son regard se portait déjà sur la voiture suivante.

Ce fut en silence qu'ils parcoururent le reste du trajet jusqu'à la prison pour femmes.

Après avoir subi la fouille... consciencieuse dans le cas de Tyler... ce dernier dut aller attendre dans une des petites pièces sur la façade du bâtiment. La peinture beige institutionnelle des parois et les chaises de plastique moulé vissées au sol lui étaient familières. Il avait fait un voyage dans cet univers compartimenté qui était devenu une composante de son être. Une copie conforme de cette pièce sans fenêtre, et de ses semblables des hôpitaux et autres lieux d'isolement, occupait une place précise juste au-dessous de son cœur. Avec une pendule fixée très haut sur un mur, un visage blanc cerclé de noir qui tictaquait et égrenait un temps différent de celui du monde extérieur.

Il avait appris à attendre dans de telles salles. La leçon la plus importante de sa période de détention.

La porte fut ouverte par une femme en uniforme, qui la referma aussitôt après avoir laissé entrer Silberman.

– Linda veut vous voir seul.

Tyler releva les yeux vers l'avocat.

– Vraiment ? (Il sourit.) Toujours aussi autoritaire, à ce que je vois. Vous allez bien vous amuser en travaillant sur cette affaire.

– J'exige de savoir ce qu'elle vous dira.

– Ne vous tracassez pas pour ça, fit Tyler en se levant du siège de plastique. Son père a dû payer assez cher pour que cette entrevue ait lieu… je vous ferai un rapport détaillé.

La gardienne, qui avait attendu derrière la porte, le conduisit dans une pièce en tout point identique à la première, si l'on exceptait la présence d'une table et de deux chaises en plein milieu. Après quelques minutes d'attente supplémentaires, il entendit dans le couloir les pas de la femme, et d'autres au rythme décalé. La porte s'ouvrit sur Linda.

– Veuillez poser vos mains sur la table.

La gardienne alla s'installer sur la chaise placée près de la porte, à égale distance de la détenue et de son visiteur assis de chaque côté de la table centrale. Elle devint un élément du mobilier spartiate de la pièce.

Les cheveux de Linda étaient plus courts que lors de leur dernière rencontre, qui remontait désormais à plusieurs années. Sa chevelure, qui lui descendait à l'époque jusqu'au milieu du dos, était à présent ramenée en une petite queue de cheval retenue sur la nuque par un anneau élastique. Il nota même quelques mèches grises sur ses tempes. L'absence de maquillage lui permettait de constater à quel point elle avait vieilli. *Et toi, à quoi crois-tu ressem-*

bler ? Nous n'étions encore que des gosses quand tout a commencé, et voilà comment nous en sommes sortis. Si nous en sommes sortis...

– Salut, Linda.

Les mains de son ex-femme étaient posées à plat sur la table, immobiles, séparées des siennes par une vingtaine de centimètres de bois clair.

Elle tira avec nervosité sur un fil qui pendait du poignet de sa blouse bleue décolorée réglementaire.

– Michael... tu dois m'écouter.

Le petit réduit identique à celui-ci enchâssé au cœur de son être, avec sa pendule dont les aiguilles tournaient inlassablement pour marquer l'écoulement d'un temps irréel, fut plongé dans un profond silence. De même que toutes les autres pièces au-delà de ces murs unis; pas un mot, rien à entendre. Parce qu'il lisait dans les yeux de Linda qu'elle n'était jamais revenue de cet univers silencieux, qu'elle s'y trouvait toujours retenue. Après son arrestation, il avait séjourné dans une prison, puis dans un hôpital. Comme presque tous les autres, il avait enfin trouvé une issue. Mais Linda s'était éclipsée la veille du procès et n'avait pas suivi le moindre traitement. Elle résidait toujours dans cette pièce située hors du temps. Ses yeux étaient des lucarnes d'observation donnant sur le parloir, et s'il pouvait lorgner à l'intérieur de son être elle était pour sa part dans l'incapacité de regarder au-dehors. Il se demanda si seulement elle le voyait; à quel fragment du passé, frangé de bleu électrique, elle croyait s'adresser.

Tyler entendit la voix de Wyle, issue de ses propres souvenirs. Un exposé, fait à un petit groupe de ses disciples, peu avant que tout ne sombre dans le sang. Il citait Jung, une des rares reliques de ses études de psychologie à trouver grâce à ses yeux et à échapper à ses critiques méprisantes et incendiaires. Des propos se rapportant à la schizophrénie :

... à partir de ce stade, rien de nouveau ne peut pénétrer l'esprit.

Il étudia ses mains un instant puis la regarda à nouveau.

– Écouter quoi ?

Déjà, comme si aucune année ne s'était écoulée, le lien qui les unirait éternellement s'était rétabli.

– *Slide a enlevé Bryan.* (Ses doigts se cambraient, leurs ongles tentaient vainement de creuser le bois verni.) Là où je vivais... où les flics sont venus me chercher... Slide est entré et l'a pris. Il détient notre enfant.

Tyler se recula et observa les larmes qui avaient commencé à apparaître dans les yeux de Linda. Elle baissa la tête et colla ses paumes à ses joues, espérant ainsi empêcher son visage de se désagréger.

Un mot, un nom, avait provoqué la résurgence d'un autre fragment du passé. Tyler revoyait le visage de l'homme, avec son perpétuel sourire d'autosatisfaction et ses yeux aussi brillants que des billes de métal laqué. Slide et Linda étaient les deux seuls du Groupe Wyle à avoir échappé au filet légal qui s'était refermé sur ses membres. Slide avait disparu dans les entrailles de la terre, tel un furet dans le dédale de ses galeries secrètes et de ses tunnels. Ce que Tyler avait toujours jugé conforme au personnage, lorsqu'il lui était arrivé de penser à lui, couché sur la paillasse d'une prison ou sur un lit d'hôpital. Slide avait constitué le maillon reliant le Groupe au monde ténébreux et impitoyable de la drogue, de l'argent et des individus qui se chargeaient de leur conversion. Il n'appartenait pas à l'espèce de ces enseignants cinglés, de ces universitaires qui aspiraient à connaître la rédemption par une petite expansion du conscient, comme s'il s'agissait d'une simple liaison avec une étudiante au visage juvénile croisant les jambes un peu trop haut, aux premiers rangs d'un amphithéâtre. Slide avait apporté avec lui l'air vicié et raréfié d'un monde différent, plus dur. Voilà pourquoi il n'avait pas été désemparé quand le fond du petit bac à sable où ils jouaient s'était effondré sous le poids du sang qu'ils y avaient déversé; avoir maille à partir avec la police n'était pas pour lui une nouveauté, ce qui n'était pas le cas des pauvres universitaires affolés. Il lui avait suffi de regagner le monde impitoyable d'où il était issu.

Et, à présent, Linda lui annonçait que Slide avait enlevé leur fils, que le furet s'était glissé dans le nid pour subtiliser le dernier-né vulnérable. Il étudia le visage en larmes de la femme.

– Comment sais-tu qu'il s'agit de Slide ?

Les yeux de Linda, désormais humides et injectés de sang, semblèrent finalement le voir.

– Il... il m'a téléphoné. *C'était lui.* Il m'a dit qu'il avait enlevé notre fils, m'a demandé d'aller voir dans sa chambre. Bryan n'y était plus. Il avait disparu. Et Slide s'est mis à rire. Slide riait...

Les mots étaient comparables à des fragments de bande magnétique collés bout à bout pour reconstituer une voix brisée. *Elle est hystérique,* comprit Tyler. *Mais ils lui administrent des calmants.* La nuit précédente, elle avait hurlé et martelé de ses poings les murs de béton d'une cellule, les maculant de sang. Les gardiennes étaient intervenues et avaient immobilisé avec compétence ses poignets et ses chevilles à l'aide de solides bandes de flanelle. C'était la technique classique, Tyler était bien placé pour le savoir : laisser hurler la personne en question, attendre que l'épuisement provoque une sorte d'anesthésie. Mais un père tel que celui de Linda pouvait offrir à sa fille un médecin privé, et le soulagement apporté par une intraveineuse et des pilules envoyées à l'infirmerie du centre de détention.

Il savait qu'intérieurement Linda continuait de

hurler, que ses poings martelaient toujours son crâne d'un message codé se rapportant à un enfant perdu. Seuls les produits chimiques dilués dans son sang réduisaient artificiellement ses propos à un niveau modéré et compréhensible, lui évitaient la gêne d'une entrave à sa liberté de mouvement. Il savait également que c'était sur le plan psychique que leur efficacité était la plus grande. *Bénies soient les drogues qui donnent une apparence de santé mentale, bien qu'il serait plus sain de hurler.* Il eut une esquisse de sourire sans joie à la pensée des médicaments qui altéraient son propre sang. S'il avait dépassé depuis longtemps le stade des hurlements... cela appartenait au passé... les produits chimiques étaient toujours nécessaires pour tenir le loup à bonne distance de son esprit *(cette gueule aux longs crocs acérés, ce sourire dévorant.)*

– Bryan est donc avec Slide.

Elle hocha la tête, désespérée.

Et il sentit un froid glacial envahir le réduit interne de son être, comme si la gangue de glace enrobant son cœur venait de toucher ses parois.

– Qu'espères-tu de moi ?

– C'est *ton* fils. (La voix désormais implorante de Linda se brisa.) Notre enfant... Je sais, je sais, je sais... (Elle se remit à pleurer.) Je sais, je te l'ai pris. Tu n'as pu l'avoir près de toi, ni même seulement le voir pendant toutes ces années... Oh, je comptais te mettre au courant, te dire où nous étions... mais j'avais peur qu'on puisse me retrouver... et pourtant...

Tyler se redressa, repoussa sa chaise et se pencha sur la table. La gardienne fit mine de se lever puis se ravisa, et les étudia attentivement. La voix de Tyler se fit encore plus basse :

– Je ferai le nécessaire, Linda... Tu le sais, n'est-ce pas ? (Elle hocha la tête, désormais muette.) Bon, maintenant, il faut que je te dise qu'un homme va

venir te voir et te parler. Il s'appelle Silberman.
C'est ton avocat. D'accord ? Tu comprends ? Tu
devras lui obéir et lui dire tout ce qu'il désire savoir.
C'est entendu ?

Un autre hochement de tête.

– Michael...

Le froid s'accentua dans la pièce intérieure, celle
où ils se trouvaient, et toutes les autres au-delà. La
fureur de Tyler était telle qu'il aurait pu gifler la
femme et l'envoyer rouler sur le sol. Au lieu de
cela, il s'écarta de la table et se dirigea vers la porte.

– Qu'a-t-elle dit ? demanda Silberman en se levant
d'une des chaises de la salle d'attente.

Tyler colla son index sur la poitrine de l'avocat,
juste au-dessous du nœud irréprochable de sa cravate
en soie.

– Écoutez, Silberman. (Il accentua la pression
exercée par son doigt, contraignant l'homme à
reculer d'un pas.) Vous allez immédiatement me
faire sortir d'ici. Ensuite, vous pourrez revenir et
je vous garantis qu'elle ne vous posera plus de
problèmes. Mais je ne veux plus jamais vous revoir.
Pigé ?

L'avocat l'étudia un instant avant de hocher la tête.

– Entendu. Mais vous avez tort. Vous renoncez
à vos avantages. Le père de Linda...

– Il peut aller se faire foutre. Et vous avec.

Tyler repoussa l'homme et se dirigea vers la porte
donnant sur le parking.

Lorsqu'elle sortit du bâtiment, à la fin du cours
d'anatomie, Tyler l'attendait. Steff disposait d'un
quart d'heure pour manger ses yaourts, aller chercher
une tasse de café à l'un des distributeurs installés
sur le campus, et se préparer pour les quatre-vingt-
dix minutes de travaux pratiques au labo. Mais elle
vit Michael assis sur le muret d'un bac à fleurs,

derrière les étudiants qui traversaient l'esplanade à la hâte ou en musardant. Il était voûté et faisait reposer ses coudes sur ses genoux, attendant patiemment sa sortie. Il se leva en la voyant s'avancer vers lui.

– Que fais-tu ici ?

Steff était surprise qu'il connût suffisamment bien son emploi du temps pour savoir où la retrouver. Mais peut-être avait-il flairé sa piste et s'était-il mis à l'affût, obéissant à une sorte d'instinct animal. Son expression grave l'inquiétait.

– Ça n'a pas été long, avec elle.

Préciser le nom de la femme eût été superflu.

– Comment s'est passée l'entrevue ?

Elle fit reposer le poids de ses livres sur son ventre.

– Oh, très bien. Très bien. (Autour d'eux s'écoulait un flot d'étudiants dont les propos et les rires formaient un fond sonore à l'amertume présente dans la voix basse de Michael.) Elle m'a appris un tas de choses intéressantes.

Bien qu'intriguée par son regard, elle ne dit rien, se contentant d'attendre. Du coin de l'œil, elle le vit rouler une feuille d'aluminium entre ses doigts et nota les renflements des gélules de sa dose de midi. Il aurait déjà dû les prendre.

– Tu veux savoir ce qu'elle m'a dit ? Tu le trouveras certainement très drôle.

Frappée par son intonation coléreuse, elle recula d'un pas.

– Mike…

Il saisit son bras, au-dessus du coude, et le serra avec force.

– Viens avec moi. J'ai quelque chose à te montrer.

Elle ne protesta pas, s'abstint de lui parler de ses cours suivants tandis qu'il l'entraînait vers la rue le long du campus. Elle ne l'avait encore jamais vu ainsi. La chose que les médicaments gardaient captive au fond de lui venait de trouver une fissure par laquelle elle avait resurgi. L'inquiétude qui accompagnait sa terreur l'empêchait de se libérer et de fuir vers la sécurité qu'offraient la foule et le bruit.

Un procès-verbal de stationnement interdit avait été glissé sous un des balais d'essuie-glace de la Chevrolet. Michael le prit, le roula en boule et le jeta dans le caniveau avant de pousser Steff dans la voiture. Un instant plus tard, il se frayait un chemin au sein de la circulation de cette heure de pointe.

– Tu sais ce qu'elle m'a annoncé ? demanda-t-il à nouveau.

Il freina, se faufila dans un espace libre de la voie voisine et accéléra. (Steff se contenta de secouer la tête. Elle serrait ses livres contre sa poitrine, comme un bouclier dressé entre eux.) J'avais un fils, déclara Michael en soutenant son regard, sans faire cas de la circulation. Tu ignorais ce détail, hein ?

– Je... je ne savais pas.

Elle ne s'en souvenait pas, ne pouvait trouver cette information dans sa mémoire. Michael ne lui en avait jamais parlé, n'avait jamais dit quoi que ce soit au sujet d'un enfant. Mais quelque chose... dans son comportement et la façon dont il regardait son petit Eddie, quand il restait silencieux et maussade sans avoir conscience qu'elle l'étudiait depuis l'entrebâillement de la porte de la cuisine... lui avait peut-être permis de le deviner. Cependant, elle s'était abstenue de l'interroger à ce sujet, redoutant d'apprendre de nouvelles choses sur le chagrin et la souffrance.

– Un bébé, précisa-t-il en accordant à nouveau son attention aux autres voitures. Je l'avais appelé Bryan, comme mon grand-père. Linda vient de m'annoncer qu'elle l'avait gardé près d'elle pendant toutes ces années. Alors, qu'en dis-tu ?

Steff garda le silence, se contentant de l'observer.

Il étudia calmement le flot de véhicules, semblant

capable de deviner quelles seraient les réactions de chaque conducteur.

– Puis elle a ajouté qu'on venait de l'enlever. Qu'un homme que nous avons connu a kidnappé notre fils, juste avant que les policiers ne viennent l'arrêter. Et elle m'a demandé de le retrouver et de le lui rendre.

– Peux-tu le faire ? Sais-tu où il se trouve ?

– Si je sais où il se trouve ? (Son rire repoussa Steff contre la portière.) Évidemment, que je sais où il se trouve... je l'ai toujours su.

Il vira vers le trottoir, freina, coupa le contact et sortit du véhicule. Les livres de Steff tombèrent lorsqu'il la tira vers lui, du côté de la portière du conducteur.

– Mike... je t'en prie. Tu me fais mal...

Sans tenir compte de ses protestations, il la poussa brutalement devant lui en direction d'un grand portail flanqué de deux hauts piliers de pierre et encadré de palmiers. Ils laissèrent les grondements du trafic derrière eux.

Pendant un instant, au sein du silence relatif qui régnait entre les hauts murs, elle crut qu'ils venaient de pénétrer dans un parc situé au cœur de la cité. Les pelouses vertes bien entretenues s'étiraient vers une autre porte s'ouvrant de l'autre côté de ce havre de paix. Au-delà des murs s'élevaient des rangées de palmiers régulièrement espacés, dont les têtes dansaient contre le ciel. Ils n'entendaient que le bourdonnement assourdi de la circulation.

Elle regarda la pelouse, à la bordure de l'allée qu'ils suivaient, et vit de petites plaques de cuivre ou de marbre pointiller le gazon. Sur chacune d'elles un nom était gravé.

Près de Steff, une coupe de métal partiellement enterrée contenait des fleurs que l'air du désert avait flétries.

Michael la tira pendant quelques mètres sur la

pelouse. Puis il la lâcha et la poussa pour la faire tomber sur l'herbe.

Sur la plaque qu'elle avait sous les yeux était gravé : BRYAN MARK TYLER. L'année de sa naissance et celle de sa mort étaient identiques.

Elle se tourna et leva les yeux vers Michael. Le pouls de l'homme debout au-dessus d'elle et qui la couvrait de son ombre faisait battre ses tempes. Elle n'aurait pu dire s'il la voyait ou si son regard était rivé sur un point situé juste au-dessus du petit cercueil enterré sous elle.

6

Elle regagna la cuisine sitôt après avoir couché Eddie. La salle de séjour était plongée dans l'obscurité, et seule la faible clarté bleutée des réverbères de la rue lui révélait Michael installé dans le fauteuil près de la fenêtre.

– Steff...

Elle se retourna et son ombre se tendit vers l'homme depuis le seuil de la cuisine. Pendant toute la soirée, elle avait effectué des aller et retour incessants entre la cuisine et les chambres, les seules zones de lumière de l'appartement, pour préparer le dîner de son fils et regarder avec lui la petite télé noir et blanc posée sur la commode. Le silence régnant dans l'autre pièce s'était insinué dans le vestibule; lourd de menaces au point d'interrompre le babil continuel d'Eddie. Quand sa mère s'était penchée sur lui afin de lui souhaiter une bonne nuit, l'enfant avait enfoui son visage dans l'oreiller pour esquiver son baiser.

– Je suis sincèrement désolé, ajouta Michael.

Seules ses mains posées sur les accoudoirs du fauteuil étaient visibles, d'un blanc spectral dans la clarté blafarde. Il tourna le visage vers la fenêtre et son profil fut souligné d'argent.

– Je n'étais plus moi-même. À cause de ce que Linda venait de me dire... et du reste. Le simple fait de la revoir a provoqué une sorte de réaction. Je ne savais plus ce que je faisais... sincèrement.

Elle ne dit rien. Le souvenir de la tombe de l'enfant se superposait à chaque chose. Même lorsqu'elle avait regardé la tête d'Eddie sur l'oreiller. *(Son fils... son fils est là-bas. À longueur de temps. Cette nuit. Il repose dans la terre, bercé par les bruissements des palmes par-dessus les hauts murs de pierre.)* Épuisée, elle laissa son épaule reposer contre le chambranle de la porte et regarda un bref instant la vaisselle sale empilée sur le plan de travail. Puis elle reporta ses yeux sur Mike et nota un reflet métallique sur le sol, près de lui; un bout de feuille d'aluminium roulée en boule, tombée sur un livre dont la jaquette rouge virait au noir dans l'obscurité.

La voix de Mike était privée d'intonation, comme s'il avait pesé et mesuré ses paroles longtemps auparavant.

– Je partirai, si tu le souhaites. Je ne veux pas que tu t'inquiètes, que tu redoutes que tout puisse recommencer.

Elle observa un instant la silhouette de l'homme assis dans la pénombre, puis s'avança et vint se tenir près de lui. Par la fenêtre, elle découvrait la vive clarté des enseignes des bars et des phares des voitures qui suivaient Santa Monica Boulevard. Les véhicules ralentissaient au feu de Fairfax, et Steff avait l'impression de discerner les traits de leurs occupants qui scrutaient les trottoirs, en quête de ce qu'ils étaient venus chercher en ces lieux. Les faisceaux des codes des voitures roulant en sens inverse drainaient ces visages de toute couleur, les métamorphosant en masques aux longs crocs. Un de ces personnages fantasmagoriques solitaires tourna la tête dans sa direction et elle recula d'un pas, tout en sachant qu'il était impossible qu'on la vît dans cette pièce obscure.

Elle fit reposer sa paume sur l'épaule de Michael.

– J'y réfléchirai, dit-elle.

Il se pencha et caressa sa main. Elle savait déjà quelle serait sa décision. Si les ténèbres régnaient dans cette pièce, il suffisait d'abaisser un interrupteur pour les dissiper. À l'extérieur, le flot de voitures était ininterrompu, et les yeux et les projecteurs qui fouillaient la nuit ne souhaitaient pas la voir s'achever.

... prit connaissance de cette nouvelle sans en paraître affecté, et les gardes de cette section du centre de détention assimilèrent tout d'abord l'apathie de Tyler à une preuve de son insensibilité. Ce fut seulement après qu'il eut été autorisé à assister aux funérailles de son fils, menottes aux poignets et encadré par quatre policiers, et qu'il se fut effondré à côté de la petite tombe, que la prise de conscience de la mort du bébé sembla pénétrer sa torpeur...

Il reposa le livre sur ses cuisses. Faute de pouvoir trouver le sommeil, il avait laissé Steff couchée en chien de fusil dans leur lit et s'était levé. Sans bruit, pour ne pas éveiller la femme ou Eddie qui dormait dans la pièce voisine *(l'autre enfant ne s'éveillerait jamais)*, Tyler avait gagné le fauteuil installé derrière la fenêtre donnant sur la rue.

S'il inclinait le livre, le halo bleuté des réverbères lui permettait de discerner les lignes de mots. *Quelle est cette vieille chanson ?* se demanda-t-il. *Celle où l'on dit que la clarté de la lune est suffisante pour lire...* Le premier album de Leonard Cohen avec, sur la pochette, son visage de Juif Canadien parodiant le Christ en croix, et la femme en flammes au verso. Ce 33 tours qui avait été, pendant une période des années soixante, un élément indispensable de toute chambre d'étudiant se voulant au goût du jour. Avec *Surrealistic Pillow* et *Cheap Thrills* de Big Brother. Sans oublier, pour les plus anticonformistes, *The velvet underground and Nico*, et la peau de banane d'Andy Warhol. Il les avait tous possédés.

Il se frotta les yeux. Lire dans cette semi-pénombre venait de coudre ses paupières avec un fil de sel. Sa montre se trouvait sur la table de chevet de la chambre, mais il savait qu'il était plus de deux heures du matin : la clientèle des bars avait cessé de circuler sur Santa Monica, et ce boulevard n'était plus emprunté que par les voitures se dirigeant vers des destinations lointaines. Les transactions financières ou charnelles qui n'avaient pu aboutir ce soir-là devraient être reportées au lendemain. Les murmures lointains du trafic berçaient son cœur et lui apportaient un apaisement momentané.

(D'autres souvenirs, n'ayant pour tout lien que le cadre de la rue. Il pensa à un de ses amis, homosexuel, qui lui avait annoncé que, pour le citer, il allait « cesser d'aborder des mômes » sur Santa Monica Boulevard : « On ne trouve rien à leur dire. » Solitude et SIDA étaient tout ce qu'ils laissaient derrière eux. Lorsqu'il l'avait rencontré la fois suivante, son ami avait fait l'acquisition d'un appartement et vivait depuis un certain temps avec le même homme : l'ascension traditionnelle vers la respectabilité pour les homosexuels des classes moyennes.)

Tyler chassa ces pensées de son esprit. Sous elles, le souvenir de son ex-femme continuait à tictaquer. Un passé remontant à quelques années et à moins de vingt-quatre heures. La Linda qu'il venait de voir dans ce petit parloir du centre de détention était toujours celle qu'il avait épousée à l'époque de l'université. La mère de son fils. Mais si Bryan reposait dans sa petite tombe, comme chaque nuit, cette femme qu'il avait suivie dans la folie... *(poussée ?... non, nous nous sommes abandonnés ensemble, main dans la main)* ne chantait plus des berceuses au chevet d'un enfant qu'elle croyait toujours vivant et près d'elle. *Quelle chanson ?* Il tenta de se remémorer une voix douce, dans un appartement moins spacieux que celui-ci, longtemps auparavant. *Dodo, l'enfant do... l'enfant dormira bien vite...* Il ne se souvenait plus de la suite. Il avait oublié.

Ils avaient délibérément plongé dans la folie, puis en étaient ressortis. La plupart d'entre eux, tout au moins. Rudy Yates vivait désormais dans une mission évangéliste de Freeport, dans le Kentucky. Chaque année, à Pâques, il adressait à Tyler une carte postale qu'il couvrait de messages bibliques sans jamais faire allusion à leur passé sanglant. Pendant deux ans, Tyler avait connu un amusement ironique en pensant à lui : Rudy le cynique, le plus virulent du Groupe, qui était allé se joindre au troupeau de ceux dont il s'était toujours moqué. Les premiers ouvrages écrits par Wyle auraient dû porter un coup fatal à toutes ces vieilles superstitions tyranniques... tout au moins l'avaient-ils pensé. Mais Tyler se demandait désormais si ce qu'il éprouvait en recevant cette carte postale annuelle du visage du Christ n'était pas plus proche de la mélancolie et de l'envie.

Et il y avait les autres, ceux qui s'étaient contentés de graviter autour d'eux et n'avaient pas été immergés dans le sang, simplement éclaboussés. Seuls quelques-uns, comme Linda et lui, étaient restés jusqu'à la fin de cet office macabre qui les avait brisés ou métamorphosés. Bonnie Rees, par exemple. Elle vivait toujours ici, à L.A. (À leur sortie de l'hôpital ou de la prison, la plupart des autres étaient partis vers de nouveaux horizons, pour vivre sous d'autres cieux où le fardeau des remords serait moins lourd à porter.) Il gardait dans son esprit deux images de Bonnie; une qui remontait à bien des années, avec ses cheveux longs tombant sur la lame d'un couteau qu'on lui tendait, ses yeux rivés sur le métal comme si une révélation y était écrite; l'autre à seulement quelques mois, lorsqu'il l'avait revue derrière la caisse d'une librairie, avec le regard apeuré d'un rat de laboratoire ayant reçu trop de décharges électriques pour oser tenter une nouvelle traversée du labyrinthe.

Ken Ruhman travaillait, quant à lui, dans un des studios d'enregistrement d'Hollywood. Il était devenu ingénieur du son. Le groupe Wyle, que son narcissisme avait entouré de caméras vidéo et d'enregistreurs... Le procureur avait été si impatient de mettre la main sur ses bandes... Cela lui avait au moins permis d'apprendre un nouveau métier. Ken était sans doute le seul à avoir bénéficié dans une certaine mesure de cette expérience. Contrairement aux autres, Tyler l'avait revu assez souvent. C'était Ken qui, grâce à ses relations dans les milieux de l'industrie cinématographique, lui avait trouvé ce poste de gérant d'un cinéma promis à la démolition... un emploi ridicule qui ne l'occupait que quelques heures par jour et ne lui rapportait pas grand-chose, mais qui lui fournissait des fiches de paie démontrant au juge chargé de surveiller sa liberté conditionnelle qu'il ne vivait pas uniquement de ses droits d'auteur.

Il y en avait d'autres. Tyler ne s'était pas donné la peine de suivre leurs traces. C'était bon pour un type comme Bedell, qui s'était promu historien de leur folie collective.

Mais une brèche venait d'apparaître : Linda, que les policiers avaient tirée hors des ténèbres où elle s'était réfugiée. Il devait le leur accorder : ces hommes étaient tenaces, ils ne renonceraient jamais. Comme le moulin des dieux qui broyait lentement, mais inexorablement. *Et pas si lentement que ça, après tout,* se reprit-il. Ils n'avaient pas perdu de temps pour arrêter tous les autres, le moment venu.

Hors des ténèbres, mais pas de la folie. Linda était toujours sa captive. Pendant toutes ces années, elle avait vécu avec un bébé hallucinatoire. S'était-elle imaginé voir grandir Bryan ? S'était-elle apprêtée à l'envoyer bientôt à l'école ? Tyler regarda par la fenêtre, son cœur transmué en plomb. Les mécanismes de l'illusion s'étaient peut-être grippés, lui permettant de prendre conscience qu'aucun petit garçon ne partageait sa cachette. Et la destruction d'une hallucination avait pu en provoquer une autre, évoquer le spectre menaçant de ce vieux Slide et le faire ramper hors du passé sous les traits d'un croque-mitaine venu fournir une explication à la disparition de l'enfant. Une nouvelle version d'un conte de fées, de Hans Christian Andersen sous son jour macabre, ces histoires qu'on ne faisait désormais plus lire aux enfants. Trop de sang et de folie. Il observa les voitures qui roulaient au loin.

C'était contre cela que le protégeaient ces médicaments, les gélules et les cachets qu'il devait ingérer par quantités soigneusement dosées, à heures fixes, selon un rituel journalier. Ils l'empêchaient de replonger dans des ténèbres d'où il ne pourrait jamais ressortir...

Un enfant hallucinatoire, enlevé par un ravisseur hallucinatoire. C'était l'aboutissement de toutes les belles théories de Wyle, de sa rhétorique enflammée contre l'esprit bourgeois conditionné. La seconde illusion venait confirmer la première; Bryan avait disparu, n'est-ce pas ? Et Slide était là pour en endosser la responsabilité. Tyler secoua tristement la tête. Slide devait probablement être mort, à présent; ou moisir dans une prison du Sud pour un autre forfait... Cet homme était un professionnel du crime, pas un idéaliste naïf comme les autres personnes que Wyle avait fait participer à son jeu.

Sur ses genoux, les pages du livre viraient au gris. L'aube ne tarderait guère à se lever. Son faux jour filtrait dans le ciel au-dessus des bars plongés dans le silence. Tyler était resté assis à la fenêtre de nombreuses heures, s'apitoyant sur le sort de cette pauvre Linda non parce qu'il subsistait en lui le moindre amour pour elle... de tels sentiments s'étaient consumés... mais par simple nostalgie pour ce que l'on a perdu dans l'obscurité.

Il referma le livre et le rapporta dans le placard du vestibule, sans donner de lumière. Il souleva la pile de vieux journaux et le glissa au fond du carton. *Ne le lis plus. Tu dois essayer d'oublier.*

La porte de la chambre d'Eddie était entrouverte. Il la poussa et regarda à l'intérieur. Un petit corps recroquevillé sous les draps... Bryan eût été plus âgé, mais guère. Tyler resta sur le seuil, à observer.

Il fit un pas dans la pièce obscure et put voir les cils de l'enfant. Imaginer qu'il s'agissait de Bryan était facile. *Ce n'est pas Linda qui a tout perdu, c'est moi.* Elle avait encore son fils. Même enlevé; l'enfant était pour elle toujours vivant, quelque part. Au sein des ténèbres, il était possible de retrouver ce que l'on croyait perdu à jamais.

– Bryan... murmura-t-il dans le silence de la chambre.

Il ferma les yeux et se retint au chambranle de la porte. Il se livrait à la folie, il en avait conscience. C'était ainsi que tout débutait. Mais cependant... seulement pour un instant...

Il regarda à nouveau le petit corps glissé entre les draps. Sous la faible clarté de la fenêtre de la salle de séjour, qui traversait le couloir pour venir lui révéler le visage de l'enfant endormi, ce dernier semblait désormais différent. Tyler se rapprocha et se pencha pour mieux voir. Il tendit la main pour le caresser. Ses doigts n'étaient qu'à un centimètre du petit visage, lorsqu'il se ravisa.

– Bryan... ?

Un liseré bleu électrique soulignait les contours de ses cils.

La tête pivota vers lui.

Et elle ne possédait plus les traits d'un enfant,

mais ceux d'un être dont le large sourire révélait de longs crocs. Ses yeux rieurs le reconnurent.

Tyler recula et tendit la main vers l'interrupteur. La lumière inonda la pièce.

Eddie releva la tête de l'oreiller en se frottant les yeux, les sourcils froncés.

– Mike ?

– Chut. Tout va bien. Tout va bien. (Son cœur s'était emballé. Tyler s'inclina vers le lit et repoussa l'enfant avec douceur, le contraignant à se rallonger. Il sentait la moiteur de ses mains traverser le pyjama d'Eddie.) Rendors-toi.

Il tendit un bras derrière lui pour éteindre.

Puis il s'empressa de ressortir de la chambre et s'adossa à la paroi du couloir. La grisaille de l'aube était plus lumineuse.

Ne recommence jamais, s'ordonna-t-il. *Plus de conneries de ce genre, compris ? Ton fils est mort.*

Il devrait garder cela à l'esprit. On ne trouvait *rien* dans les ténèbres.

Steff restait allongée dans son lit, tendant l'oreille. Elle avait entendu Mike gagner le vestibule à pas de loup, puis des bruissements dans le placard. Il récupérait l'objet qu'il rangeait dans le carton du bas.

Il se trouvait à présent dans la salle de séjour, elle le savait. Avec le livre. Ce livre qu'elle avait un jour sorti de sa cachette en l'absence de Mike, avant de le remettre sous la pile de vieux journaux sans seulement l'avoir ouvert, respectant la frontière que ce qu'elle jugeait préférable d'ignorer imposait à sa curiosité. Elle leva les yeux vers le plafond plongé dans l'obscurité, attentive au silence qui régnait dans l'appartement.

Un jour, après avoir fait l'amour avec Mike, elle lui avait demandé de lui parler de ce qu'il avait vécu. De son incarcération. D'interminables minutes s'étaient écoulées, alors qu'elle mordillait sa lèvre inférieure en regrettant d'avoir posé cette question. Finalement, Mike avait répondu qu'il s'agissait d'une épreuve moins pénible qu'on pouvait le supposer. Selon lui, ceux qui prenaient plaisir à noircir le tableau qu'ils brossaient de leur détention voulaient susciter de la pitié, ou avaient conservé, en prison, l'attitude qui leur avait valu d'y être incarcérés. Mais, pour ceux qui gardaient la bouche close, obéissaient aux ordres et se contentaient de rester assis à attendre, c'était supportable. On avait tout le temps de méditer dans une cellule. C'était cela le pire : n'avoir rien d'autre à faire que ressasser le passé.

Elle ne lui avait rien demandé de plus, sur ce qui était consigné dans ce livre qu'elle n'avait pas lu. Elle souhaitait simplement des confidences, partager des bribes insignifiantes de ce qui engloutissait derrière lui toute lumière, comme une caverne.

Des semaines plus tard, une autre nuit, il s'était mis à parler d'une voix posée, comme si les pensées qui tournoyaient dans sa tête avaient fini par éroder son crâne et y creuser une brèche par laquelle elles s'échappaient dans l'espace obscur de la chambre. Le passé était devenu une substance qui exerçait sur eux une pression, un poids constant comme celui de l'atmosphère. Elle avait écouté son monologue qui ne se rapportait pas aux choses qu'il avait vues, mais à ce qui permettait de les voir sans savoir qu'on avait sombré dans la démence, et en se prenant pour le personnage d'un monde différent que venaient balayer les raz de marée d'un océan de sang.

Cette drogue qu'ils prenaient, en se croyant supérieurs. De telles substances pouvaient rendre fou... elle le savait déjà. Six boîtes de bière suffisaient à métamorphoser le père d'Eddie en un être affalé devant la télé. Il restait à fixer l'écran par-dessous ses paupières lourdes, attendant qu'elle laisse tomber une assiette dans la cuisine, saisissant ce prétexte pour se ruer sur elle, pour l'acculer contre le réfrigérateur, et pour la rouer de coups tant qu'elle ne renonçait pas à lever les mains pour se protéger le visage. Il y avait aussi la blanche qu'il achetait à ses copains du parking de la raffinerie, pour trouver le courage d'aller prendre son service au cimetière, et qu'il continuait parfois de mâchonner quand il rentrait chez lui. Elle savait alors qu'elle goûterait à son propre sang avant de sentir l'homme entre ses cuisses endolories, et que seuls les cris du bébé pleurant à l'autre bout de l'appartement couvriraient le bruit qui l'assourdirait. Elle savait, et pouvait croire, beaucoup de choses sur les drogues qui rendaient fou. Elle pensait être une experte en ce domaine.

Mais Mike avait poursuivi son monologue dans la chambre silencieuse. Il citait un nom, dont elle aurait entendu parler si elle n'avait pas eu, à l'époque, pour unique sujet de préoccupation les changements d'humeur brutaux de son mari et le bébé dans l'autre pièce, si elle n'avait pas vécu dans un monde clos enchâssé dans l'autre monde. Mike avouait avoir été ravi et flatté d'être accepté dans l'entourage du grand homme, de passer du statut de maître auxiliaire de l'université à celui de disciple et de proche d'un membre de l'élite intellectuelle, d'un auteur de renommée mondiale, d'un grand penseur... au plus profond de lui-même. *Ce doit être comparable à se sentir aimée pour la première fois,* avait-elle pensé en l'écoutant. *L'unique souvenir que l'on garde, sans que la façon dont ce sentiment s'est manifesté importe, tant que cet amour subsiste et que l'on ne se retrouve pas seule, comme auparavant.*

Et il lui avait encore parlé de ce que l'on éprouvait en restant dans l'ombre d'une autre personne, à tel point dominé par sa personnalité qu'il devenait impossible de la différencier de la sienne, de comprendre que son maître était fou et que l'on avait soi-même perdu la raison. Autant de choses qu'elle savait déjà. Avec les autres femmes battues qui berçaient leurs enfants dans la salle commune du refuge, ce lieu où leurs amis et maris ne pouvaient les trouver pour la simple raison que leur adresse n'était connue que dans les centres de secours féminins et les salles des urgences dans les hôpitaux, elle avait entendu parler de cette ancienne pensionnaire qui avait vécu pendant sept ans avec un mari qui, une fois par mois, la tirait dans le garage et l'enfermait dans le coffre de leur voiture avant d'aller prendre le bus pour se rendre à son travail. Il ne rouvrait sa prison qu'à son retour, afin qu'elle pût préparer le dîner. Steff n'avait pas mis en doute l'authenticité de cette histoire, parce qu'elle n'avait qu'à regarder autour d'elle les femmes occupant les canapés avachis et les chaises pliantes pour voir, sous les ecchymoses dues aux coups qui les avaient finalement décidées à venir se réfugier en ce lieu, les traces plus anciennes de ce qu'elles avaient patiemment enduré. (La nuit, dans la petite chambre qu'elle partageait avec Eddie, elle s'était demandé si cette femme avait pleuré ou tenté de trouver le réconfort du sommeil, ainsi recroquevillée dans la malle arrière d'une voiture puant le caoutchouc et l'essence; si elle avait seulement eu des pensées ou si elle était restée tout simplement inerte.) Oui, elle connaissait bien ce dont lui parlait Mike.

Si elle avait tout su sur son compte, peut-être n'aurait-elle jamais voulu vivre avec lui. Une des conseillères du refuge, celle qui portait toujours une minerve en souvenir de son mari, affirmait n'avoir appris que l'homme s'était rendu sur la lune qu'après son départ du domicile conjugal. Le petit univers au cœur duquel certaines personnes se retrouvaient captives pouvait être complet au point d'exclure le monde extérieur, et la souffrance si constante qu'elle ne s'accompagnait même plus de larmes. Les traits de Mike, comme ceux des autres membres du Groupe Wyle, avaient eu leurs instants de célébrité au journal télévisé et dans les flashes d'information évoquant les auteurs des crimes de la Famille Manson. Elle en gardait le souvenir car cette dernière affaire remontait à l'époque où elle allait encore au collège. Mais elle avait tout ignoré du Groupe Wyle. Pendant que son mari la projetait contre le mur de la cuisine et la rouait de coups, des personnes étaient massacrées. Mais on tuait des gens à chaque instant, c'était sans grande importance. Cependant, l'homme avec lequel elle vivait désormais, Mike qui allait chercher son fils à la crèche et lui construisait des maquettes de voitures, était allé en prison parce qu'il avait été mêlé à des meurtres, à un grand nombre de meurtres. Sans pour autant les avoir commis. Elle l'avait vu dans une revue trouvée dans la salle d'attente du dentiste qui soignait Eddie. Mike avait été arrêté sous l'inculpation de dissimulation de preuves et d'entrave à la justice. C'était tout. C'était tout... et cependant une puanteur de cadavre émanait toujours de l'univers ténébreux qui avait été le sien et avec lequel cette unique discussion l'avait mise en contact.

Si j'avais su. À présent, elle fixait le plafond et s'interrogeait à nouveau. Peut-être laisserait-elle le passé décider à sa place et s'abstiendrait-elle de prendre une décision, bien que ce fût la plus grave des erreurs selon la conseillère du refuge. Lorsque cette femme lui avait demandé quelles étaient ses intentions et que Steff avait exprimé ses espoirs les plus fous, elle n'avait ni ri ni objecté que c'était irréalisable. Elle avait sorti les brochures des collèges et expliqué que les études qu'elle envisageait d'effectuer seraient longues, en travaillant et étudiant à mi-temps, avant d'ajouter que, même si elle n'allait pas jusqu'au bout, en raison des nombreux obstacles, elle en tirerait toujours profit. Un simple essai. Le passé pourrait alors n'être plus que cela : le passé.

Et qu'en était-il pour Mike ? Elle eût aimé le savoir. Steff avait Eddie pour lui rappeler son univers d'avant, Mike avait, quant à lui, ce livre, la photo de son ex-femme dans ce quotidien, et tous les autres petits souvenirs qui s'ingéniaient à ramper hors du puits de l'oubli.

Elle l'entendit dans le vestibule et ferma les yeux, feignant de dormir. La porte de la chambre d'Eddie fut ouverte et son fils murmura des mots qu'elle ne put reconnaître, puis Mike ordonna doucement à son fils de se rendormir. Un cauchemar, peut-être... Il savait faire disparaître par ses caresses l'inquiétude qui venait parfois plisser le front de l'enfant.

Le drap se souleva sur son épaule et l'homme se glissa dans le lit, près d'elle. Elle se pelotonna contre lui, laissant ses pensées s'estomper jusqu'au moment où elles s'évaporèrent totalement.

7

Le médecin s'installa plus confortablement dans son fauteuil et croisa ses mains derrière sa nuque.

– Alors, qu'en concluez-vous ? Qu'elle est folle ?

Tyler hocha la tête pendant que l'extrémité de son index suivait une veine du bois, au bord du bureau.

– Naturellement. Linda a sombré dans la folie, comme nous tous. Et rien n'a changé.

– Pour elle, tout au moins.

Le psychiatre, un homme jeune atteint d'une calvitie précoce, portait des lentilles de contact qui faisaient constamment ciller ses paupières et larmoyer ses yeux. Tyler le comparait à un hibou souffrant d'un rhume des foins. Il haïssait Goodrich et ses semblables, ainsi que leurs propos toujours pesés avec soin : les boniments que lui débitait ce charlatan en échange d'honoraires conséquents. Tyler préparait son chèque hebdomadaire à l'avance, redoutant de s'emporter et de laisser échapper quelques commentaires caustiques s'il lui avait fallu le remplir devant le bénéficiaire. Sa colère eût fait voler en éclats le personnage falot que le bon sens l'avait incité à se forger au cours des trois dernières années. Son choix était restreint : ces consultations privées ou des séances de thérapie de groupe. Tant que ses droits d'auteur le lui permettraient, il réglerait les honoraires de Goodrich. Au centre médical du comté, l'épreuve était encore plus insupportable... assis en cercle sur des chaises pliantes, il fallait attendre qu'un étudiant venu passer les heures de travaux pratiques nécessaires à l'obtention de son diplôme de médecine eût fini de tirer des gémissements thérapeutiques aux déprimés réunis là, tout en lançant le plus discrètement possible des regards à la pendule. Il remerciait le ciel que Herlihy, le juge chargé de sa surveillance pendant sa liberté conditionnelle, eût donné son approbation lorsqu'il avait demandé à poursuivre son traitement dans le cabinet privé de Goodrich. Être suivi par un psychanalyste était, entre autres choses, le prix à payer pour jouir de la liberté; d'où sa ponctualité à ces rendez-vous. *(Tu es devenu un chacal apprivoisé, mon vieux.)*

En outre, le psychiatre renouvelait ses ordonnances. *Tu n'as d'autre choix que de vivre par la chimie,* tentait-il de ne pas oublier. Endurer les fadaises de cet homme n'était pas un prix trop élevé à payer pour bénéficier des médicaments qui dressaient une barrière entre lui et la folie. *(Une bouche aux crocs pointus, souriant dans un lit d'enfant.)*

Il se demanda si Goodrich attendait qu'il fît un commentaire. Mais sa pause n'avait sans doute d'autre but que de lui démontrer qu'il réfléchissait, qu'il prenait son travail à cœur.

La pointe d'un crayon entama un ballet sur le plateau du bureau.

– Vous savez, déclara finalement le médecin tout en étudiant les hachures qu'il venait de tracer sur une feuille de papier, j'estime que vous auriez dû m'en informer. Je veux parler de la démarche de cet... heu... de cet avocat.

Ah ah, nous y voilà. Tyler étudia les yeux écarquillés et larmoyants de son interlocuteur. *En plein dans la merde.*

– Je ne pensais pas que c'était important.

Goodrich hocha la tête.

– Eh bien... vous auriez dû malgré tout me téléphoner. Je ne crois pas que je vous aurais autorisé à rendre visite à votre ex-femme. Pas avant d'avoir eu l'opportunité de m'entretenir avec mes collègues qui... heu... s'occupent de son cas. (Il fit pivoter son fauteuil pour regarder Tyler droit dans les yeux.) Cette entrevue a dû être très éprouvante sur le plan nerveux. Bien plus que vous n'en avez conscience, sans doute.

Mon cul, pensa Tyler.

Et le médecin en rajoutait.

– Nous avons fait de grands progrès, Mike. Vous pouvez être fier de vous. Et je sais que cela n'a pas été facile... personne ne peut subir des épreuves telles que celles que vous avez vécues sans... en rester marqué. Cependant, il me semble que nous nous en tirons pas trop mal, n'est-ce pas ? (Un sourire incurva sa bouche sous ses yeux de hibou qui cillaient constamment.) Et c'est précisément pour cette raison que nous devons nous montrer très prudents. Vous ne voudriez pas perdre le bénéfice des résultats obtenus, n'est-ce pas ? (Ses yeux larmoyants se levèrent vers le plafond pour y chercher quelque chose.) Vous savez, l'esprit est un peu comparable à une vitre. Étant donné qu'on ne peut le voir, on a tendance à l'oublier. Mais il est très fragile et risque de se briser si on lui porte des coups. N'est-ce pas exact ?

Tyler dut prendre sur lui-même pour ne pas ricaner. Il entendait une voix intérieure répéter : *pauvre con.* Autrefois, il avait fait partie des proches d'un homme qui avait su mieux que tout autre disséquer l'âme humaine et la démonter comme un mécanisme d'horlogerie. Les premiers ouvrages de Wyle, ceux sortis des presses universitaires avant d'être diffusés en livres de poche... ces bouquins de base de la bibliothèque des branchés de l'époque, avec Janis Joplin en permanence sur la platine... étaient toujours cités dans les revues de psychanalyse. Impossible de les ignorer, des classiques en la matière, au même titre que *Moïse et le monothéisme* ou *Mysterium Coniunctionis*. Tyler avait appartenu au petit groupe d'initiés l'ayant suivi d'un bout à l'autre de son parcours, sans se soucier de savoir où conduisait le chemin. Ils avaient fait abstraction du conditionnement de l'esprit pour s'aventurer dans une contrée où soufflait le vent pur et glacial de l'absolu. Un univers où tuer était le moyen suprême d'exprimer le concept de liberté, où le caractère sacré du sang justifiait qu'il fût versé en sacrifice. Wyle se trouvait toujours là-bas, dans cet univers existant à l'intérieur de sa boîte crânienne, elle-même à l'intérieur de la petite cellule capitonnée d'un hôpital psychiatrique. Terrorisé comme les autres, Tyler avait finalement rebroussé chemin. *Mais je me suis rendu là-bas, autrefois. Je sais.*

Et il lui fallait à présent endurer les métaphores ridicules d'un taré qui avait tapissé les parois de son cabinet de consultation avec ses diplômes soigneusement encadrés.

– Vous avez probablement raison, répondit finalement Tyler.

Il eût été stupide de détruire l'image qu'il était parvenu à donner de lui au médecin, après avoir consacré tant de temps à la forger. Il s'était naturellement abstenu de lui préciser qu'il avait conduit Stéphanie au cimetière où se trouvait la tombe de Bryan, ce qui eût déclenché une sonnette d'alarme. S'il ne faisait pas montre de prudence, il devrait retourner assister aux consultations collectives données à l'hôpital. En outre, une seule parole à Herlihy et... boum... révocation de la liberté conditionnelle.

– J'espérais pouvoir lui être utile… voilà pourquoi j'ai accepté de la voir.

– Je sais que votre décision part d'un bon sentiment, mais la prochaine fois, n'oubliez pas de m'en parler au préalable, d'accord ? Je suis là pour ça.

Tyler soutint le regard des yeux humides.

– Bien sûr.

Slide lui avait dit d'attendre, aussi Jimmy attendait-il. Il devait revenir après la tombée de la nuit. Avec quelque chose d'important. C'était tout au moins ce qu'il avait murmuré à Jimmy en se penchant vers lui à l'intérieur du petit nid : *Très important. Attends la nuit.*

Jimmy s'occupait en ramassant les bouts de papier et les photos que Slide avait dispersés dans son refuge. Avec soin, il dépoussiérait chaque feuille en l'essuyant sur sa chemise et défroissait celles qui avaient été piétinées pendant leur bref affrontement en les lissant contre le toit de béton. Puis il glissa le tout dans un sac de plastique déchiré qu'il remit dans sa cache profanée.

Ensuite, il demeura accroupi sur ses talons pour attendre la venue de l'obscurité et de Slide. Jimmy connaissait les premiers tiraillements de la faim. *Il va peut-être m'apporter quelque chose à manger.* Il pouvait l'espérer. C'eût été la moindre des choses, après tout. Il l'avait bien mérité, étant donné qu'il suivait ses ordres et attendait patiemment son retour, sans quitter son refuge en dépit des grondements de protestation de son estomac. Il comparait cela à l'armée ou à la mission : on devait nourrir ceux qui étaient obéissants. Tels étaient les termes du pacte. Il attendrait.

Jimmy tendait l'oreille. Son ouïe lui révélait bien des choses sur le monde extérieur. Tapi dans les profondeurs de son nid, il entendit retirer la chaîne du portail grillagé du dépôt, ouvrir ses battants, puis rentrer les lourds engins de chantier. Les voix des ouvriers s'amenuisèrent comme ils s'éloignaient en direction de l'aire de stationnement où ils avaient laissé leurs voitures.

Ensuite, le grondement des véhicules s'amplifia et s'intensifia au-dessus de sa tête, pour se changer en un rugissement ininterrompu comparable à celui d'une énorme machine : l'heure de pointe. Tous ces gens avaient des maisons et des moyens de locomotion pour les regagner. Jimmy restait recroquevillé sous leurs roues, écoutant à travers les mètres de béton et d'acier leur passage frénétique.

Puis ce fut le retour au crépuscule. Le soleil se coucha derrière les barrières de sécurité de la voie rapide, et le ciel devint rougeâtre et sombre. Puis ce fut le silence. Aucun son n'était audible à l'intérieur de son univers enchâssé au cœur du béton, les sifflements de sa respiration exceptés.

– Jimmy...

Il se tassa sur lui-même en entendant ce murmure et gagna la bordure de son nid en rampant dans la poussière.

Le petit rire de Slide résonna un instant dans la cavité, puis un rayon lumineux balaya le toit de béton. Les yeux brillants de l'homme reflétèrent le faisceau de sa lampe-torche, lorsqu'il planta cette dernière dans le sol, au centre du refuge.

– Je suis de retour, Jimmy. (Le cône de clarté traçait un cercle sur le plafond et éclairait toute la cavité.) Je t'avais dit que je reviendrais, pas vrai ?

Il s'accroupit à quelques pas de Jimmy, ses avant-bras posés sur la toile tendue de son jean. Il balançait dans ses mains un sac en papier blanc, maculé de taches de graisse brillantes dans sa partie inférieure. L'odeur de viande encore chaude fit saliver Jimmy.

– Pas vrai ?

Il détacha le regard du sac en papier pour le lever

116

vers les yeux dans lesquels se reflétait la torche.

– Oui.

Slide sourit et lui lança le sac.

– Je suis heureux que tu aies attendu, fit l'homme qui se tut ensuite pour le regarder dévorer le premier hamburger. Tu vois ce que tu aurais perdu si tu ne m'avais pas obéi ?

Jimmy hocha la tête tout en retirant le papier qui enveloppait le second hamburger. Saturé de jus et de graisse, le pain s'était changé en pâtée au fond du sac. Jimmy avait oublié à quel point il était agréable de manger quelque chose de chaud, lorsqu'il ne s'agissait pas du bouillon clair servi à la mission. Il savourait chaque bouchée de cette viande au goût salé, bien rouge en son centre. Il regretta de n'avoir rien à boire, mais continua de mordre et de mastiquer.

– C'est bon, pas vrai ? demanda Slide qui se balançait sur ses orteils, toujours accroupi. Tu vois, inutile de te soucier de trouver de quoi te nourrir, désormais. Je m'en chargerai. Tu ne seras même plus obligé de sortir d'ici. Tu pourras rester dans ce petit nid agréable, confortable et bien chaud. Ce sera chouette, hein ? Tu aimeras ça, pas vrai ?

Jimmy releva les yeux de ses doigts graisseux pour les porter sur ceux qui l'étudiaient.

Il savait ce que l'on attendait de lui :

– C'est sûr.

– Parce que je voudrais que tu fasses quelque chose pour moi. Tu es d'accord, Jimmy ? Tu veux bien me rendre un petit service, pas vrai ?

Il roula en boule le papier gras et le lâcha entre ses pieds.

– Ouais, murmura-t-il.

– Pas vrai ?

Plus fort, en confirmant son acceptation par un hochement de tête vigoureux :

– Bien sûr.

Il n'avait pas le choix. Quelle que fût la nature du service en question.

Le sourire de Slide réapparut.

— Je veux que tu t'occupes de quelque chose à ma place. Ici, dans ton petit trou. Tu n'auras rien d'autre à faire que te reposer et veiller sur ton pensionnaire. Très facile. Et tu ne seras plus obligé d'aller traîner dans toute la ville pour trouver de quoi te nourrir.

Il sentit les parois du nid se contracter autour d'eux, le repoussant vers l'haleine de Slide.

— Qu'est-ce que c'est ? Qu'est-ce que c'est ?

— Quelque chose de très important. (Du doigt, Slide désigna la cachette aménagée à la bordure du toit de béton.) Pas comme ta camelote ridicule. *Vraiment* important.

Slide pivota et quitta en rampant le cercle de lumière. À son retour, il poussait et tirait un enfant.

Ce dernier restait immobile au point que Jimmy crut un instant qu'il s'agissait d'une poupée : un de ces gros baigneurs en celluloïd qu'on pouvait voir dans les vitrines des magasins de jouets. Puis le petit garçon ouvrit les yeux et le regarda. Un gosse aux cheveux en bataille et aux joues maculées de terre.

— Il s'appelle Bryan, précisa Slide avant de pivoter vers l'enfant et de désigner l'autre homme du doigt. Et voici Jimmy. Il va s'occuper de toi.

Le regard grave et méfiant du petit garçon se porta du vagabond à Slide, puis revint se poser sur Jimmy. Pendant un instant, ce dernier perçut la présence des autres, leurs haleines qui se mêlaient dans cet espace exigu. Comme une famille partie camper et réunie autour d'un feu dont la clarté projetait dans la nuit des ombres démesurées. Il n'avait pas besoin de tourner la tête pour savoir que Slide étudiait ses réactions.

— Salut, fit le petit garçon.

– Tyler !

Il se trouvait sur le parking du centre commercial lorsqu'il entendit crier son nom. Encadré par les rangées de voitures, il pivota et ferma les yeux à demi pour étudier la silhouette de l'homme qui venait vers lui sous le soleil aveuglant.

Un instant lui fut nécessaire pour accéder à ses souvenirs et reconnaître le vieux flic. *Kinross. Super. Il ne manquait plus que lui.* Mais il aurait dû s'y attendre : le portrait de Linda reproduit dans le *Times* était à l'origine de toutes ces rencontres.

– Que voulez-vous ?

Il s'arrêta pour permettre à Kinross de le rejoindre. Le policier, pantelant en raison de sa course, lui paraissait moins corpulent que la dernière fois. Son costume marron... le même que lors de leur précédente rencontre... semblait plus grand, comme si cet homme était lentement rongé par ce vêtement, tel un poisson happé et digéré par une créature marine gélatineuse. La mère de Tyler et deux de ses tantes avaient eu cet aspect... consumées, rongées de l'intérieur... juste avant leur mort. Le cancer se tapissait peut-être dans les profondeurs des poumons de Kinross, signalant sa présence par les difficultés respiratoires de l'homme. Les relents de tabac froid étaient incrustés dans les fibres du costume marron autant que sur ses dents jaunies.

Mais Kinross n'avait pas été affaibli par ce qui le rongeait intérieurement. Tyler pouvait le constater. Si le flic était plus maigre, c'était parce qu'il avait consumé tout ce qui ne relevait pas de son obsession afin d'alimenter cette dernière. *Nous avons fait une victime de plus,* pensa Tyler. C'était le sort réservé à tous ceux qui s'aventuraient un peu trop près du groupe.

– Vous parler, déclara Kinross.

Tyler sentit la main de l'ex-policier se refermer sur son épaule. Déformation professionnelle, sans doute.

Il se laissa guider entre les rangées de voitures et pousser dans une Chrysler d'un âge respectable. L'ordonnance que venait de rédiger Goodrich disparut dans la poche de sa veste. Il se rendait à la pharmacie du centre commercial quand Kinross l'avait vu. Il décida de supporter la présence du vieux policier. Pendant sa détention, il avait toujours entendu dire que les flics à la retraite finissaient par se suicider avec le revolver qu'on leur laissait.

Le cendrier du tableau de bord débordait de mégots. Tyler se pencha pour baisser la glace et permettre à l'air extérieur de pénétrer dans l'habitacle, mais découvrit que la manivelle avait disparu. Il se redressa et regarda l'océan multicolore de voitures garées au-delà du pare-brise.

— J'ai l'impression d'avoir remonté le fil du temps, cette semaine, fit-il. Je rencontre un personnage issu du passé après l'autre.

Kinross posa ses mains sur le volant et le dévisagea.

— Je sais. Vous avez été très occupés, vous et vos amis.

Tyler resta de marbre. Il connaissait les grandes lignes de l'obsession de Kinross. Il savait depuis sa libération que ce vieux flic s'intéressait toujours à lui, surveillait ses faits et gestes. Il en avait obtenu confirmation quand Herlihy lui avait parlé de certains rapports anonymes adressés à ses services, et dont le contenu pourrait entraîner la révocation de sa liberté conditionnelle. Sauf s'il pouvait fournir des explications, naturellement. S'il ne s'agissait que de bribes d'informations incomplètes, elles indiquaient cependant qu'il était placé sous surveillance; comme s'il vivait dans un état policier personnel. Herlihy, vexé que quelqu'un ait voulu faire son travail à sa place, s'était renseigné et avait confirmé le nom auquel Tyler pensait déjà : Tous les anciens collègues de Kinross savaient qu'il faisait une fixation sur l'affaire Wyle et qu'il n'avait jamais renoncé. Tyler avait noté les yeux du flic rivés sur lui, pendant que le juge lisait la sentence, à la fin du procès. Ces yeux qui l'étudiaient à présent.

– Ce qui est censé signifier ?

Un ricanement étira la peau tachetée des commissures de ses lèvres.

– Cette entrevue avec votre femme a été agréable ?

– Linda n'est plus ma femme. Vous le savez.

– Ouais. Il est exact que vous avez radicalement réorganisé votre existence. Vous vivez à présent avec une maigrichonne. Ce qui démontre cependant que vos goûts n'ont guère changé.

Tyler lança un regard vers l'autre extrémité de l'aire de stationnement, avant de reporter son attention sur Kinross.

– Si c'est tout ce que vous aviez à me dire... voilà qui est fait. Vous vous sentez soulagé, j'espère ?

– Duquel s'agit-il ?

Tyler soupira.

– De quoi diable voulez-vous parler ?

– D'une bande de vieux copains : vous, Linda et Slide.

Kinross avait craché ce dernier nom. C'était la deuxième fois en deux jours que Tyler l'entendait prononcer.

– Je ne comprends toujours pas ce que vous voulez dire.

– Avez-vous eu un petit accrochage ? Mais il s'agit peut-être d'un simple malentendu ? fit Kinross, moqueur. Qu'est-ce qui s'est passé... vous et Slide aviez des reproches à faire à Linda, et c'est pour ça que vous l'avez balancée ? À moins que vous ne figuriez, vous aussi, sur sa liste noire, à présent.

(Tyler s'abstint de tout commentaire.) Allons. Vous savez comment on procède. Vous me faites vos confidences et ensuite nous allons rendre tout cela officiel au poste le plus proche. Le premier qui vide son sac s'en tire toujours mieux que les autres, et vous ne voudriez tout de même pas que Linda vous coiffe au poteau ? Elle vous a déjà suffisamment enfoncé comme ça, autrefois.

Tyler inspira et trouva assez de souffle pour répondre :

– À quoi rime cette histoire de Slide ?

Kinross le regarda, en feignant d'éprouver de la pitié.

– Se pourrait-il que vous l'ignoriez ? Après tout, il est possible qu'il ne vous ait pas tenu au courant de ses intentions.

– Slide...

Tyler comprit. *C'est Slide qui a balancé Linda...*

– Eh oui, votre vieil ami Slide a téléphoné à la police pour lui dire où se cachait votre ex-femme. Nous n'avons eu qu'à sortir une voiture et aller la cueillir.

Il est ici, pensa Tyler en parcourant du regard les rues situées au-delà du parking. *Elle m'a dit la vérité. Il se trouve à L.A.*

La voix de Kinross le tira de ses pensées. Les yeux de l'ex-flic se fermaient à demi autour d'un germe de triomphe.

– Vous êtes dans la merde, Tyler, fit-il avant d'ajouter, rayonnant : Nous vous tenons... comme nous vous avons toujours tenu. J'espère que vous avez bien profité de la liberté parce que vous allez retourner au frais. Et pas dans une petite cellule bien confortable. Nous y veillerons. Ne pas avoir respecté les clauses de votre liberté conditionnelle vous vaudra de passer des moments difficiles. Cette fois, de nouvelles charges pèseront contre vous. Assistance à un fugitif... par exemple. Quoi que vous ayez pu faire pour votre ex-femme, vous regretterez d'avoir aidé cette salope.

L'habitacle exigu de la voiture, saturé par l'haleine âcre de Kinross, se refermait sur Tyler et lui donnait envie de rendre.

– Allez vous faire foutre.

Le sang monta au visage du policier. Rouge et en sueur, il poursuivit :

– Qu'est-ce que vous manigancez, avec Slide ? Vous avez l'intention d'organiser une réunion d'anciens combattants ? (Les commissures de sa bouche étaient laquées de salive.) Vous avez eu l'idée géniale de reconstituer votre petite bande, hein ? Eh bien, je ferai le nécessaire pour que vous ayez ce que vous méritez, pour que vous retourniez en taule. Ensuite, nous bouclerons Slide et vous pourrez tenir compagnie à Wyle jusqu'à la fin de vos jours.

Tyler tourna la poignée, ouvrit la portière et sortit du véhicule. L'air de l'extérieur pénétra dans ses poumons et les purifia.

– Vous vous foutez dedans, mon vieux, fit-il posément. (Il se pencha vers l'intérieur de la voiture. Ses doigts, refermés sur la portière ouverte, étaient livides tant ils serraient le métal.) Vous vous trompez sur toute la ligne... je n'ai eu de contacts ni avec Linda ni avec Slide, ni avec d'autres. Et vous êtes également dans l'erreur quant à votre statut, Kinross. Vous n'êtes plus un flic, et vous auriez intérêt à ne pas l'oublier. Vous ne pouvez absolument rien contre moi.

Il fit claquer la portière, s'éloigna et fut rattrapé par la voix de l'autre homme.

– On se retrouvera. Sachez que j'attends cet instant avec impatience, Tyler.

Il sentait le regard de Kinross rivé sur son dos, et les yeux de l'ex-policier exerçaient une pression sur sa colonne vertébrale tandis qu'il longeait la file de voitures.

– Est-ce que ça va ?

Un instant s'écoula avant que Tyler pût lever les yeux vers elle.

– Bien sûr. Ouais, ça va. Seulement... tu sais... je pense à cette histoire.

Il parvint à lui sourire.

Il était assis dans le fauteuil qu'il avait poussé devant la fenêtre du séjour. À son retour du restaurant, chargée de ses livres de cours, Steff avait découvert que Mike occupait déjà sa place favorite, semblant guetter quelque chose. Son profond mutisme absorbait comme un trou noir le fond sonore du journal télévisé et les bruits de moteur qu'Eddie tentait de reproduire en faisant rouler ses voitures miniatures sur le tapis. Au moins Mike s'était-il souvenu de passer prendre l'enfant à la crèche, démontrant ainsi qu'il ne s'était pas totalement coupé du monde réel.

Il avait monté la garde à la fenêtre toute la soirée, se contentant de secouer la tête quand elle lui demandait s'il voulait dîner.

– Est-ce que Mike est malade ? s'était enquis Eddie.

Steff avait hésité, la main sur l'interrupteur de la chambre, avant de faire à son fils une réponse à la fois évasive et rassurante. *On ne peut tromper les enfants*, pensa-t-elle en regardant Mike.

– Je vais me coucher, lui annonça-t-elle.

Il hocha la tête, à nouveau plongé dans la contemplation de la nuit.

Allongée sur le lit, dans la chambre obscure, elle écoutait le silence de l'homme assis dans l'autre pièce, surveillant l'extérieur.

Tu es en train de tout ficher par terre. Tyler étudiait son reflet dans la vitre. Le visage qui lui retournait son regard depuis les ténèbres n'avait aucune expression. *Tu te conduis comme le dernier des imbéciles. Tu devrais lui dire de se suicider, pendant que tu y es. Ce serait plus simple. Peut-être que ça te rendrait heureux ?*

La rue, cette courte section de Santa Monica Boulevard visible à l'extrémité du pâté de maisons, était privée de toute vie. Les médicaments dilués dans son sang ternissaient les couleurs des feux de circulation et des enseignes des bars. Il n'y avait rien à regarder, et même dans le cas contraire il n'eût rien vu. Sa dose du soir avait fermé les portes de cet autre monde aux contours lumineux, l'isolant dans les profondeurs de ses pensées. Il se reprochait de n'avoir offert à Steff que le néant, une muraille de silence infranchissable qu'elle pouvait seulement contourner. Elle ne le méritait pas. Après cette nuit consacrée à tenter de faire le point, peut-être parviendrait-il à lui présenter ses excuses, à retrouver une existence normale, ou à s'en rapprocher dans la mesure du possible. Il regarda à nouveau au-dehors.

Slide. C'était moins une pensée qu'un simple mot, un nom qui avait été exhumé à deux reprises depuis quarante-huit heures. Et cela l'avait ébranlé. Cependant, rien ne venait démontrer que Slide, ce vieux croque-mitaine issu d'un passé dont il voulait garder les portes closes, se trouvait réellement à Los Angeles et rôdait dans la nuit. Deux heures après la harangue de cette ordure de Kinross, quand le taux d'adrénaline avait décru dans le sang de Tyler, ses pensées avaient déchiré cette possibilité en lambeaux. Il se sentait désolé pour Linda, et même pour Kinross : ces malheureux qui croyaient Slide tapi dans les parages, à les guetter.

Il se demanda si les hallucinations n'étaient pas

aussi contagieuses que les maladies infectieuses. Linda avait vécu avec un fils hallucinatoire *(notre fils, qui dort d'un sommeil dont il ne s'éveillera jamais)* avant d'évoquer le spectre de Slide pour justifier la disparition de l'enfant imaginaire. Et ensuite Kinross avait été contaminé par cette seconde illusion en s'approchant de la femme. Le vieux flic retraité était assez cinglé pour croire n'importe quoi, dès l'instant où il était question des ex-membres du Groupe Wyle. Sans doute avait-il suffi que Linda affirme avoir parlé à Slide pour que Kinross partage avec elle cet élément de sa folie... tout en sachant parfaitement que cet homme n'avait pu enlever un enfant mort depuis plusieurs années. À moins que la réapparition de Slide ne fût le fruit de deux illusions différentes : celle de Linda et celle de Kinross, tous deux ayant gardé cet homme vivant dans leur esprit, le voyant tapi dans tous les recoins obscurs.

À moins... (Tyler nota qu'un sourire moqueur incurvait les lèvres de son reflet...) que Slide ne fût ici. Là-dehors.

Ne fais pas le con avec ça. Il se rappelait la brève vision du sourire de l'Hôte qui s'était superposée au visage d'Eddie, dans la chambre de l'enfant. Accorder une trop grande liberté à l'esprit, lui permettre d'effectuer de petites incursions dans la folie, n'était pas sans conséquences. Personne n'était mieux placé que lui pour le savoir. La sensation agréable et le petit frisson qui vous parcourait les bras étaient éphémères. Et ensuite cela cessait d'être un jeu pour devenir de la démence pure et simple.

Mais si Slide était revenu... *S'il était là, dehors...*

Le téléphone sonna.

Tyler se détourna de la fenêtre et pivota vers le point d'origine du son strident.

Une nouvelle sonnerie. S'il ne décrochait pas tout de suite, Steff s'éveillerait.

(Dehors, les ténèbres. Slide eût choisi la nuit pour téléphoner... s'il était effectivement de retour.)

Il se leva, gagna rapidement la porte de la cuisine, se pencha et décrocha en plein milieu d'une autre sonnerie.

– Allô ?

Pendant un instant, le silence. Puis une voix moqueuse.

– Bonsoir, Tyler, dit Slide.

Un bruit éveilla Jimmy, qui resta couché en chien de fusil. Les grondements de la circulation décroissaient, tard dans la nuit, mais ils ne s'interrompaient jamais. Ce n'était pas la cause de son réveil.

Il releva la tête de la veste pliée qui lui servait d'oreiller et regarda autour de lui. Sa vision s'était accoutumée à l'obscurité, et la faible clarté bleutée des réverbères de la voie rapide lui permettait de discerner les contours de son abri et de tout ce qu'il contenait.

Slide lui avait laissé un peu de nourriture : une grosse bouteille de Coca et la moitié d'un paquet de petits pains à la cannelle, les plus moelleux compressés en cubes dans la petite barquette en carton, au fond du sac du supermarché. Il pouvait humer leur odeur à travers le papier brun.

Un rat, peut-être, pensa-t-il. Il leur arrivait de descendre des palmiers et des rideaux de lierre des maisons, pour venir s'aventurer sous l'autoroute. Il convenait d'ouvrir l'œil. Ces bestioles ne mordaient pas mais couvraient de leurs fientes ce qu'elles n'avaient pas grignoté, lorsqu'il leur arrivait de trouver vos réserves. *Saloperies de rats.* Il tendit l'oreille mais n'entendit pas le moindre grattement : seulement le grondement ininterrompu qui lui parvenait à travers la voûte de son refuge, les sifflements de sa respiration... et d'une autre personne.

Le gosse. *Bryan*, pensa-t-il. C'était le nom que lui donnait Slide. Il avait oublié la tâche que cet homme venait de lui confier. *Tu prendras soin de lui. Pas vrai?* Une voix moqueuse et des yeux brillants et scrutateurs. *Pas vrai?*

Bryan avait dû geindre en dormant. Jimmy savait que les enfants criaient parfois de peur, lorsqu'ils faisaient un cauchemar. Il avait également entendu les gémissements des vieillards, pendant les nuits interminables passées dans les refuges du centre ville. Dans leur cas, ces plaintes n'exprimaient pas de l'angoisse mais une profonde mélancolie, et elles s'accompagnaient parfois de noms inintelligibles marmonnés par leurs bouches édentées. Et par un chœur de protestations s'élevant des bancs et des fauteuils pliants. S'il lui arrivait de pousser également de petits cris pendant son sommeil, personne ne risquait de l'entendre, ici, sous l'autoroute.

Il écouta la respiration légère et régulière de l'enfant puis traversa son nid à quatre pattes pour aller voir le petit corps emmitouflé dans les couvertures.

– Que veux-tu?

– Mike... (Slide feignait de se sentir offensé. Comme toujours, on percevait derrière ses mots la présence de la bouche aux longs crocs sur le point d'éclater de rire.) Est-ce une façon de me parler, après tout ce que nous avons vécu ensemble?

Tyler sentait le combiné devenir chaud dans sa main. Il garda sa voix basse, sous contrôle.

– Comment as-tu trouvé mon numéro de téléphone?

– Ah, allons! Tu sais pourtant que je suis un spécialiste en la matière, Mike. Nous avons fait un tas de choses ensemble, pas vrai? Pas vrai, Mike?

– Ferme-la.

– Mais... tu ne sembles pas heureux d'avoir de mes nouvelles, Mike.

Debout sur le seuil de la cuisine obscure, Tyler réfléchissait. Il tentait d'assembler un puzzle dont il avait trouvé quelques pièces au cours des deux derniers jours. *Il est donc ici. Il a découvert où habitait Linda, sa cachette, et s'en est pris à elle.* Slide avait toujours été un expert pour retrouver les gens, c'était exact. Il possédait un flair de furet et savait mettre la nuit à profit pour se déplacer furtivement. Après avoir découvert où habitait Linda, il avait dû l'observer un certain temps et comprendre qu'elle vivait au cœur d'un univers imaginaire où la mort de Bryan ne s'était jamais produite. Il s'imagina Slide tapi derrière une porte, écoutant une voix de femme qui s'adressait à un enfant ne pouvant lui répondre. Cela lui avait donné une idée pour la tourmenter, obéissant à des raisons que lui seul pouvait connaître. Feindre d'avoir enlevé un enfant n'existant que dans l'esprit embrumé de sa mère démontrait que Slide était un expert en matière de psychologie. N'était-il pas devenu le meilleur disciple de Wyle ? Tyler pouvait entendre la voix de ce dernier, une bande magnétique rangée dans sa mémoire : *Quiconque peut manipuler vos illusions détient sur vous un contrôle absolu.*

Et ensuite, une dénonciation anonyme téléphonée à un inspecteur, ainsi que Kinross le lui avait appris. Les manipulations de cet homme s'étendaient également au monde réel.

– Alors ? fit la voix de Slide, le ramenant au présent. N'es-tu pas content de m'entendre ?

– Pourquoi m'appelles-tu ? (Il lui restait à tirer certaines choses au clair, avant que Steff n'entendît sa voix et ne vînt le rejoindre.) Dis-moi ce que tu veux.

– Tu sais... Linda m'a posé exactement la même question, quand je lui ai parlé. Je constate que vous

vous inquiétez tous de mes désirs. C'est extrêmement aimable de votre part.

— Arrête ton cinéma, d'accord ? Si tu veux quelque chose, alors dis-le. Et si tu es seulement en train de déconner, si c'est pour toi un simple passe-temps, alors raccroche. Et ne me rappelle jamais... je n'ai rien à te dire.

À l'autre bout du fil, le sourire disparut. La voix de Slide se fit dure :

— Oh, si. Il y a un sujet dont tu brûles de me parler. Et c'est de ton petit garçon, pas vrai ? Pas vrai, Mike ? Parce que tu voudrais bien l'avoir près de toi. Est-ce que je me trompe ?

C'était donc cela. La folie, l'illusion, l'avait également contaminé. Elle s'était répandue de l'un à l'autre, comme une épidémie.

— Mon fils est mort, répondit posément Tyler. Il est mort il y a longtemps. Tu le sais, Slide. Tu ne peux me le rendre. Personne ne le pourrait.

— Vraiment ? fit la voix, à nouveau ironique. En es-tu bien certain ? Es-tu sûr que ton gosse est mort ? Reconnais que ce serait vraiment chouette, si tu te trompais.

Folie... ou habileté. Dans le cas de Slide, il était impossible de se prononcer.

— Laisse tomber. Tu peux raconter ce genre de salades à Linda, mais uniquement parce qu'elle est folle.

Quelque part au cœur de la nuit, dans une petite cellule *(loin dans les ténèbres)*, et si les sédatifs ne l'avaient pas rendue totalement inconsciente, elle devait pleurer la perte de cet enfant inexistant. Ce fils mort enlevé par l'homme dont il entendait la voix.

— Ça ne prend pas, avec moi.

— Vraiment ? Tu es dans l'erreur. Je crois que tu te trompes sur bien des choses, Mike. Ce n'est pas Linda qui est folle. (Tyler ne répondit rien. Au cours de l'instant de silence qui suivit, il n'entendit que les murmures de la ligne téléphonique qui le reliait à son interlocuteur.) Et je sais que tu vas y réfléchir. Je connais bien les mécanismes de ton esprit, Mike. Parce que nous formions une grande famille, autrefois... n'est-ce pas exact ? C'était le bon temps, Mike. On s'est bien amusés, à l'époque. Et tout pourrait recommencer, ne crois-tu pas ? Mais, en premier lieu, tu dois réfléchir à une chose. Pense à ton fils. Voilà par quoi tu dois commencer.

– Écoute...

– Non, c'est à *toi* d'écouter. Je vais te laisser le temps de méditer sur ce que je viens de te dire, et quand je te contacterai à nouveau, tu auras moins de mépris pour ton vieux camarade, crois-moi. C'est toi qui insisteras pour me parler.

Sur un cliquetis, la liaison fut coupée. Le bourdonnement de la ligne remplaça la voix de Slide.

Tyler raccrocha le combiné. Lentement, il regarda par-dessus son épaule en direction de la fenêtre de la salle de séjour et du fauteuil vide. Les ténèbres qui régnaient à l'extérieur étaient nimbées par la clarté bleutée des réverbères.

Jimmy se pencha pour caresser les cheveux de l'enfant endormi. *Bryan*, se dit-il. *Il s'appelle Bryan.*

Un visage différent lui retourna son regard. Le sourire du petit garçon dénudait des crocs acérés : de petits triangles blancs sous la faible clarté provenant de la voie rapide. Ses yeux se rivèrent aux siens, solidifiant en glace l'air qui traversait sa gorge. Jimmy était paralysé et ne pouvait reculer. Il tombait dans les puits noirs des pupilles de l'enfant dont le sourire s'élargissait, dont les crocs s'allongeaient et s'écartaient l'un de l'autre.

Derrière lui, la nuit fut illuminée et les ombres de ses bras tendus s'étirèrent sur la pente du nid.

Le visage aux crocs pointus venait de disparaître et les paupières de l'enfant étaient closes.

Jimmy pivota vers un autre sourire : celui de l'homme qui tenait la lampe-torche. Sa lumière rendait les yeux de Slide encore plus brillants qu'à l'accoutumée.

– Comment va-t-il ? (Voûté sous le plafond de béton, Slide fit le tour du refuge. Arrivé à côté de Jimmy, il couvrit la lampe avec ses doigts, afin de ne pas réveiller l'enfant.) Il semble aller très bien.

Le visage émacié de l'autre homme se trouvait à seulement quelques centimètres du sien.

– Où êtes-vous allé ? demanda Jimmy.

Il prit conscience qu'il n'aimait plus rester seul dans son nid, désormais. Seul, avec le petit garçon. Il avait pris conscience du poids de l'acier et du béton, des voitures et des camions, qui semblait l'écraser, compresser cette petite cavité et l'enterrer plus profondément.

Slide le regarda. La clarté qui filtrait entre ses doigts creusait ses traits et soulignait son sourire.

– Une affaire à régler. Un coup de fil à passer. Pourquoi ? Il s'est passé quelque chose, pendant mon absence ?

J'ai peur, eût voulu dire Jimmy. Mais c'eût été inutile. Il était censé avoir peur. Telles étaient les intentions de Slide.

– Différent, marmonna-t-il en baissant le regard. Il semblait *différent*.

Il sentait Slide l'étudier, sans prêter attention à l'enfant.

– Ouais ? Comment ça ?

– Ses dents… elles étaient pointues. Et il… il m'a regardé…

Slide tendit la main et ses doigts s'écartèrent dans la chevelure emmêlée de Jimmy. Puis il attira le visage du vagabond vers le sien, se rapprochant encore, comme pour l'embrasser.

132

– Formidable. (Jimmy voyait ses traits se refléter au centre des yeux de l'autre homme : un jeu d'ombres et de lumières sous la clarté de la lampe-torche.) Ça signifie que le moment est proche. Très proche.

À son réveil, personne ne se trouvait près d'elle.

– Mike ? appela doucement Stéphanie.

Elle écarta les mèches de cheveux tombées devant son visage. Le lit était défait... elle se souvenait vaguement d'un rêve au cours duquel elle courait, appelait... et le drap pendait du lit, de son côté, lui indiquant qu'il ne s'était pas couché de la nuit.

Nu-pieds, elle traversa le vestibule en direction de la salle de séjour. La clarté grisâtre de l'aube pénétrait par la fenêtre et personne n'occupait le fauteuil installé devant les croisées.

– Mike ?

Pendant un instant, alors qu'elle pivotait, elle crut l'appartement désert. Puis elle regarda dans le couloir et vit la porte de la chambre d'Eddie entrouverte.

Mike ne l'entendit pas pousser le battant. Il lui tournait le dos, assis au pied du lit.

Depuis le seuil, elle prononça à nouveau son nom, à voix basse. Son fils dormait : elle voyait la couverture remontée sous son menton se soulever au rythme de sa respiration régulière.

Mike ne pivota pas vers elle. Semblant ne pas l'avoir entendue, il continuait d'observer l'enfant endormi.

8

Depuis le box de la cafétéria, il vit l'homme venir vers lui en se faufilant entre les clients du centre commercial. L'index de Bedell suivit le pourtour de la tasse, le deuxième café commandé pendant l'attente.

– Hé, heureux de te voir. (Il désigna l'autre côté du box à Tyler qui passait devant la caisse.) Ça fait longtemps, pas vrai ? Un café ?

– Non.

– Mais si. C'est la seule boisson qui convient, à cette heure matinale. Eh, ma belle...

Il sentit les yeux de Tyler l'empaler tandis qu'il faisait un signe à la serveuse. *Merde.* Il savait que cet homme espérait obtenir quelque chose de lui. Lorsque Tyler lui avait téléphoné, Bedell s'était empressé de fixer un rendez-vous dans cette galerie marchande sans laisser à son interlocuteur le temps de fournir la moindre explication. Il disposerait ainsi de plus de temps pour mener à bien des négociations qui s'annonçaient difficiles.

Il se pencha pour déclarer :

– Tu sais, j'adore cet endroit. C'est un des lieux que je préfère. Tu aimes les centres commerciaux, Mike ?

Tyler regarda derrière lui, avant de reporter les yeux sur son interlocuteur.

134

– Pas particulièrement.

– Ils me fascinent. Leur apport à la civilisation est inestimable.

Il désigna la vitrine de la cafétéria et l'espace dégagé qu'elle surplombait. Il se trouvait au dernier étage et voyait les passages se scinder en direction des grands magasins installés à leurs extrémités. Une toile d'araignée abstraite se dressait entre les balcons, sous le dôme central, et ses câbles d'acier allaient s'entrecroiser au-dessus des têtes des badauds flânant au rez-de-chaussée.

– Ici, il est même possible de faire des études de marché. Les librairies ne manquent pas. Nous avons B. Dalton juste au-dessous de nous, au troisième niveau; Walden au premier; et ceux qui ont remplacé Brentano's après sa fermeture. (Il but une gorgée de café.) C'est quand notre bouquin a paru, puis lors de sa réédition en livre de poche, que j'ai pris l'habitude de venir ici... j'habite à proximité... pour voir comment ça se passait, surveiller les rayons et contrôler les ventes. Et tu sais à quoi je pensais ? À tout le fric que ça représentait.

Tyler ne disait rien et n'avait pas touché à son café. Devinant que cet homme se sentait pris au piège, Bedell ne put s'empêcher de penser : *C'est comme ça, quand on est dans la merde.* Il était facile de tenir ceux qui voulaient désespérément obtenir quelque chose.

– Tu es vraiment aux abois, pas vrai ? déclara posément Tyler.

– Que veux-tu dire ?

– Fauché. Sans le sou.

Bedell eut un haussement d'épaules empreint de nervosité.

– Disons... un peu juste. (Il parvint à sourire.) Un écrivain ne devrait prêter attention qu'à sa machine à écrire. Il suffit de s'intéresser aux placements immobiliers et boursiers pour voir son argent fondre comme neige au soleil.

Tyler le jaugea du regard.

– Alors, ajouta Bedell, tu as réfléchi à ma petite… heu… proposition ?

– Peut-être.

– Tu ne peux pas être plus explicite ?

– Disons que j'hésite encore.

Bedell étudia son reflet au fond de la tasse.

– Ne réfléchis pas trop longtemps. Cette offre est limitée dans le temps. Nous devons battre le fer pendant qu'il est chaud, avant que cette affaire ne cesse d'avoir droit aux honneurs de la presse.

– Je te ferai part de ma décision, répondit Tyler en posant ses mains à plat sur la table. Pour l'instant, j'espère simplement que tu pourras me fournir une information.

– Laquelle ?

– Où habite Linda. Je veux parler de l'adresse où elle vivait quand les flics l'ont trouvée.

– Pourquoi veux-tu le savoir ?

Prudence, pensa-t-il. *Tu l'as ferré, mon vieux. Ramène doucement la ligne.*

– Rien d'important. Il m'est seulement venu à l'esprit que… qu'elle a peut-être vécu non loin de moi pendant toutes ces années, ou dans un endroit près duquel je suis souvent passé… je ne sais pas. Ça m'intrigue, voilà tout. C'est peut-être un thème que tu pourrais exploiter, non ?

Bedell se massa les lèvres, tout en se demandant où Tyler voulait en venir.

– Ouais, possible. Mais qu'est-ce qui te fait croire que je le sais ?

– Allons ! C'est ton boulot, il me semble ? Tu as des contacts, et le reste.

Il rit.

– Ouais, tu as raison. Voyons voir… (Il sortit un calepin de la poche intérieure de sa veste et en feuilleta les pages.) Je doute cependant que tu sois souvent passé dans son quartier. (Il écrivit une

136

adresse au dos d'une carte de visite, puis la tendit à Tyler.) Mais c'est effectivement une bonne idée, ajouta doucereusement Bedell. Un thème valable... elle et toi dans la même ville pendant toutes ces années. Alors, heu, tu veux... que j'écrive quelque chose là-dessus ?

L'autre homme releva les yeux vers lui.

– Je te le ferai savoir.

– Ce qui signifie ?

– Que tu peux aller te faire foutre, lui lança Tyler en quittant le box.

Bedell tenta de saisir son bras mais le rata. Il ne s'était pas levé que Tyler avait quitté la cafétéria et s'éloignait à grands pas vers la sortie du centre commercial.

– Merde.

Il prit son portefeuille et posa un billet sur la table. De retour dans la galerie marchande, il se pencha sur la rambarde pour observer les adolescents désœuvrés et les femmes qui faisaient leurs emplettes au niveau inférieur. Il ne se rappelait même plus où il avait laissé sa voiture; ce centre était construit à flanc de colline et on trouvait des entrées et des aires de stationnement à tous les niveaux.

En bas. Il se souvenait avoir levé les yeux vers l'enchevêtrement pseudo-artistique de câbles d'acier, en entrant.

En descendant par les escaliers mécaniques, il s'arrêta à chaque librairie, filant droit au rayon des livres de poche où l'on pouvait encore trouver *Au cœur de la nuit.* Sans se soucier de savoir si des vendeurs l'observaient, il repoussait les autres livres sur les côtés pour mettre le sien bien en évidence, et retournait les exemplaires afin que leur jaquette rouge attire les regards des clients.

Tyler dut d'abord se rendre au cinéma. Pour expédier le peu de travail réclamé en échange de son maigre salaire... envoyer les fiches horaires des employés au siège social de la chaîne de cinémas, cette semaine... et tenter de parvenir à une décision dans le havre de tranquillité de son bureau.

Il jeta sur le bureau encombré la carte de visite de Bedell. Le nom de la rue et le numéro que ce dernier avait griffonnés au verso du bristol étaient déjà gravés dans son esprit. Il ne s'agissait pas du plus agréable des quartiers; une frontière imprécise entre une zone accaparée par les homosexuels en mal d'honorabilité et ce qui subsistait d'un ghetto chicano d'Hollywood Est. La planque rêvée, avec un grand nombre de maisons anciennes nichées dans les collines, et pas de bourgeois pour réclamer à la police des patrouilles supplémentaires.

Il sortit du bureau et referma la porte derrière lui. Dans le hall, le fils du type qui détenait l'exclusivité de la vente des confiseries dans la salle releva la tête de la machine à pop-corn dont il récurait les entrailles poissées de graisse figée.

– Qu'est-ce qui se passe, mon vieux ? demanda-t-il à Tyler qui s'éloignait dans le couloir. Vous ne semblez pas dans votre assiette.

Il vit son reflet dans un miroir, au-dessus de l'affiche du film de la semaine suivante. Son visage d'autrefois lui retourna son regard.

– Surmenage, sans doute.

– Ouais, c'est sûr, fit le jeune homme.

Le poste de gérant de cinéma intégré à une chaîne était connu pour son salaire de misère et le peu d'obligations l'accompagnant. Le jeune homme entreprit d'assembler la cuve chromée du distributeur.

– Tu comptes rester encore longtemps ? J'avais l'intention de fermer jusqu'à la prochaine séance.

– J'ai terminé, mon vieux. (Il rabattit la trappe

en plastique de l'appareil et l'essuya avec une serviette en papier graisseuse.) Je dois être au Four Star and the World pour l'entracte.

– Si tu vois Louie, au Star, rappelle-lui qu'il me doit toujours une boîte de charbons pour le projecteur. Et je veux également qu'il me rende cette clé.

Ces vols mineurs... objets « empruntés » et jamais restitués... représentaient pour les gérants de cinéma un moyen de ne pas dépasser le budget qui leur était alloué.

– Tout ce que vous voudrez.

Le gosse lâcha le pulvérisateur de détergent et le rouleau d'essuie-tout dans sa boîte de confiseries, puis la mit sur son épaule.

Après avoir entortillé la grosse chaîne autour des barres d'ouverture des portes principales et fermé le cadenas, Tyler alla prendre la Chevrolet garée dans l'allée du cinéma. Deux minutes plus tard, il avait pris sur la gauche dans La Brea, en direction d'Hollywood Est.

Il s'enfonça dans le dédale d'étroites ruelles qui serpentaient vers les hauteurs des collines de l'extrémité de Sunset et trouva finalement l'adresse que Bedell lui avait indiquée. Il arrêta la Chevrolet du côté opposé et coupa le contact. Un mur de soutènement en béton longeait le trottoir et l'odeur moisie des feuilles mortes pourrissant au soleil descendait jusqu'à lui. Sur ce mur, des lettres anguleuses peintes à la bombe affirmaient *El rattler con Li'l Mouse por la vida.*

L'adresse correspondait à deux petits appartements séparés par une allée. Tyler s'accouda à la portière, pour les étudier. *Laisse tomber. Redémarre. Tu ne trouveras rien, ici.* Il continua cependant de regarder les petites maisons décrépies.

Il entendait toujours la voix de Slide, au téléphone. *Il y a un sujet dont tu brûles de parler. Et c'est de ton petit garçon, pas vrai ?* Même après qu'il se fut suffisamment repris pour pouvoir accomplir son rite matinal : assister au départ de Steff pour l'université avec Eddie qu'elle déposerait en chemin à la crèche, les propos ironiques de l'homme (*ce serait vraiment chouette si tu te trompais*) n'avaient cessé de se graver de plus en plus profondément dans son esprit. La dose matinale de médicaments avait estompé les contours du monde réel, mais ce souvenir était toujours charrié par son sang. *Je sais que tu vas y réfléchir.*

Folie... c'était l'unique explication. Pour Linda et pour Slide. Tout en étudiant les appartements, Tyler retournait l'équation en tous sens dans son esprit. Linda était complètement folle; cela se lisait sur son visage. Mais il convenait de nuancer ce diagnostic dans le cas de Slide. Que fallait-il attribuer à la démence et dans quelle mesure se servait-il de cette dernière, comme s'il s'agissait d'une pièce de monnaie qu'on pouvait faire passer d'une personne à une autre ? Slide avait un but bien précis. Comme toujours. Même à l'époque du Groupe Wyle, cet homme avait tenu un second journal, différent des leurs. À présent, il tirait parti de la folie de Linda, de sa conviction qu'un enfant décédé était toujours en vie. Afin de parvenir à un but que lui seul connaissait, il voulait servir de vecteur à cette démence, la répandre, contaminer Tyler... qui avait compris que cela faisait également partie de son plan. *Il veut que je retourne là-bas. Dans les ténèbres... avec elle.*

Alors, fiche le camp, se répéta-t-il. *Ne te mêle pas de cette histoire.*

Sa main redescendit sur la clé de contact. Il continua cependant d'étudier les habitations pendant une minute supplémentaire puis retira la clé du tableau de bord. Il la glissa dans sa poche en descendant du véhicule.

Tyler lut les numéros peints à côté des portes de

l'étroite allée séparant les appartements. D'après Bedell, Linda avait occupé le deuxième, celui qui se trouvait à l'extrémité de la bande d'asphalte fissuré. Il gravit les marches du perron et regarda à travers le fin grillage de la contre-porte. Derrière, la porte d'entrée était ouverte. La lumière pénétrant par la fenêtre de la cuisine lui permettait de voir jusqu'au fond de l'appartement. Quelqu'un se trouvait à l'intérieur et une forte odeur d'ammoniaque et d'eau savonneuse parvenait jusqu'à lui.

Il frappa sur le cadre d'aluminium de la contre-porte.

– Ohé, il y a quelqu'un ?

Une femme apparut sur le seuil de la cuisine, presque assez corpulente pour arrêter la lumière provenant de cette pièce. Elle tenait une éponge ruisselante et les gouttes d'eau pointillaient le linoléum.

– Ouais ? Qu'est-ce que vous voulez ?

Il mit sa main en visière au-dessus de ses yeux, pour mieux voir.

– Êtes-vous la gérante ?

– Non, la propriétaire. (Tyler recula d'un pas comme la femme déverrouillait la contre-porte et l'ouvrait.) Avec mon fils.

Elle avait un léger accent espagnol; plusieurs couches de mascara fondues les unes dans les autres avec une habileté due à une longue pratique; et un tablier en toile plastifiée à fleurs craquelé par les ans.

– Vous êtes de la police ?

Pendant une seconde, il se demanda si mentir lui serait utile.

– Non.

– Tant mieux. (Elle saisit sa visite comme prétexte pour faire une pause et puisa un paquet de cigarettes dans la poche de son tablier.) Les flics me rendent dingue. À tout fouiller comme ça, tendre leurs rubans jaunes ridicules sur le sol, m'interdire d'entrer... (L'extrémité incandescente de la cigarette dessina un arc de cercle dans les airs quand la femme désigna la pièce se trouvant derrière elle.) Je fais un peu de ménage. Ce logement ne me rapporte rien, sans locataire.

– Je suppose qu'ils ont fini de vous ennuyer, fit Tyler. Je parle des policiers.

– Ouais, ouais. Vous êtes son frère ?

– Seulement un ami. Je l'ai bien connue, autrefois.

– Je croyais que vous étiez de la famille, à cause de votre ressemblance. (Elle se pencha, afin de l'étudier de plus près.) Mais je peux me tromper. Vous savez, je ne l'ai vue qu'une ou deux fois, quand elle a emménagé. Je l'ai dit aux flics. (Des cendres grises roulèrent sur le tablier.) Vous êtes venu prendre ses affaires ?

– Non, je...

– Parce que vous vous seriez dérangé pour rien. Les flics ont tout emporté. Sauf le téléphone. Mais je crois que les postes appartiennent à la compagnie, non ?

Tyler sentait le soleil sur sa nuque. La rue était relativement silencieuse, si retirée dans les collines et éloignée des voies rapides qu'il pouvait entendre les pétarades d'une motocyclette gravissant une rue en lacet.

– Je me demandais si je pourrais... jeter un coup d'œil à l'appartement où elle a vécu. C'est tout.

– Ouais, ouais. Pas de problème. (Elle recula et ouvrit en grand la contre-porte.) Vous cherchez un logement ?

Il entra dans le vestibule et fut surpris par la fraîcheur qui y régnait.

– Désolé.

– Ça m'aurait évité de passer des annonces. Chaque fois qu'un locataire déménage, je m'adresse à ces hebdomadaires qu'on distribue gratuitement. C'est bien moins cher que dans les quotidiens. Ceux du *Times* semblent croire qu'on veut louer des palaces. (Elle mit une main en coupe sous sa cigarette, afin de récupérer un centimètre de cendre.) C'est comme ça que la dame est venue ici. Elle avait lu une annonce.

– Elle vivait chez vous depuis longtemps ?

– Six mois. J'ai vérifié sur les souches de mon carnet de reçus, quand les policiers m'ont posé la même question. Je lui en ai envoyé six. Je ne demande pas un terme d'avance, seulement une caution.

Tyler pivota lentement. Les portes de la petite salle de séjour avaient été ouvertes et ses fenêtres remontées, dans le but d'aérer les pièces. Un radiateur à gaz avait reçu une couche de peinture beige, comme les murs; le tissu des bras d'un canapé et d'un fauteuil était élimé au point de révéler la couche d'ouate blanche, au-dessous. Il se dirigea vers le couloir. Un matelas et un sommier, sans draps, étaient visibles dans une des chambres.

Sans savoir ce qu'il espérait découvrir en ce lieu, Tyler passa devant la propriétaire pour gagner la porte de la cuisine. Ici, l'odeur moisie de vieille peinture se mêlait à celle des corps gras alimentaires qui s'était incrustée dans les murs, au fil des ans. Les portes des éléments de cuisine avaient été recouvertes tant de fois par le beige omniprésent... même leurs gonds... que la plupart ne pouvaient plus être refermées complètement. Un fourneau de cuisine à quatre brûleurs constituait l'objet le plus récent de tout l'appartement, mais il était trop étroit pour le renfoncement qu'il occupait et on pouvait voir les marques brunâtres laissées par celui qu'il avait remplacé.

– C'est un endroit agréable et très propre, affirma la propriétaire.

Il entendit un petit chien japper. À côté d'un réfrigérateur digne de figurer dans un musée, le grillage d'une autre contre-porte se bomba sous l'impact d'un petit yorkshire-terrier.

– Il ne lui appartient pas. C'est mon petit trésor. (Elle s'avança et se pencha pour tapoter la truffe du chien à travers les mailles du grillage. Un ruban de satin apportait une touche de couleur entre les oreilles de l'animal.) Reste tranquille, toi.

Tyler regarda dehors et découvrit un petit jardin : une pelouse jaunie, envahie par les mauvaises herbes, qui descendait en pente douce vers un vallon ombragé. Sur le perron, un carton gris aplati servait de plateau à deux bols en plastique, dont l'un contenait toujours des croquettes.

– Elle avait un chat ?

– Le règlement l'interdit. Pas d'animaux, c'est précisé dans le bail. Ils finissent toujours par pisser sur la moquette. Elle nourrissait probablement un chat errant. Ils sont nombreux, dans les parages. Les gens viennent les abandonner dans les collines, lorsqu'ils n'en veulent plus.

Il tira le loquet de la contre-porte et la poussa, permettant au yorkshire-terrier de se précipiter à l'intérieur et de se mettre à sauter follement autour du tablier à fleurs de la propriétaire. Tyler prit le carton glissé sous les bols.

La partie tournée vers le sol portait toujours les couleurs vives d'un emballage de jouet Fisher-Price. Les grands yeux et la large bouche d'une créature baptisée Wriggly Worm lui sourirent. Un jouet à roulettes, une chenille propulsée par les sauts du bambin à califourchon sur sa selle. L'étiquette du prix était toujours collée à ce qui avait servi de couvercle au carton.

Tyler étudia l'image visible sur la boîte aplatie pendant une minute, avant de pivoter vers la propriétaire qui berçait le yorkshire-terrier pantelant sur sa poitrine.

– Avait-elle un enfant ? demanda-t-il posément. Je parle de la femme qui vivait ici.

144

Un haussement d'épaules.

– C'est ce qu'elle a écrit sur le formulaire : une adulte et un enfant. Ça fait deux chambres, pas vrai ? Exactement le type de logement qu'elle cherchait.

– Et avez-vous vu cet enfant ? Un petit garçon ?

– Non. Elle était seule, quand elle est passée prendre les clés chez moi. Mais, qui s'encombrerait d'un môme pour visiter un appartement ? Les gosses n'ont pas à donner leur avis, pas vrai ?

Tyler hocha la tête, sans détacher le regard de l'emballage du jouet. Un aboiement aigu lui fit relever la tête. Le yorkshire-terrier se débattait entre les bras de la femme et jappait en dénudant ses petits crocs pointus.

– Vilain.

Elle ouvrit la porte et le posa à l'extérieur. L'animal continua d'aboyer et reprit ses assauts contre le grillage.

– Est-ce que je peux garder ceci ? demanda Tyler en désignant le carton.

La femme haussa les épaules.

– Je l'aurais balancé, quoi qu'il en soit. Prenez-le.

Il ressortit de la salle de séjour.

– Et l'autre appartement ? Le voisin... est-ce qu'il a vu souvent la femme ? Et l'enfant ?

– Ce vieux con ? Il passe sa vie à boire. Les flics et les journalistes ont bien tenté de l'interroger... une perte de temps. Ce type ne sait jamais rien, sauf qu'il touche son chèque le premier de chaque mois.

Arrivé à la porte, Tyler replia le carton.

– Merci.

– Pas de quoi. (La femme resta sur le seuil pour le regarder descendre les marches.) Est-ce qu'elle a vraiment fait tout ça ? Ce qu'on raconte dans les journaux... tuer des gens, tous ces machins ?

Il pivota.

– Non.

C'était la stricte vérité en un certain sens. Comme dans son cas, la pire accusation pouvant être retenue contre Linda était celle d'entrave à la justice. Mais ce serait largement suffisant.

– Eh bien, vous lui direz que Mme Ruiz a récupéré son poste téléphonique. Quand elle sortira et qu'elle voudra récupérer le dépôt de garantie de la compagnie des téléphones, elle n'aura qu'à passer le prendre chez moi.

Il traversa la rue, lança le carton plié sur la banquette arrière de la Chevrolet et s'assit au volant. *Et qu'est-ce que ça prouve?* se dit-il en mettant le contact. *Qu'elle était assez folle pour acheter un jouet à un enfant qui n'existait que dans son imagination. Rien de plus.*

Il étudia les lieux pendant encore quelques instants. Le quartier était assez paisible pour qu'il pût toujours entendre le chien japper sur le perron de l'arrière-cour. Il revit les crocs du yorkshire-terrier : de petits triangles blancs enchâssés dans une gueule noire.

(Ne fais pas le con avec ça.)

Il passa la première et s'écarta du caniveau.

Plus rien n'immobilisait les barres d'ouverture de la porte principale du cinéma. Debout sous l'auvent, la clé du cadenas à la main, Tyler découvrit que la chaîne avait été soigneusement enroulée sur la moquette du hall.

Il scruta le trottoir sur sa droite et sa gauche, regarda le flot de la circulation derrière lui, puis se pencha contre la porte et étudia l'intérieur. Aucune trace de présence : personne n'avait apparemment touché aux sacs de bonbons alignés dans la vitrine. Lors de l'effraction précédente, un an plus tôt... pratiquée d'une façon plus expéditive que cette fois à l'aide d'une brique lancée dans la vitre... le comptoir des confiseries avait été saccagé par ceux qui cherchaient un tiroir-caisse. Or il pouvait constater qu'on n'avait touché à rien. Le tube au néon de la vitrine révélait des rangées ordonnées de rouleaux de bonbons à la menthe et de plaquettes de chewing-gum. La chaîne lovée sur le sol, avec ses maillons brillants comme les écailles d'un serpent venimeux, servait de carte de visite. Tyler savait qui l'attendait à l'intérieur.

Il enjamba la chaîne et referma la porte derrière lui. Isolé des bruits de la rue par le panneau de verre, il traversa le hall obscur. Il sentait ses pieds s'enfoncer dans l'épaisse moquette. Sur les affiches placardées aux murs, les acteurs regardaient au loin, quand il s'arrêta devant le comptoir et pivota pour étudier les lieux. Les doubles portes insonorisées à droite et à gauche; les rectangles vert pâle lumineux indiquant les toilettes au bout des petits corridors. Il retint un instant sa respiration et entendit les gargouillis de l'eau fuyant par la valve d'un urinoir.

Son visiteur ne lui avait laissé aucun indice permettant de deviner quelle était sa cachette. *Il est toujours ici,* pensa Tyler. Il sentait sa présence, à proximité. Des frissons parcoururent ses avant-bras.

Il poussa les doubles portes capitonnées et les laissa se refermer derrière lui. Dans la salle silencieuse, les rangées de sièges inoccupés regardaient l'écran noir. Il descendit l'allée latérale inclinée, caressant au passage le velours des dossiers.

Son pied heurta quelque chose qui alla rouler sous les rangées de sièges : un sac de pop-corn vide oublié par les femmes de ménage après la dernière séance du soir précédent.

Un petit bruit lui parvint d'un point situé derrière lui, mais il n'eut pas le temps de pivoter que la lumière inondait l'écran. Il plaça sa main en visière sur ses yeux, afin de les protéger de l'éclat aveuglant.

Dans les hauteurs, au fond de la salle, la lucarne de la cabine du projectionniste était emplie par la clarté du projecteur, mis en route sans qu'un film fût chargé. Le faisceau lumineux semblait emplir l'air de grains de poussière. En fermant à demi les paupières, Tyler vit une forme indistincte se déplacer devant l'objectif incandescent. Il pivota et découvrit le même mouvement agrandi et distordu sur l'écran; l'ombre chinoise d'une main qui représentait une bouche grossière. L'extrémité des doigts remplaçait les dents et un cou-poignet s'étirait pour disparaître sur le côté du rectangle de clarté.

L'ombre de la bouche se ferma, semblant happer la lumière.

– Salut, Mike.

Cette fois, aucune ligne téléphonique ne le séparait du propriétaire de la voix.

Debout dans l'allée, Tyler inclina la tête afin de regarder vers la cabine du projectionniste, sans rien voir.

– J'ai immédiatement deviné que c'était toi, Slide, cria-t-il en direction de son interlocuteur invisible.

– J'espère que tu n'es pas froissé parce que je suis entré sans t'en demander la permission.

La salle devint plus claire. L'ombre de la main venait de se retirer de l'écran.

– Certaines choses ne peuvent changer.

Un rire lui parvint de la petite lucarne.

– Ouais, comme au bon vieux temps.

– Écoute, je vais monter te rejoindre. Nous serons mieux pour en discuter calmement.

La lumière qui se reflétait sur l'écran projetait son ombre vers la lucarne.

– Non, je préfère que tu restes où tu es. Je te vois très bien, d'ici. En outre, tu n'as pas paru enchanté d'avoir de mes nouvelles, lorsque je t'ai téléphoné. C'est pour cette raison que j'ai pensé venir ici... afin de reprendre cette discussion.

– À quel sujet ?

La clarté s'affaiblit et il regarda derrière lui. L'ombre démesurée d'une main traversait lentement l'écran.

Elle s'immobilisa, crispa le poing à deux reprises, puis disparut.

– Allons, Mike. Tu ne t'en doutes pas ? À quoi n'as-tu pas cessé de penser, toute la journée ? (La peau de ses bras parut se tendre, comme pour comprimer son sang et le renvoyer vers son cœur.) Hein, Mike ? Allons ! À quoi as-tu pensé ? À quoi ? Allez, dis-le.

Il sentait un lien s'établir entre son être et la lumière qui se déversait au-dessus de lui. Un contact autre que celui des mots. *Allons.* Les paroles de Slide se formaient également à l'intérieur de son crâne, les pensées de cet homme se synchronisaient aux siennes. *Allez, dis-moi.*

Il perçut le déplacement d'une nouvelle forme, sur l'écran. La luminosité ambiante avait changé, la salle s'était assombrie, bien qu'il pût discerner le moindre accroc ou raccommodage dans le tissu des sièges inoccupés. Son ombre se voûta contre les doubles portes.

S'il se tournait *(Vas-y... tu en meurs d'envie, non ?)*, il savait que les crocs qu'il verrait seraient plus pointus que l'extrémité des doigts de Slide...

(Allons. Tu le désires. Tu veux le revoir.)

– Allons...

Il tourna la tête, regarda par-dessus son épaule. *(Ne fais pas le con avec ça...)*

Et ses ongles se plantèrent dans ses paumes tant que la douleur n'eut pas remonté le long de ses bras. Il sentait le goût du sang à l'intérieur de ses lèvres.

L'écran était vierge, un simple rectangle de lumière.

– Dommage, Mike, fit la voix de Slide, à peine

audible. Il s'en est fallu de peu. Mais ne t'inquiète pas. Tu le retrouveras bientôt.

Il regarda la lucarne du projectionniste.

– Nous n'avons rien à nous dire, Slide.

Autour de lui, les sièges avaient perdu leur netteté surnaturelle. Il nota l'odeur douceâtre du Coca renversé et des bonbons collés sur la moquette.

Cette fois, le rire fut plus dur.

– Et ton petit garçon ? Tu l'oublies, Mike ?

Tyler libéra sa respiration.

– Je n'ai pas de temps à perdre, Slide. Tu ne devrais pas dire des conneries sur...

– Il n'est pas mort.

Fous. Il regarda la salle, autour de lui. *Il n'y a pas que Linda. Ils sont tous fous.* Il reporta les yeux sur la lucarne et la silhouette indistincte apparaissant dans le rectangle lumineux.

– Il est mort. Mon fils est mort, Slide. Je me suis rendu sur sa tombe. Souvent. Ce n'est pas cette merde qui pourra le faire revivre.

– Ce n'est pas ton fils qui occupe cette tombe.

Il ne répondit rien. *(Peut-être... Ne fais pas le con avec ça.)*

La voix qui lui parvenait de la cabine du projectionniste se fit plus douce, presque un murmure.

– Tout peut redevenir comme auparavant. Et même plus agréable encore, déclara Slide.

Ce qui le tira de ses pensées.

– De quoi parles-tu ?

– Tu le sais parfaitement. Pas vrai, Mike ? (La main de Slide se déplaça devant l'objectif du projecteur.) L'Hôte. Il est toujours là, en toi. Dans chacun de nous.

Il ne pivota pas pour voir quelle ombre chinoise était projetée sur l'écran.

– Tu es fou.

Une simple déclaration, la formulation d'une évidence. *La démence le tient également. Comme Lin-*

da... voilà comment elle se propage. De l'un à l'autre.

– Tu le sens, Mike, poursuivit la voix de Slide, calme et désincarnée dans la salle déserte. Tu l'as toujours senti en toi. Tu *le* sens. L'Hôte est toujours présent au fond de ton être. Il n'est jamais parti. Tu as beau essayer de l'enfermer dans une bouteille grâce aux drogues qu'ils te donnent, il est encore là. Et tu le sais. (Tyler garda le silence et inclina la tête pour mieux entendre Slide.) Nous sommes toujours là-bas, tous ensemble. Avec *lui*. Voilà comment j'ai retrouvé Linda. Elle ne pouvait m'échapper. *Il* m'a montré où elle se trouvait. Parce que le moment de reconstituer le Groupe est venu, Mike.

Tyler salua ces paroles d'un petit rire.

– Tu ne penses pas que ça risque d'être difficile ? Je ne crois pas qu'ils aient l'intention de libérer Wyle avant longtemps.

– Sa présence n'est pas indispensable. Mais il est avec nous, quoi qu'il en soit. Malgré toutes les drogues qu'ils lui administrent pour le faire tenir tranquille, son cerveau fonctionne toujours. Comme le tien. Tu ne peux rester loin de l'Hôte, Mike, pour la simple raison qu'il est en toi. Parce qu'il ne t'a jamais quitté.

Tyler eut à nouveau des frissons. Seul dans la salle de cinéma, il écoutait une voix provenant d'un point situé au-delà d'un cône de lumière et rattachée à aucun visage. Il tremblait sous la morsure d'un vent glacial issu d'un souvenir de ténèbres où tout était souligné par des liserés de lumière bleutée. *En toi. Jamais quitté.*

– Ne comprends-tu pas ? ajouta Slide d'une voix plus forte et plus aiguë. L'enfant... ton *fils*, Mike. Il est la clé, et le moment est venu.

Tyler hocha la tête. Il comprenait une chose : l'étendue et l'ampleur de l'illusion. Slide lui inspirait de la compassion. Il le comparait à un charognard s'étant repu d'une carcasse empoisonnée que son estomac tentait de rejeter, en même temps que ses propres entrailles. La folie se pliait aux désirs de ses victimes : Linda refusait d'admettre la mort de son fils, et Slide voulait revivre un passé sanglant. Et, dans un cas comme dans l'autre, la même illusion... celle de l'enfant toujours en vie... faisait tourner les rouages d'un mécanisme auquel ils s'étaient assujettis.

– Et c'est ainsi que tu espères parvenir à tes fins ? demanda Tyler d'une voix peut-être trop basse pour que Slide pût l'entendre. Tu crois que mon fils est vivant, et qu'il devrait te permettre de reconstituer notre Groupe.

– Nous pouvons le reformer. Et tout sera à nouveau comme avant. Nous serons réunis.

– Et tu veux que je t'aide. *(Une invitation : enrôlez-vous dans la folie. Acceptez l'illusion, ingérez-la, laissez-vous métamorphoser par elle.)* Ne compte pas sur moi, ajouta-t-il en criant. Tu te trompes. Mon fils est mort, et je ne...

Il s'interrompit et prit conscience du silence régnant dans la salle. Slide était parti, il ne percevait plus sa présence. Tyler pivota et regarda le rectangle de lumière aveuglant qui emplissait l'écran.

– Regarde ça... *yeoooow !*

Steff ouvrit la porte et recula, surprise par l'engin qui négociait un virage au ras de sa taille.

– Seigneur, Eddie. Tu as failli me faire tout lâcher !

Sans paraître contrit, son fils lui tendit le modèle réduit : un objet en plastique hérissé de protubérances.

Elle cala ses livres dans le creux d'un bras et le sac du supermarché dans l'autre, puis se pencha pour regarder.

– Il n'a pas de roues, fit-elle remarquer.

– C'est une fusée spatiale, précisa Mike depuis la salle de séjour. Les vaisseaux intergalactiques n'ont pas de roues.

Tenant le modèle réduit à bout de bras, Eddie se rua vers l'autre extrémité du couloir. Mike releva les yeux du fouillis de chutes de plastique éparpillées sur la table basse.

– Apparemment, ce n'est qu'un début, fit-il.

– Je ne te le fais pas dire. (Elle gagna la cuisine et posa le sac en papier sur le plan de travail.) Encore cette histoire de Mad Max ?

C'était le grand engouement d'Eddie, depuis que Mike l'avait emmené voir ce film. Steff avait été consternée en l'apprenant. Pour sa défense, Mike avait argué que ce n'était qu'une nouvelle version des dessins animés de Bip-Bip et Vil Coyote.

Eddie cessa un instant d'admirer le jouet pour lui adresser un regard sévère.

– Bien sûr que non, fit-il sur un ton catégorique.

– Il n'y a pas de vaisseaux spatiaux, dans Mad Max, expliqua Mike en venant se tenir derrière elle pour fouiner dans le sac du supermarché. C'est le lot de tous les adultes : la génération suivante prend tôt ou tard conscience de leur ignorance sur le plan de l'actualité culturelle. (Il désigna la salle de séjour à Eddie). Il nous reste encore à mettre les décalcomanies, éclaireur.

– Il en a une sur le front.

– Elle tient avec de la salive, déclara Mike en la détachant pour la donner à l'enfant. Ne la perds pas.

– Tu fêtes quelque chose ? demanda Steff après que la fusée fut repartie vers l'autre pièce, avec son fils agrippé au-dessous. Vous avez décidé d'avancer la date de son anniversaire, ou quoi ?

– Je veille à son éducation, tout simplement. Je ne tiens pas à vivre avec des attardés convaincus que les vaisseaux spatiaux ont des roues.

– Cause toujours, tu m'intéresses.

Il la contourna pour gagner le réfrigérateur et y placer une bouteille.

– Et voilà[1]... un petit blanc du Rhin tout droit sorti du panier garni qui fait actuellement l'objet d'une vente promotionnelle chez Joe le Soldeur. Le vin préféré de tous les connaisseurs.

Tout en préparant le dîner, Steff s'interrogea sur le brusque changement d'humeur de Mike. Ou sa simulation. Elle n'avait jamais été dupe, chaque fois qu'il lui avait joué cette comédie. La vapeur assaillit son visage quand elle vida les spaghetti dans l'eau bouillante et les tourna avec une cuillère en bois. Des murmures lui parvenaient de l'autre pièce : les voix des commentateurs du journal télévisé.

Elle devait cependant reconnaître que son numéro s'était amélioré, même s'il était possible de sentir qu'il prenait sur lui-même pour plaisanter. En dépit du sentiment de culpabilité à l'origine de ce petit présent, son fils ne s'était pas posé de questions. *Apparemment,* se reprit-elle en passant entre l'ouvre-boîtes et l'évier. Peut-être était-il assez malin pour jouer lui aussi la comédie. Les enfants étaient experts en ce domaine. Elle n'avait pas oublié son enfance, quand elle restait assise sur les genoux de son père qui suivait un match de boxe sur leur énorme téléviseur noir et blanc. Pour la faire rire, il chantait en duo avec le perroquet en chapeau de paille et blazer des dessins animés qu'ils passaient entre les rounds. Elle se rappelait les odeurs aigres de sa sueur et de sa bière (une bouteille de Pabst Blue Ribbon posée à côté du rocking-chair); les chatouilles de ses cheveux remontés par le col de son T-shirt alors qu'elle blottissait sa tête contre sa poitrine; le son du gong quand les hommes luisants de sueur quittaient les coins du ring pour revenir se frapper.

1. En français dans le texte.

– Merde.

Elle avait juré d'une voix si basse qu'ils n'avaient pu l'entendre depuis l'autre pièce. Perdue dans ses souvenirs, elle venait de planter sa cuillère dans le poêlon où grésillaient les tomates en conserve, l'ail et le beurre. Elle essuya la sauce maculant son tablier avec une serviette en papier.

Elle n'avait pas oublié le refuge chaud et douillet offert par les genoux de son père, en dépit de tous les autres souvenirs venus se superposer à celui-là, comme les planches transparentes d'un manuel d'anatomie ajoutant des organes à un squelette afin de reconstituer un écorché auquel ne manquait que l'épiderme. *(Sa mère était dans la cuisine... toujours là-bas, à l'intérieur de ce petit univers... et elle levait un regard intrigué vers les mains qui tremblaient en pelant une pomme de terre. Sa mère baissait alors les yeux sur elle... à quel âge ? cinq ans ? moins ?... lui révélant la marque livide laissée par la large main de son père sur sa joue humide de larmes.)* Les petits cadeaux étaient-ils inscrits dans le programme génétique propre aux mâles de l'espèce humaine ? Elle se souvenait également des fleurs enveloppées dans un cône de papier journal, des parfums bon marché toujours trop entêtants pour que sa mère pût les utiliser, mais dont les petits flacons tape-à-l'œil aux formes tarabiscotées venaient encombrer la coiffeuse de leur chambre. Sa mère ne s'en était débarrassée qu'après la mort de son père. À la fin de cette interminable maladie non diagnostiquée qui avait réduit le débit du sang parvenant au cerveau, comme si un poing se serrait sur les vaisseaux de l'intérieur de son crâne pour déclencher ses colères subites, jusqu'au jour où sa matière grise fragile avait été broyée et qu'elle l'avait trouvé gisant sur le sol carrelé de la salle de bains, son épaule bloquant la porte, sa main tremblant sous les vibrations du rasoir électrique qui ronronnait toujours dans sa paume.

(Une chambre d'hôpital obscure, les crêtes et les vallées des lignes vertes qui matérialisaient sa respiration et les battements de son cœur sur l'écran visible au-dessus du lit, avant de devenir horizontales.) La semaine des funérailles, elle ne s'était pas rendue au collège afin de tenir compagnie à sa mère, et elle avait retrouvé tous les flacons de parfum au fond de la poubelle, derrière la maison, leurs fragrances mêlées à la senteur douceâtre des fleurs fanées.

Et après ? C'était à présent dans sa propre cuisine qu'elle se tenait; c'étaient ses mains qui coupaient, pelaient et mélangeaient : un simple savoir-faire héréditaire. Cette tombe et ce souvenir avaient englouti les autres... sa mère décédée seulement deux ans après son père... tout ce qu'elle avait observé en levant les yeux vers ses parents, intriguée par leurs faits et gestes mystérieux, alors qu'ils se lançaient au visage des paroles cinglantes ou restaient dans des silences terribles. Si elle vivait désormais dans le monde des adultes, cet univers situé au-dessus de la tête des enfants, elle ne pensait pas en avoir mieux compris les règles.

La question fondamentale et terrifiante était de savoir si l'on était condamné à revivre l'existence de ses parents. C'était un sujet qu'elles avaient également abordé, au refuge. Aimait-on certaines personnes parce qu'on comprenait que la chose qui les rongeait, la maladie dont l'arête tranchante déchirait par instants la fragile enveloppe de leur maîtrise de soi

(les vaisseaux sanguins réduisant l'apport d'oxygène au cerveau et teintant en rouge tout ce que voyait son père)

(le livre que Mike dissimulait dans le placard, la photographie de son ex-femme dans le journal, des souvenirs inexprimés mais tout aussi rouges de sang)

ne faisait pas véritablement partie de leur être.

Ou... comme ces femmes qui épousaient un alcoolique après l'autre pour la simple raison que leur père buvait... parce qu'on était justement attiré par cela : par désir d'expiation ou parce que c'était ainsi qu'on avait appris à épeler le mot amour pendant l'enfance. *Je veux vivre avec un salopard, semblable à celui que maman a épousé.* Y penser était terrifiant, car cela signifiait que cette maladie était héréditaire et appartenait désormais à son patrimoine génétique, au même titre que la couleur de ses yeux ou la forme de son nez. Et que l'unique moyen de guérir consistait à cesser d'aimer la personne en question.

Le passé obéissait à ces règles. On croyait s'en être débarrassé mais il demeurait tapi à proximité, à guetter sa proie.

Pendant qu'elle restait perdue dans ses pensées, ses mains avaient poursuivi leur travail et dépecé la laitue. Elle porta le saladier sur la table. Par la porte, elle put voir Mike qui suivait à présent les informations pendant qu'Eddie faisait glisser sa fusée sur la moquette, sans accorder d'importance au fait qu'elle n'eût pas de roues.

Elle vit Eddie s'asseoir et tendre le modèle réduit à Mike pour lui désigner un détail. L'homme continua de regarder l'écran du téléviseur sans voir l'enfant ni l'entendre. Brusquement, il baissa les yeux vers lui, et son expression... presque menaçante, comme s'il venait d'être tiré d'un rêve de violence... fit taire le bavardage d'Eddie. Puis les traits de Mike s'adoucirent et sa main se tendit pour ébouriffer la chevelure du petit garçon.

Un faux pas dans son numéro. *Quel sera le suivant ?* se demanda-t-elle tout en sortant les couverts d'un tiroir. Elle s'interdisait de penser à ce qu'elle ferait alors.

L'intervention d'Eddie avait suffi pour tirer Mike de ses sombres méditations. Il gagna la cuisine et serra Steff contre lui tout en étudiant la sauce qui mijotait dans le poêlon.

– Il me semble que le moment de passer aux choses sérieuses est venu.

Mike sortit le vin du réfrigérateur.

Il se pencha, coinça la bouteille entre ses cuisses, vissa le tire-bouchon et tira. Le liège se désagrégea brusquement, abandonnant sa moitié inférieure dans le goulot. Steff vit une goutte de sang perler au bout du doigt de Mike, piqué par la pointe de la vis. Puis le verre et le vin volèrent dans la cuisine. L'explosion de la bouteille qu'il venait de lancer contre la paroi la repoussa contre le plan de travail.

– Wow ! fit Eddie en ouvrant de grands yeux, depuis le seuil de la pièce.

Mike pivota, le visage empourpré. Elle tendit la main, pour saisir son bras et le tenir éloigné de l'enfant.

Mais c'était inutile. Le visage de Mike devint livide alors que ses épaules s'affaissaient et que son dos se voûtait. Pendant une seconde, il fixa Eddie avec des yeux hagards, avant de reporter son regard sur Steff, puis sur le mur. De petits éclats de verre glissaient vers le sol, le long des coulées.

Il s'humecta les lèvres.

– Heureusement que ce n'était pas du vin rouge, fit-il avant de parvenir à sourire à Eddie. Hé, éclaireur. Tu veux aller me chercher des vieux journaux dans le placard de l'entrée ? J'ai un beau gâchis à nettoyer. (Puis, dès qu'Eddie fut parti en courant exécuter ses ordres, il murmura :) Désolé.

Il suça la goutte de sang au bout de son doigt.

Le numéro avait repris. Et il se poursuivit sans le moindre incident jusqu'à la fin du dîner.

Tout en faisant la vaisselle, Steff lança un regard à Mike qui triait les flacons de plastique orange sur une des étagères du placard. Il prépara sa dose et l'enveloppa dans un carré de feuille d'aluminium.

– Je dois retourner au cinéma, déclara-t-il en glissant le petit paquet dans la poche de sa veste. Aller donner un coup de main pour la fermeture.

– Si tôt ?

La pendule indiquait un peu moins de vingt heures. Habituellement, lorsqu'il retournait le soir au cinéma, il faisait en sorte d'y arriver à la fin de la dernière séance, quand les spectateurs sortaient.

– J'ai du travail à terminer. Un des distributeurs nous a envoyé des formulaires à remplir.

– Pas si vite, fit-elle en essuyant ses mains savonneuses dans un torchon à vaisselle. Je t'accompagne jusqu'à la voiture. (Eddie était assis devant le téléviseur, sur lequel trônait la fusée.) Je reviens tout de suite, lui cria-t-elle.

Il hocha la tête sans détacher les yeux de l'écran.

Elle se glissa sur le siège du passager, à côté de Mike. Il savait qu'elle avait quelque chose à lui dire. Il s'était attendu à cette discussion.

Dans l'habitacle, uniquement éclairé par la clarté bleutée des réverbères de la rue, elle se pencha vers lui.

– Écoute, je sais qu'il y a quelque chose qui te tourmente. (S'il ne le nia pas, son regard resta rivé sur les voitures qui défilaient à l'extrémité du pâté de maisons.) Depuis que cette photo a été publiée dans le journal. Tu sais, celle de ton ex-femme.

Un vague hochement de tête, toujours sans la regarder.

Venait ensuite le plus difficile, ces mots qu'elle avait dissociés et réassemblés tout au long du dîner.

– S'il te faut un certain temps... si tu éprouves le besoin d'être seul, pour faire le point... ce n'est pas un problème. Ce que je veux dire, c'est que je peux prendre quelques affaires et aller chez Pauline avec Eddie... elle nous hébergera quelque temps. Et si...

Mike se tourna enfin vers elle. La faible clarté

régnant dans la voiture ne révélait que la partie inférieure de son corps.

– C'est inutile, tout va bien.

Elle l'étudia quelques secondes, avant de dire :
– Je dois penser à Eddie, à ce qu'il voit.

Mike secoua la tête.

– Tout ira bien. Il ne se passera rien.

– Si tu as besoin de temps... Je sais ce que c'est...

– Non, tu ne le sais pas, rétorqua-t-il sèchement. Tu ne peux pas le savoir. (Il regarda à nouveau au loin, au-delà de ses mains teintées de bleu posées sur le volant, en direction des traits rouges lumineux des feux de position des voitures qui défilaient au loin.) Tu n'as pas été là-bas. (Elle l'étudia en silence alors qu'il rejetait la tête en arrière, tout en se massant le front.) Mais ne t'inquiète pas, conclut-il d'une voix qui était redevenue la sienne. Tout va s'arranger.

Debout sous la chaude caresse de l'air nocturne, elle suivit du regard la Chevrolet qui s'éloignait. Le vent, ou autre chose, fit bruire le lierre au bord du trottoir. Quand les feux de la voiture se perdirent dans le fleuve de lumière qui s'écoulait au sein de l'obscurité, elle pivota et regagna lentement l'appartement.

9

La librairie fermait à vingt-deux heures et Tyler avait du temps devant lui. Il prit Melrose Avenue en direction de l'est et passa des vitrines illuminées des magasins de confection à celles plus discrètes des boutiques de décoration.

Les lieux avaient changé, depuis qu'il s'y était rendu pour la dernière fois; une visite remontant à son existence antérieure, avant le Groupe Wyle. En garant sa voiture, il nota que tout l'arrière du bâtiment avait été abattu et remplacé par une nouvelle construction de stuc blanc bardée d'énormes solives saillantes; des travaux ayant permis de doubler le volume de cette maison qui s'était vu accorder un nouveau statut dans le cadre du recyclage écologique en vogue à une certaine époque. Tyler glissa les clés de la Chevrolet dans sa poche et gagna la véranda de bois. L'enseigne sur laquelle avait été gravé un arbre à la vaste ramure se balançait au-dessus de lui, inchangée, et le trottoir était coloré par la lumière qui traversait une grande vitrine circulaire : un vitrail moderne avec une rose représentée en son centre.

Il poussa la porte et une cloche de cuivre tinta. La fille de faction derrière la caisse marqua du doigt la page du livre qu'elle lisait et releva les yeux vers lui.

– Est-ce que Bonnie Rees est ici, ce soir ?

La fille hocha la tête, imprimant un mouvement de balancier à ses boucles d'oreilles : des touffes de plumes aux couleurs vives. Il en voyait une paire identique dans la vitrine du comptoir, à côté de deux gouttes de cristal enchâssées dans des montures d'argent vieilli.

– Elle doit être au bureau.

Il regarda dans la direction qu'elle lui désignait.

– Merci.

Au-delà des rayonnages croulant sous les livres qui transformaient la partie la plus ancienne de la librairie en labyrinthe, apparaissaient les passages plus spacieux du nouveau bâtiment. Quelques clients flânaient dans les allées. Tyler passa près d'un individu barbu et au crâne dégarni en pantalon et en chemise rouge *made in India*.

Assise à un bureau, Bonnie se penchait pour vérifier les bons de commande épars devant elle. Il reconnut le sommet de son crâne. Si ses cheveux autrefois blonds avaient viré au brun-gris, ils étaient toujours ramenés en arrière et tressés en nattes. Elle releva la tête en entendant frapper à la porte.

– Michael.

Elle cilla de surprise, puis ses mains voletèrent sur les papiers, tels des papillons brusquement rendus à la liberté.

Il sourit, dans l'espoir de dissiper la nervosité de la femme.

– Il y a longtemps. Tu as quelques instants à m'accorder ?

– J'aurais dû deviner que tu passerais. (Elle libéra un fauteuil en retirant la pile de feuilles qui l'encombraient, puis attendit que Tyler eût tiré le siège en face d'elle.) Tous les autres sont venus. Depuis… l'arrestation de Linda.

– Qui ?

Il s'assit et croisa les mains sur ses genoux.

L'affiche pacifiste scotchée au mur derrière la femme, une colombe de Picasso, était si vieille que le papier jauni s'enroulait à la façon d'un parchemin. Elle haussa les épaules.

– Kinross, évidemment. Mais ce n'était pas sa première visite. Et également cet autre type... celui avec qui tu as fait ce bouquin.

– C'est lui qui l'a écrit. Je me suis contenté de lui fournir quelques renseignements, précisa Tyler. Vous l'avez en stock, ici ?

Bonnie secoua la tête.

– Ce n'est pas le genre de la maison. Les gens vont chez B. Dalton, pour ces choses-là.

– Ouais, tu as probablement raison. Et les ouvrages de Wyle ? demanda-t-il d'une voix posée. Vous en avez ?

Les mains de Bonnie, désormais au repos, se crispèrent quand il prononça ce nom. Elle mordit sa lèvre inférieure.

– Quelques-uns. Certains de ses premiers écrits. Des clients les demandent encore. Ils ont été réédités.

– Ses premiers écrits. Juste... pour les puristes, fit-il d'une voix où pointait désormais une touche d'ironie. Les affaires semblent florissantes. Vous avez agrandi les locaux. Je me rappelle l'époque où c'était un vrai trou à rats, le lieu de réunion de tous les hippies de L.A. On parvenait à peine à voir les livres, dans le brouillard de patchouli qui régnait à l'intérieur du magasin. C'est toi qui diriges la boutique, à présent ?

Elle secoua la tête, faisant voler ses nattes.

– Je suis seulement l'assistante du gérant. Mais je le remplace quand il s'absente. Il est actuellement en Inde, avec les propriétaires.

– Vraiment ? Ça se fait toujours ? Je suis surpris. Je croyais qu'il existait de nos jours des méthodes plus économiques pour s'offrir une amibiase.

– Ne plaisante pas, Mike. Je t'en prie.

Il se tut et prit conscience qu'elle retenait ses larmes, que même ses plaisanteries innocentes contenaient trop d'agressivité, pour elle. *À présent, tout au moins.* C'était un démenti à la théorie selon laquelle les actes de violence endurcissent ceux qui les commettent ou en sont témoins. Son passage au sein du Groupe l'avait laissée aussi fragile que du cristal. Autrefois, comme les autres adeptes de Wyle, un lieu tel que celui-ci eût provoqué ses sarcasmes, avec son fatras de Zen et d'Esalen, et pour couronner le tout le thé vert qui frémissait dans la théière placée sous l'écriteau où une main avait écrit : SERVEZ-VOUS. Un tel lieu était devenu pour Bonnie un refuge, et il pouvait sans peine imaginer à quoi son univers s'était réduit : un triangle délimité par la librairie; Erewhon, cette boutique de Beverly Boulevard où l'on vendait des produits diététiques; et un petit appartement envahi par les chats. *(Ton monde serait donc bien plus vaste ? se moqua une voix intérieure. Il est aussi exigu qu'une cellule. Mais c'est bien le dernier de tes soucis, pas vrai ? Tu es devenu un chacal apprivoisé.)*

– Désolé, fit-il.

Ils avaient combattu côte à côte, et la façon dont ils organisaient désormais leurs existences dans le champ de bataille dévasté était une affaire personnelle.

– Ça va, répondit-elle en écartant une mèche de cheveux rebelle tombée devant ses yeux. Pourquoi es-tu venu me voir ?

– Aucune raison particulière.

Il serra les accoudoirs du fauteuil, dans l'intention de se lever.

– Tu voulais me demander quelque chose, n'est-ce pas ?

– Laisse tomber.

Si elle était aussi fragile que du cristal, elle en

possédait également la transparence. *Elle ne sait rien,* pensa-t-il.

– Tu voulais savoir si je les avais revus. Je parle de Linda ou de Slide. C'est également ce que voulaient apprendre les autres.

– Rien ne t'oblige à me faire des confidences.

Il avait déjà lu la réponse sur son visage.

– Je ne les ai pas revus, confirma-t-elle. Je ne sais rien à leur sujet. Ils appartiennent à un lointain passé.

– J'en suis heureux pour toi. (Il se leva et ouvrit la porte du bureau.) Fais en sorte que rien ne change.

Il s'éloigna dans les allées étroites sans regarder derrière lui.

Il était plus de minuit et la lumière inondait le hall d'entrée du studio d'enregistrement, comme s'il s'agissait d'un cabinet d'avocat en milieu de journée. Ces locaux appartenaient à un monde parallèle qui ne s'assoupissait jamais; studios d'une sorte ou d'une autre qui pointillaient tout Los Angeles et servaient de cadre à des activités qui rendaient nécessaire d'ignorer le sommeil.

La principale différence était la porte verrouillée. Ici, l'accès était réglementé. Tyler pressa un bouton sous la grille de l'interphone. Derrière la porte vitrée, la fille et l'homme accoudé au comptoir interrompirent leur conversation et le regardèrent.

– Oui ? grésilla la voix sortant du haut-parleur.

Isolées par le panneau de verre, les lèvres de la réceptionniste semblaient silencieuses, simplement synchronisées sur les mots.

– Que puis-je pour vous ?

Tyler était conscient que de nombreux clochards et détraqués en tous genres devaient s'arrêter au passage pour lorgner ce hall cossu où régnait une lumière tamisée. Sans parler des jeunes fans de toutes les catégories sexuelles ayant entendu dire qu'une de leurs idoles avait retenu une séance d'enregistrement sur 24 pistes. Cela expliquait l'hostilité perceptible de la voix sèche de la fille lorsqu'elle ne pouvait reconnaître son interlocuteur, sa détermination à maintenir les inconnus de l'autre côté de la séparation de verre. Il se pencha vers le micro.

– Ken Ruhman m'attend. Je lui ai téléphoné.

Morte d'ennui, la réceptionniste pressa des touches sur son bureau. Un instant plus tard, ses lèvres s'animèrent à nouveau, restant pour lui muettes, puis la porte bourdonna et s'ouvrit en cliquetant.

– Au bout du couloir, à gauche.

Elle désigna de la pointe d'un stylo une énorme plante verte aux feuilles lustrées. L'homme avec qui elle conversait resta accoudé au comptoir pour étudier Tyler venu se planter près de lui. Un gros paquet de boîtes à film hexagonales reposait contre ses jambes.

– Vous verrez son nom sur le planning de la porte.

Il s'éloigna du comptoir de la réception, suivi par leurs regards. Vu de la rue, cet immeuble évoquait un entrepôt; ce qu'il avait probablement été à l'origine. C'était seulement après être entré... lorsqu'on y parvenait... qu'on découvrait les épaisses moquettes, l'air conditionné et filtré, les œuvres abstraites et privées de contenu émotionnel qu'illuminaient des projecteurs directionnels. *Et le silence,* pensa Tyler en suivant le couloir. C'était ce qui l'avait frappé le plus, lors de l'unique visite qu'il avait déjà rendue à Ken au studio : les seuls lieux de L.A. où les sons ne pouvaient pénétrer étaient ceux où l'on en fabriquait.

Au-dessus de la porte, le voyant rouge était éteint. Il poussa le battant et pénétra dans la salle obscure. Quelques instants lui furent nécessaires pour s'accoutumer à la pénombre et discerner les rangées de sièges confortables disposés en face de l'écran noir.

Le studio d'enregistrement était une sorte de salle de cinéma miniature, différente de celle qu'il gérait. Il dénombrait seulement une cinquantaine de sièges disposés en arc de cercle, avec dans leurs accoudoirs un système compliqué de boutons et une petite lampe juchée à l'extrémité d'une tige flexible. L'écran n'était pas un petit rectangle prévu pour la projection de vieux MGM noir et blanc ou d'œuvres expressionnistes granuleuses étrangères, mais une vaste surface convenant à du 70 mm. On ne venait pas ici pour regarder des films mais pour leur apporter leur touche finale.

Un souvenir récent fit naître un fourmillement le long de sa colonne vertébrale, alors qu'il parcourait des yeux la salle déserte et l'écran obscur, tendant l'oreille...

Une voix s'éleva derrière lui.

– Salut, Mike. Alors, qu'est-ce qui se passe ?

Il pivota. Derrière le croissant de fauteuils un petit muret séparait un réduit du reste du studio. Le visage de l'homme qui s'y accoudait était révélé par une autre de ces lampes montées sur une tige flexible. Les lumières des vumètres et des voyants de la console de mixage se reflétaient sur ses lunettes.

Tyler vint vers lui en caressant le velours des dossiers au passage.

– Tu travailles trop, Ken. Tu devrais sortir de temps en temps. Tu ne lis donc pas les journaux ?

Ken fit pivoter son siège et en tira un autre vers Tyler.

– Oh, tu veux parler de l'arrestation de Linda ? Ouais, je suis au courant. (Il inclina son fauteuil en arrière afin de prendre un paquet de cigarettes sur la console.) Il était inévitable que les flics la retrouvent, tôt ou tard.

Tyler s'assit et regarda autour de lui. Les parois du renfoncement disparaissaient derrière le matériel que Ken utilisait : énormes enregistreurs, moniteurs vidéo, console de mixage avec d'innombrables rangées de boutons et de curseurs. Des casiers métalliques bourrés de bobines de pellicule et de bande magnétique occupaient tout le mur du fond. Un câble multicolore reliait un ordinateur inséré dans une niche au petit clavier d'un synthétiseur et, incongru au milieu de tout ce matériel électronique, un saxophone alto était posé dans un coin.

– Qui te l'a appris ?

Ken sourit.

– Tu ne t'en doutes pas ? Bedell, bien sûr. Il m'a téléphoné avant que j'aie eu une seule occasion de lire les journaux.

– Qu'est-ce qu'il voulait ?

Les lunettes de Ken se retrouvèrent à califourchon sur le dos de sa main, alors qu'il frottait ses yeux injectés de sang en raison des heures passées devant la console de montage.

– Ce qu'il a dû également te demander. Il espère pouvoir remettre ça. Alors, il se démène et téléphone à tous ceux dont le nom lui revient à l'esprit. (Il redressa ses lunettes et étudia Tyler.) Si j'ai un conseil à te donner, c'est de ne pas t'associer à nouveau avec ce type.

Un ventilateur placé dans les hauteurs aspira avec efficacité la fumée de la cigarette de Ken.

– Pourquoi ?

– Allons ! C'est un raté. Tu as été la chance de sa vie, et ensuite il n'a plus rien fait de valable. Il doit y avoir approximativement un an, il a débarqué ici et m'a tenu la jambe pendant une heure au sujet d'un documentaire qu'il devait réaliser. Un truc sur le Groupe, évidemment. Il voulait que je me charge de la bande son, et j'ai dû faire appel aux services de sécurité pour me débarrasser de lui. J'ai appris par la suite que son commanditaire avait déjà dit à sa secrétaire de ne plus lui passer les appels de Bedell. (Ken secoua la tête.) Je tenterais d'oublier ce type si j'étais toi. Tu n'as pas besoin d'argent, au moins ?

– Non. J'arrive à m'en tirer. (Il regarda ses mains posées sur ses cuisses.) Et je l'ai déjà envoyé promener.

La chance de sa vie. C'était une bien étrange façon de présenter les choses. Des personnes mouraient et d'autres en tiraient profit. Mais fallait-il s'étonner que Ken eût employé ce terme ? Le bilan de son séjour au sein du Groupe Wyle n'était pas négatif. Tyler n'avait pas oublié ce jeune homme de dix-neuf ans qui, avant d'échouer dans le groupe, venait traîner dans la section des médias de l'université, lorsqu'il n'était pas occupé à décharger des sonos dans les boîtes rock de Costa Mesa. Ou plutôt avant d'être recruté : ils avaient besoin de quelqu'un capable de s'occuper du matériel vidéo que les droits d'auteur de Wyle avaient permis d'acheter. (Plus tard, couché sur le lit d'une des petites cellules constituant son nouvel univers, Tyler avait eu le temps de méditer sur le narcissisme de la folie. Dans les années soixante, la famille Manson enregistrait déjà ses rituels. Caméra et microphone étaient devenus les accessoires de la vanité. À moins que la vue du sang ne fût à ce point fascinante qu'on ne pouvait plus s'en passer ? Le matériel perfectionné du Groupe avait permis à Ken de faire son apprentissage. Et le fait de s'être trouvé derrière une caméra vidéo pour tout enregistrer lui avait même valu la clémence de la justice; il s'en était tiré avec une peine légère et un bref séjour dans une clinique privée. Quant aux responsables des studios de L.A., peu leur importait où un technicien avait appris son métier, dès l'instant où il le connaissait à fond.

S'il avait enregistré des kilomètres de bande magnétique, à l'époque où il appartenait au Groupe, seules quelques dizaines de mètres avaient servi de pièces à conviction devant le tribunal. Selon certaines rumeurs, le reste avait alimenté les projections privées des pontes du cinéma de Beverly Hills, des gens blasés des effets spéciaux et avides de sensations plus fortes. Mais, même si ces bruits étaient fondés, Tyler n'aurait pu reprocher à Ken d'avoir monnayé ces reliques sanglantes contre un poste d'ingénieur du son. Il n'avait pas craché sur les droits d'auteur rapportés par le livre de Bedell : une manne d'autant plus agréable qu'il n'avait jamais considéré sa collaboration avec cet homme comme une source de revenus. Le micro de l'écrivain n'avait été pour lui qu'un confident.

– Alors, pourquoi voulais-tu me voir ? demanda Ken.

Tyler regarda l'écran noir, au-delà des sièges et de la console.

– Il y a autre chose, fit-il avant de pivoter vers Ken. Toujours au sujet du Groupe.

– Et c'est ?

Il se pencha dans son siège, réduisant l'espace qui les séparait.

– Je veux savoir une chose. Et il serait préférable que tu me dises la vérité. As-tu eu des nouvelles de Slide ?

Ken croisa les bras et se pencha en arrière, s'écartant de lui.

– De qui ?

– Tu m'as parfaitement entendu. Slide... il t'a contacté ? Il est venu ici ?

– Ça fait des années que je ne l'ai pas revu. Depuis cette époque, en fait, répondit Ken en prenant une autre cigarette dans le paquet. Et j'avoue que je ne tiens pas à le revoir.

Tyler attendit que le regard de son interlocuteur revînt se poser sur lui. Sans rien dire, il sonda ses pupilles noires, derrière les verres de ses lunettes, sous ses paupières agitées de tics nerveux. Quelques secondes plus tard, il se redressait sans avoir rien vu.

Il se leva.

– S'il te contacte, fais-le-moi savoir.

Ken le suivit jusqu'à la porte du studio. La lumière du couloir révéla son visage, livide à cause de l'heure tardive et pour d'autres raisons.

– Il serait peut-être préférable que tu ne reviennes pas ici, dit-il.

Tyler regarda l'extrémité du passage. De l'autre côté de la porte de verre régnaient toujours les ténèbres.

– Peut-être.

Couché dans son lit, Tyler réfléchissait. Il entendait Steff respirer près de lui, percevait la chaleur de son corps.

Ça ne prouve rien, se dit-il. En étudiant attentivement le plafond obscur, il discernait la texture granuleuse du plâtre. Ce long périple nocturne, ces visites rendues aux anciens membres du Groupe, n'avaient représenté qu'une perte de temps : un simple complément à ce défilé de personnages issus de son passé qui avait débuté par la photo de Linda vue dans le journal. Et comment pouvait-il savoir que Bonnie et Ken ne mentaient pas ? *Impossible.* S'ils étaient du côté de Slide, s'ils désiraient eux aussi reconstituer le Groupe, le lui auraient-ils dit ? Que Tyler dût les interroger à ce sujet démontrait son ignorance et interdisait toute confidence.

Il se tourna sur le flanc. La clarté du réverbère de la rue lui révélait le profil de Steff, ses cils sur ses joues. Elle bougea afin de s'enfouir plus profondément dans le sommeil lorsqu'il souleva délicatement le drap, et posa les pieds sur la descente de lit.

La porte de la chambre d'Eddie était entrouverte. Il regarda un instant l'enfant endormi, puis traversa le vestibule en direction de la salle de séjour.

Tyler se tenait au milieu de la pièce obscure. Le fauteuil ne se trouvait plus devant la fenêtre, mais à sa place habituelle, à côté du canapé. Les produits chimiques charriés par son sang ternissaient les objets, les changeaient en masses obscures se découpant contre la faible clarté qui pénétrait à travers les rideaux. L'ombre de Tyler sombrait dans la moquette, à ses pieds.

Il pivota vers la cuisine. La spirale du cordon de téléphone pendait près du seuil. Il n'entendait que sa respiration. Si le téléphone sonnait à cet instant, il saurait qui l'appelait.

Et qu'est-ce que je lui dirais ? Les questions qu'il eût souhaité poser aux personnes qu'il venait de rencontrer étaient nombreuses : toutes se rapportaient à un enfant et à une tombe.

Il frissonna. Un courant d'air venait de traverser les rideaux et son épiderme.

Ne fais pas le con avec ça.

Ce n'était plus sa voix intérieure qui lui lançait cette mise en garde. Elle aurait au contraire voulu demander où se trouvait Bryan, s'il n'était pas dans cette petite tombe au-dessus de laquelle de vieux palmiers hochaient gravement la tête.

Mais c'eût été suffisant pour que tout recommence. Le simple fait d'admettre cette possibilité. *Tu iras les rejoindre,* se dit-il en fermant les yeux pour ne plus voir la pièce. *Tu te retrouveras là-bas, avec eux. On s'autorise à penser que c'est peut-être vrai...*

Puis on finit par découvrir que l'impossible est possible.

Un ivrogne cria quelque chose, des vitupérations rendues incompréhensibles par la distance à laquelle se trouvaient les bars les plus proches.

Ne fais pas ça ! Mais, en même temps que cet avertissement, sa voix lui murmurait : *Et si c'était vrai...*

Debout au milieu de cette pièce plongée dans l'obscurité, il restait tête baissée et semblait tendre l'oreille.

10

– Eh, tu es bien matinal. Entre.

Bedell recula d'un pas et acheva d'ouvrir la porte.

Tyler, qui avait gardé le doigt sur le bouton de sonnette pendant deux bonnes minutes, pénétra dans le vestibule avec la clarté matinale du soleil. Il porta le regard sur la salle de séjour presque entièrement privée de mobilier. Le nombre de tasses à café sales le surprit. Dans certaines, toujours à moitié pleines, nageaient quelques mégots.

– Qu'est-ce qui me vaut le plaisir de ta visite ? (Bedell sortit un paquet de cigarettes et une boîte d'allumettes des poches de son peignoir.) Je croyais pourtant ta décision irrévocable, ajouta-t-il avec froideur.

Tyler glissa ses lunettes noires dans la poche de sa chemise.

– Disons que je n'ai pas encore fait le point.

– Vraiment ? (Bedell eut une moue et étudia son interlocuteur en fermant les yeux à demi.) Espérons que cette proposition tient toujours.

– Ça ne prend pas, mon vieux.

Tyler passa devant lui en direction de la porte de la cuisine. Il pouvait voir l'arrière-cour derrière les piles d'assiettes sales débordant de l'évier et les cartons de plats congelés qui se partageaient le plan de travail avec les triangles bruns de vieux filtres à café. Au-delà de la porte vitrée coulissante les mauvaises herbes envahissaient le patio.

– Tu n'es pas en position de négocier quoi que ce soit. Peut-être parviendras-tu à arracher un contrat à un éditeur en lui affirmant que j'accepte de travailler avec toi mais tu resteras sur la touche si je ne suis pas dans le coup.

La mâchoire de Bedell s'anima. L'homme semblait mâchonner la chair de ses joues.

– Qu'en sais-tu ? Mon agent a déjà pris des contacts.

– Raconte-le à d'autres. (Tyler le contourna et suivit la piste laissée dans la moquette par les pieds du mobilier qui avait regagné les entrepôts du marchand de meubles.) Tu es la risée de toute la ville. Tout le monde est au courant de tes échecs.

Le visage boursouflé de l'homme devint livide.

– D'accord. C'est possible. Mais si tu es venu me voir, c'est parce que tu as besoin de moi. (Ses yeux se réduisirent à deux petits points brillants.) Je me trompe ?

Ils se trouvaient finalement sur la même longueur d'onde. *Plus la peine de tourner autour du pot*, se dit Tyler. Finie la comédie de la camaraderie et des rapports amicaux allant plus loin que la simple réunion de leurs deux noms sur la couverture d'un livre. *Après cette mise au point, nous pouvons passer aux choses sérieuses.*

Il s'immobilisa et riva son regard à celui de son interlocuteur.

– D'accord. Tu peux te servir de moi, leur dire ce que tu veux. Décroche autant de contrats que tu en es encore capable, mais dis-moi une chose...

Bedell croisa les bras, attendant la suite.

Pas de ces...

Tyler serra les dents. Un raz de marée rouge grondait et couvrait la voix intérieure. Il entendit à peine les paroles qui sortaient de sa bouche.

– Est-ce que mon fils est vivant ?

Puis ce fut la décrue et le voile rouge s'estompa. Il nota les bourdonnements d'une mouche qui tentait avec obstination de traverser une vitre, quelque part dans la maison vide.

Bedell ouvrit de grands yeux.

– Que veux-tu dire ? Tu parles de… *Bryan* ?

Un autre nom issu du passé venait de l'assaillir. Un puits vertigineux se creusa dans sa poitrine, noir dans ses profondeurs. Il hocha la tête et confirma à voix basse :

– Oui.

Bedell eut un petit rire sec et se massa le front.

– C'est l'idée fixe de Linda. C'est elle qui t'a fourré cette absurdité dans le crâne.

– Peu importe son origine. Je veux seulement savoir si c'est la vérité.

– Complètement dingue. (Bedell écrasa sa cigarette dans un cendrier de la bibliothèque, le regard perdu dans une vision personnelle.) Et après tant d'années. Tu sais depuis cinq ans que ton fils est mort et enterré… et soudain… *bing*… (Il fit claquer ses doigts.) Il suffit qu'une folle te débite n'importe quoi pour que tu marches. Je te croyais guéri, mon vieux. Je pensais que ces pilules étaient efficaces. Mais je constate que tu es aussi cinglé qu'elle.

Tyler contint une montée de colère.

– Je veux savoir si l'enfant qui se trouve dans cette tombe est bien mon fils, répéta-t-il posément.

– Et qui veux-tu que ce soit ? C'est bien son nom qui est gravé sur la plaque, non ?

– Qui me prouve que ce n'est pas une mise en scène ?

– Oh, merde. (Bedell reprit son paquet de cigarettes. Découvrant qu'il était vide, il le roula en boule et le jeta dans le cendrier.) Si ce n'est pas ton fils, dis-moi de qui il s'agit.

Tyler inspira profondément. Il était allé trop loin pour renoncer.

– Tu te souviens de Patty ? (Un autre nom issu du passé.) Que sais-tu sur son compte ?

– Tu veux parler de Patty Wright ? Bon Dieu, Mike, je l'ai précisé dans ce foutu bouquin. Elle a filé avant que les flics n'interviennent. Ce qu'elle était devenue est resté un mystère jusqu'au jour où son corps a été retrouvé, là-bas en Oregon. Les légistes ont cru à un nouveau meurtre du tueur de la Green River avant de conclure au suicide. Tu le sais aussi bien que moi.

– Et son petit garçon ? Qu'est-il devenu ?

– Nul ne le sait. Bon Dieu, Patty était une camée. Sur ses bras, les traces de piqûres étaient aussi larges que ton pouce. (Bedell désigna le classeur, de l'autre côté de la pièce.) Je peux même te montrer les photos de son autopsie si tu y tiens. Son corps ne pesait plus que quarante-trois kilos, quand ils l'ont découvert.

– Mais son fils n'était pas avec elle. Là-bas, personne ne l'a vue avec un gosse.

– Et qu'est-ce que ça prouve ? Que Patty n'avait pas uniquement perdu les pédales, mais également son môme. Les femmes qui ont choisi de vivre comme elle ne risquent pas d'être élues Maman de l'Année. Elle a probablement vendu son fils à une de ces agences d'adoption clandestines pour pouvoir payer ses doses d'héroïne. Si le gosse n'est pas mort de pneumonie ou de malnutrition avant, bien entendu.

– L'enfant de Patty est né seulement deux jours avant Bryan.

– Voilà donc ta brillante théorie ? Le bébé de Patty serait mort et enterré à la place de Bryan ? Tu crois que ton fils est toujours en vie.

Tyler sentait les murs exercer une pression sur ses épaules. La pièce semblait s'être rétrécie, autour d'eux.

– Je n'ai pas vu son corps. J'étais en tôle quand on m'a appris ce qui lui était arrivé.

– Tu as trouvé des explications à tout, pas vrai ? demanda Bedell avec un sourire de surprise.

– Il est facile de remplacer un bébé de trois semaines par un autre. En outre, Patty et Linda se ressemblaient comme des sœurs et les nouveau-nés étaient bruns tous les deux. Je m'en souviens. De la situation également... vers la fin nous étions tous dépassés par les événements. Patty se droguait déjà. Elle planait à longueur de temps et elle n'aurait même pas remarqué la substitution.

– Allons. Tu oublies qu'il existe des méthodes d'identification, même lorsqu'il s'agit de nouveau-nés. Dans les maternités, ils prennent l'empreinte de leurs pieds avant même de les sortir de la salle d'accouchement.

– Tu n'as pas lu ton livre ? *Ces enfants ne naquirent pas dans un hôpital.* Je te cite. Wyle avait gobé toutes les belles théories de l'époque sur l'accouchement naturel... C'est pour cette raison que Patty et Linda ont eu leurs bébés dans la vieille propriété des collines où on se réunissait. C'est Denny je-ne-sais-plus-quoi, un étudiant en médecine, qui les a assistées. Et, comme certains prônaient de soustraire les enfants à la tyrannie bureaucratique, personne n'est descendu en ville les déclarer à l'état civil. Les actes de naissance et de décès de Bryan sont datés du même jour, non ?

Bedell haussa les épaules et hocha la tête.

– Ça ne prouve rien. Tu peux échafauder les théories les plus folles, mais pas démontrer leur fondement.

– C'est pour cette raison que je suis venu te voir, précisa Tyler en collant son index au revers du peignoir de Bedell. Je compte sur toi pour être fixé.

Son interlocuteur recula devant le regard qui l'épinglait.

– Tu es fou. Comment diable veux-tu que je sache une chose pareille ?

Tyler pivota, gagna le meuble-classeur et ouvrit un des tiroirs du haut. Des papiers volèrent de tous côtés comme il saisissait une poignée de dossiers et les jetait sur le sol.

– Tu as bâti toute ton existence sur ceci. Tu as consacré la majeure partie de ton temps au Groupe Wyle. Tu as glané toutes les informations, les photos et les rumeurs qui s'y rapportaient. Tu as parcouru tout le pays, à la recherche de quiconque avait été en contact avec nous. C'est bien la seule chose que tu aies menée à bien... parce que ce bouquin a été ton unique succès et que tu veux lui donner une suite. Tu as stocké ici tous les renseignements obtenus depuis la parution du livre; des choses que tu es le seul à connaître. Et si quelqu'un peut me dire la vérité, me révéler quoi que ce soit n'ayant pas déjà été dit sur le Groupe, c'est bien toi. Je me trompe ?

Bedell soutint son regard.

– Possible. Mais si j'avais découvert quelque chose... appris que ton fils était vivant... je te l'aurais dit.

– Je ne crois pas. Tu préfères garder jalousement tes secrets jusqu'au jour où tu peux obtenir quelque chose en échange... pas vrai ? C'est ton système pour tenir les gens.

Bedell regarda les dossiers éparpillés sur le sol, puis releva les yeux vers Tyler.

– Si je te répondais que tu as raison, fit-il posément, comment pourrais-tu savoir si c'est la vérité ? Même si je te fournissais la preuve que ton fils est vivant, comment aurais-tu la certitude que la preuve en question est authentique et que je ne me contente pas d'abonder dans ton sens pour te ferrer un peu plus ?

Les martèlements de son pouls dans ses tempes

estompaient la pièce et ce qu'elle contenait, à l'exception du visage de son interlocuteur.

– Contente-toi de me répondre. *Est-il toujours en vie ?*

– Quelle importance ? C'est foutu, mon vieux. Tu as gobé cette histoire et tu es désormais convaincu que Slide est dans les parages, avec ton fils qu'il aurait enlevé à Linda. Tu crois tout ce qu'elle t'a dit, et ce n'est pas ce que je pourrais raconter qui changerait quoi que ce soit. (Tyler imaginait ses mains se refermant sur le cou de Bedell, ses pouces comprimant la trachée de l'homme dont les petits yeux sortaient de leurs orbites. Il fourra précipitamment ses mains moites dans ses poches.) Tu veux que je te dise une chose ? ajouta Bedell d'une voix qui montait désormais dans les aigus. Si tu tiens à le savoir, on m'a déjà débité des conneries du même genre. J'ai rencontré Patty Wright peu avant sa mort, à Portland. Elle m'avait écrit. Pourquoi ? Elle voulait me dire que son enfant était mort, que ton fils vivait toujours et que Linda l'avait gardé près d'elle... ce genre de trucs. Ce n'est pas une nouveauté, pour moi.

– Tu le savais ? Pourquoi n'as-tu rien dit ?

– Parce que rien ne prouve que ce soit vrai, Tyler. Parce que Patty était une camée qui ignorait sur quelle planète elle se trouvait encore. Elle m'a marmonné un tas d'autres trucs absurdes, du genre... « Wyle et Dieu vont venir me chercher pour m'emmener à Paris en autobus. » Bon Dieu, sur tout ce que tu croyais à l'époque, combien de choses étaient vraies ? (Il récupéra le paquet de cigarettes dans le cendrier, le déchira dans l'espoir d'en trouver une ayant échappé à son inspection précédente, puis le rejeta avec colère.) Voilà pourquoi je ne t'ai rien dit. Je te demande un peu à quoi aurait servi de te fourrer cette idée absurde dans le crâne ? Ce sont des histoires sans queue ni tête, Tyler. Tu le sais.

On peut écouter les fous mais pas croire leurs divagations. Pas sans preuves, en tout cas. (Tyler resta silencieux. Bedell l'étudia, puis écarta les mains en geste d'apaisement.) Allons. Oublie tout ça. Nous avons un bouquin à écrire.

Son interlocuteur secoua la tête, lentement.

– Tu ne feras pas de nouveau livre. Pas avec moi, en tout cas.

– Et notre pacte ? J'ai été régulier, avec toi.

– Va te faire foutre. Tu t'es servi de moi pendant toutes ces années, et j'ai dû te forcer la main pour que tu me révèles ce que tu savais. Tu peux aller au diable.

Bedell le suivit jusqu'à la porte et saisit son bras. La colère empourprait son visage.

– Attends.

Tyler le repoussa.

– Ne me touche pas. Tu me donnes envie de dégueuler. Si tu t'intéresses toujours au Groupe Wyle... c'est à cause de la fascination qu'il exerce sur toi. Écrire ce livre n'était qu'un prétexte. Tout ce sang t'excite. Tu regrettes de ne pas être allé là-bas, pas vrai ? Comme moi, Slide, Linda et tous les autres. Mais il est trop tard. Tu ne feras jamais ce voyage. Tu es condamné à rester hors des ténèbres et à les scruter dans l'espoir d'y discerner quelque chose. Tu ne sauras jamais à quoi ressemble le monde de la nuit.

Ils se retrouvaient à l'extérieur et le soleil rendait luisant le visage en sueur de Bedell. Fou de rage, l'homme invectiva Tyler qui se dirigeait vers la voiture garée dans l'allée.

– D'accord ! lui cria-t-il. Tu es libre d'y retourner, mon vieux. Si tu veux une preuve, tu sais comment l'obtenir.

Sa voix aiguë resta en suspension dans le silence de la rue.

Tyler ouvrait la portière, quand la voix de Bedell revint l'assaillir.

– Tu es fier d'être allé là-bas, hein ? Tu sais vraiment à quoi ressemblent les ténèbres, pas vrai ? Alors, retournes-y... ça ne devrait pas te poser de problèmes et tu seras tout de suite fixé. C'est très facile, non ?

Tyler démarra. Un coup d'œil dans le rétroviseur lui révéla l'homme qui demeura sur le seuil de sa villa et le suivit du regard jusqu'au bout de la rue.

– Selon vous, qu'a-t-il voulu dire par cette phrase ?

Tyler cessa de contempler sa main posée sur le bureau et regarda le psychiatre.

– Quelle phrase ?

Goodrich lut les notes qu'il venait de prendre.

– Textuellement, que *cela ne devrait pas vous poser de problèmes...* un moyen de découvrir s'il fallait accorder crédit à cette histoire absurde.

Il hocha la tête. Après cette entrevue avec Bedell, seules deux heures le séparaient de son rendez-vous bihebdomadaire avec le psychiatre. Il avait consacré ce laps de temps à parcourir des bretelles d'accès et des rues, conduisant si machinalement que ses pensées pouvaient suivre un autre trajet.

Goodrich venait d'écouter le récit de cette rencontre sans manifester la moindre émotion. *Je me demande pourquoi je lui en ai parlé*, s'interrogea Tyler. Peut-être avait-il simplement pensé à haute voix pendant que l'enregistrement mental de ce qu'il venait de vivre défilait à l'intérieur de son esprit, dans l'espoir de parvenir à faire le point. Il prit conscience d'avoir commis une erreur en se confiant au médecin. Admettre qu'il ne rejetait pas la possibilité que son fils fût toujours en vie équivalait à signer des aveux. *C'est le genre de truc qu'il suffit d'exprimer pour être immédiatement expédié chez les cinglés.* Puis il découvrit que l'opinion du psychiatre le laissait indifférent.

– Il se référait sans doute à une éventuelle interruption de mon traitement. (Le médecin hocha la tête, attendant la suite.) Il en résulterait... (Il exprimait l'idée à haute voix, tant pour la soumettre à sa propre analyse qu'à celle de son interlocuteur.) ... un retour à l'état antérieur. Une résurgence se produisant depuis l'intérieur de moi-même. La réapparition de l'effet « d'esprit collectif » attribuable à l'Hôte.

– Parfaitement exact, approuva Goodrich. Pour autant que nous le sachions, l'altération des processus chimiques de votre cerveau est permanente. (Il ouvrit un dossier posé sur le bureau et le feuilleta.) Vous avez passé des tests... il y a approximativement un an. Le taux élevé de sérotonine le démontre. Nous n'avons noté aucune amélioration depuis les premiers examens pratiqués à l'hôpital.

– Donc, si je cessais de prendre mes médicaments... je partagerais à nouveau cet « esprit collectif ».

Oui, murmura la voix intérieure. *C'est la méthode que tu dois employer.*

– Vous connaîtriez à nouveau cette *illusion* d'esprit collectif, le reprit l'homme en tapotant le dossier avec la pointe de son stylo. Cette drogue, l'Hôte, n'a jamais établi de véritables contacts entre les esprits. Il s'agit de simples hallucinations. (*Cause toujours.* Tyler étudiait le visage maigre et empreint d'une gravité infusée par une prétendue sagesse. *Tu n'as jamais été là-bas. Tu ne peux savoir.*) C'est toujours ce même vieux refrain de l'expansion de la conscience qui date des années soixante. Mais qu'en a-t-il résulté ? De nos jours, les rues sont pleines d'épaves au cerveau consumé qui parlent toutes seules. Une véritable illumination, vraiment.

Tyler garda une voix posée pour déclarer :

– La situation est différente dans le cas de l'Hôte.

– Seigneur, fit le médecin avec dégoût, manifestant

une émotion pour la première fois depuis que Tyler le connaissait. Prenons par exemple ce qui est arrivé à vous et vos amis. Un retour aux années soixante. La fondation d'une nouvelle famille Manson.

– Ce n'est pas comparable.

– Allez le dire à vos victimes.

Il reporta son attention sur le dossier.

Tyler fixa le sommet du crâne dégarni de l'homme sans le voir. Sur l'écran de ses paupières apparaissait une rue plongée dans la nuit, avec ses immeubles cernés de bleu. L'artère s'étirait à l'infini alors qu'il la suivait lentement. Sur son passage, des visages aux yeux également bleu électrique pivotaient vers lui et lui adressaient des sourires qui dénudaient leurs crocs pointus. Dans le lointain, il vit Slide qui l'attendait, avec les autres. Un enfant dont il ne pouvait discerner les traits se tenait devant eux, l'attendant lui aussi.

C'est le seul moyen, pensa Tyler. *C'est la méthode que Slide a employée pour découvrir la cachette de Linda. Quand nous sommes tous réunis par les ténèbres et l'esprit collectif, aucun d'entre nous ne peut se dissimuler. Il n'existe aucun secret, aucun refuge. Toutes les rues sont accessibles lorsqu'on voit dans les ténèbres.*

C'était ainsi qu'il saurait où se trouvait Bryan. Vivant ou dans sa tombe. Il eut la vision d'une vaste pelouse où se dressaient des stèles, noires sur un sol obscur et les ombres déchiquetées des palmiers.

L'herbe bougea, comme caressée par une main invisible, et la clarté bleutée filtra hors de la terre.

– Écoutez-moi, Tyler.

Il rouvrit les yeux sur le cabinet brillamment éclairé et le visage du médecin assis en face de lui.

Une grande enveloppe en papier kraft se trouvait désormais sur le dossier. Du genou, le psychiatre referma le tiroir inférieur de son bureau.

– Je veux vous montrer quelque chose. Des photos prises dans le laboratoire militaire où ont été effectuées les premières recherches sur l'Hôte. (Il sortit quelques épreuves sur papier glacé.) À l'époque où cette drogue était encore désignée sous le nom de code 83 Blau. (Tyler regarda la première photo que l'homme lui tendait. Trois singes à la face blanche dans une cage. L'un d'eux avait pivoté vers l'objectif de l'appareil photo et l'étudiait avec curiosité.) Des macaques, précisa le médecin. Utilisés pour les expériences. Mignons, pas vrai ? Ce cliché date du début des séries d'essais, et ces cobayes avaient pris la drogue une semaine plus tôt. Ils étaient quatre, à l'origine. La dissection du quatrième avait déjà permis de découvrir une modification du taux de catéchine dans les tissus cérébraux. (Il tendit un autre cliché.) Trois semaines plus tard. Vous pouvez voir la date, dans le coin.

Les trois animaux étaient recroquevillés dans les angles opposés de la cage. L'un d'eux dénudait ses dents et ses gencives face à l'objectif.

– On ne leur a rien donné pour atténuer les effets de la drogue. Les chercheurs désiraient découvrir ce qui se produirait en l'absence de tout traitement. La suivante a été prise six mois après le début des expériences.

Tyler la tourna du bon côté.

Il ne restait que deux singes.

Des taches maculaient les dents du macaque aux yeux brillants accroupi sur son congénère. Sa fourrure était couverte de sang coagulé et ses petites mains presque humaines écartaient la cage thoracique béante de sa victime. Les côtes brisées dressaient une voûte sur le petit cœur ainsi mis à nu. Les yeux du singe qui gisait dans son sang étaient déjà vitreux.

– Une autre, fit le médecin. (La cage avait disparu. Tyler voyait une table sur laquelle se trouvait quelque chose évoquant une serpillière essorée que retournait une main gantée. Quelques instants lui furent nécessaires pour discerner les membres squelettiques qui saillaient du tronc déchiqueté.) Le dernier s'est éventré lui-même. Avec ses petits ongles. (Goodrich reprit les photos et les remit dans l'enveloppe.) Les porte-parole de la SPA auraient probablement émis des protestations véhémentes s'ils avaient été au courant. Ils auraient exigé qu'on mette fin aux souffrances de ces malheureux cobayes. Mais ces expériences entraient dans le cadre d'un projet de recherches militaires top secret et les scientifiques pouvaient agir à leur guise. Qu'en pensez-vous, Tyler ?

Il replaça l'enveloppe dans le tiroir.

Tyler se carra dans son fauteuil.

– Ça me rappelle une anecdote datant de l'époque où j'allais au collège. En cours d'hygiène, le professeur a préparé un extrait de nicotine avec quelques cigarettes et a versé ce liquide jaunâtre dans le bocal d'un poisson rouge. Le poisson est remonté aussitôt à la surface, pour y flotter le ventre en l'air. Le professeur nous a alors demandé : « Que démontre cette expérience ? » et une voix s'est élevée du fond de la salle pour répondre : « Que les poissons rouges ne devraient pas fumer. »

– Ce n'est pas un sujet de plaisanterie, rétorqua le médecin en croisant les bras sur le bureau. Je ne vous avais encore jamais montré ces photos parce que je ne le jugeais pas utile, dans votre cas. Je ne croyais pas à la nécessité de vous convaincre de la nocivité de cette drogue. Vous devez accepter le fait que cette substance vous a *contaminé*. Voilà ce qui vous attend si vous lui permettez de refaire surface.

– Vraiment ? fit Tyler avec mépris. Mais vous oubliez que mon fils est peut-être vivant. Le retrouver ne justifie-t-il pas de prendre quelques risques ?

– Votre fils est mort. Vous le savez. Ce n'est pas une excuse pour vous replonger dans l'univers de l'Hôte. Comme pour toutes les drogues, il faut tôt ou tard en payer le prix. (Il tira vers lui un autre bloc-notes et y griffonna quelques mots.) J'ai conscience que votre système nerveux a subi de nombreuses agressions, au cours de ces deux derniers jours. L'arrestation de votre ex-femme a été le point de départ d'une série d'événements éprouvants. Mais il existe un moyen très simple de régler la question. Très simple, et surtout sans danger.

Il détacha la feuille et la tendit à Tyler, qui tenta vainement de lire l'ordonnance.

– Qu'est-ce que c'est ?

– Du Sinequan. Radical contre l'anxiété, surtout lorsqu'on le prend en même temps que les produits qui vous ont déjà été prescrits. Passez dans une pharmacie et commencez dès ce soir. Nous pourrons juger de l'efficacité du traitement dès la prochaine séance.

Tyler releva les yeux de l'ordonnance et eut un rire.

– Voilà donc la solution que vous me proposez ? D'autres drogues, que vous jugez simplement plus appropriées à mon cas. (Il roula la feuille en boule.) Vous n'êtes pas mieux loti que moi. Vous et tous vos semblables bien pensants. Voilà le genre de merde que vous prenez. Vous ne savez pas à quoi ça ressemble, là-bas, parce que vous ne tenez pas à le savoir.

Le médecin mordit sa lèvre inférieure.

– Vous semblez oublier que votre liberté conditionnelle est liée à votre bonne volonté. Vous n'avez pas le choix. En outre, je devrai informer Herlihy de votre attitude.

Tyler se leva et repoussa son siège.

– Allez vous faire foutre. Vous, vos macaques, et toutes ces conneries. Je m'en fiche. Vous ne comprenez donc pas ? (Il posa ses mains sur le bureau et se pencha vers l'homme.) *Il est peut-être vivant.*

Goodrich releva les yeux vers lui.

– Alors, qu'allez-vous faire ? Cesser de prendre vos médicaments ?

– Je n'ai jamais dit cela.

– J'exige une promesse. Vous allez réfléchir à ce que je vous ai dit, à ce que je vous ai montré. Quand vous aurez pris une décision, vous me téléphonerez... à n'importe quelle heure du jour ou de la nuit... et alors nous en reparlerons. Avant que vous fassiez quoi que ce soit. C'est d'accord ?

Tyler soutint son regard quelques instants. Même là, au centre des yeux pâles du psychiatre, il voyait les ténèbres.

– Entendu, fit-il à voix basse.

Puis il recula et prit la porte.

11

– Le fumier...

Les tremblements de sa main étaient si violents que des gouttes de scotch tombaient du verre et descendaient le long de ses doigts. Bedell fixa pendant quelques secondes les taches qui apparaissaient sur le tapis, puis jeta le verre contre la paroi de la salle de séjour. Des éclats brillants glissèrent dans les coulées d'alcool.

Une tondeuse à gazon crachotait et pétaradait à l'extérieur. Le souffle court, il releva la tête pour écouter. Loin dans la rue, devant une maison bien entretenue. Le bruit se rapprochait puis décroissait en fonction du circuit suivi par le jardinier. Bedell ferma les yeux et put voir sous une casquette de base-ball le visage impassible et plein de suffisance du Coréen qui le jugeait sans dire un mot. *Salauds*, marmonna-t-il. Il sentait peser le poids de leurs regards à travers les rideaux tirés.

Sa main heurta la bouteille qui bascula sur le plan de travail de la cuisine, vidant le fond de scotch dans l'évier. L'odeur était encore plus forte, ici. Elle s'élevait de son corps. Pris d'étourdissements, il se retint au rebord de la cuve d'acier inoxydable et vit l'image de son visage s'inverser dans le bac chromé de l'évier. Il ignorait encore s'il vomirait.

Puis le téléphone sonna et Bedell prit une profonde

inspiration. Ce son provenait de l'autre pièce et se superposait au fracas lointain de la tondeuse. Il se redressa et s'écarta de l'évier.

Il déconnecta le répondeur et s'adossa à la bibliothèque pour porter d'un geste maladroit le combiné à son oreille.

– Ouais... qui est à l'appareil ?

Il reconnut la voix de son agent mais ne put donner un sens à ses paroles en raison des rugissements de la tondeuse. Désormais, ce vacarme s'amplifiait au rythme du pouls qui martelait ses tempes.

– Je ne sais pas, marmonna Bedell sans attendre que la voix eût cessé de percer ses tympans. Attendez. Attendez une minute.

Peut-être suffisait-il de se concentrer, de se pencher vers l'écouteur et de se reposer sur lui, comme s'il s'agissait d'un mur aussi solide que celui se dressant derrière lui...

Les mots s'embrouillaient, privés de signification. La tondeuse hurla. Sa lame venait de toucher le rebord du trottoir. Une gerbe d'étincelles s'éleva derrière l'écran de ses paupières et l'éblouit.

– Je ne sais pas, bordel !

Il raccrocha brusquement et l'appareil tomba de l'étagère pour s'immobiliser sur le sol, à ses pieds. Pendant un instant, l'extrémité de la spirale en plastique resta silencieuse, puis un léger bourdonnement électronique s'en éleva; la voix de la ligne, assourdissante.

– Merde.

Il libéra sa respiration, ce qui eut pour effet de stabiliser la pièce autour de lui. *Ce fils de pute*, pensa-t-il. L'alcool fit refluer son sang quand il se pencha vers les murmures du téléphone, et ce fut avec lenteur et prudence qu'il récupéra l'appareil et le combiné, puis replaça le tout sur l'étagère.

La tondeuse, désormais plus discrète, continuait de suivre son parcours. Bedell lui prêta attention comme s'il l'entendait pour la première et dernière fois.

– Tu t'es planté en beauté, mon vieux, fit-il à haute voix dans la maison déserte. Tu as vraiment tout gâché.

Il retraversa la pièce vide, en direction de la cuisine. Le soleil pénétrait par la porte de verre coulissante et dessinait un trapèze chaud et lumineux sur le carrelage. Il nota des taches dans la mare d'ombre subsistant près de l'évier. *Un coup de serpillière ne serait pas superflu*, se dit-il, apathique. Il ignorait si on trouvait seulement un balai, dans cette maison. À l'époque où il utilisait les services d'une société d'entretien, les employés apportaient tout le matériel nécessaire. Il était conscient qu'un nettoyage général s'imposait : une étape indispensable avant la mise en vente d'une villa, pour pouvoir espérer en tirer un prix supérieur au montant de ses dettes. Mais la situation lui avait échappé. C'était le bon côté d'une banqueroute : on n'avait plus à se soucier de quoi que ce soit. D'autres prenaient les décisions à votre place... le nec plus ultra en matière de services.

Peut-être lui resterait-il de quoi verser une caution et régler le premier et le dernier mois de location d'un appartement. Il se rappelait le petit logement où il vivait autrefois, derrière le bureau de poste de Fairfax : le lieu où il avait écrit son livre. *C'est peut-être le seul endroit où tu es capable de travailler, mon vieux.* Une chambre minuscule et la vision d'une tache d'humidité qui s'étalait sur le plafond quand on était allongé sur le lit affaissé, dans des draps puant la sueur. Peut-être n'aurait-il pas dû en partir.

Par la porte, il regarda la pièce donnant sur la rue. Sans aucun meuble, elle paraissait démesurée. Son ancien appartement aurait pu y entrer. Grande maison, grande pelouse, grand tout. Loin dans la rue, il entendait une des machines du jardinier chasser l'herbe coupée vers le caniveau. Dommage de devoir renoncer à tout ça. *Et à cause de cette ordure de Tyler*. Il revoyait son visage, entendait à nouveau ses paroles pleines de suffisance, intolérables.

Tu regrettes de ne pas être allé là-bas, pas vrai? ricana la voix de Tyler issue de sa mémoire. *Mais il est trop tard. Tu ne feras jamais ce voyage. Tu es condamné à rester hors des ténèbres et à les scruter dans l'espoir d'y discerner quelque chose. Tu ne sauras jamais à quoi ressemble le monde de la nuit.*

Ils étaient si imbus d'eux-mêmes, ils se croyaient tellement supérieurs; tous les membres du Groupe Wyle, tous ceux qu'il avait rencontrés, interviewés, étudiés soigneusement. Il les avait immortalisés par son livre et c'était ainsi qu'ils le récompensaient; en lui adressant des regards méprisants, en gardant leurs secrets... Tyler avait probablement ri de lui en s'éloignant dans la rue.

– Qu'il aille se faire foutre.

Sa voix résonna dans la maison vide.

Je n'ai pas besoin de lui... d'aucun d'entre eux.

Un brusque silence sembla emplir la demeure. La maison était isolée de l'extérieur par un espace s'étirant à l'infini. Il tourna la tête, tendant l'oreille.

Tu n'as pas besoin d'eux...

Cette phrase avait été prononcée silencieusement par une voix au timbre différent, étrangère.

Un murmure... *à quoi il ressemble... le monde de la nuit...*

Puis il se souvint et se détourna de l'évier pour gagner le réfrigérateur. Il le regarda un instant, tendit la main, toucha le métal froid.

... dans les ténèbres...

Ce fut d'une main tremblante qu'il ouvrit la porte. Un souffle glacé cingla son visage lorsqu'il se pencha vers le freezer. Les plats congelés se disséminèrent sur le sol dans des gerbes de cristaux argentés. Ses ongles grattèrent le givre accumulé au bas du compartiment et en arrachèrent finalement un gros bloc. Il trouva le rectangle de plastique plié sous la glace qui fondait dans sa main. De petits objets translucides apparaissaient à l'intérieur du paquet.

Quatre gélules tombèrent sur le plan de travail. Il roula en boule le morceau de plastique et le jeta dans l'évier. La poudre blanche glissa à l'intérieur du cylindre qu'il levait vers la lumière.

Il n'avait pas besoin qu'un des ex-membres du Groupe Wyle lui décrive cet autre univers. *Très facile...* les paroles qu'il avait dites à Tyler. Il lui était très facile de le découvrir par lui-même.

La gélule semblait privée de poids, entre son pouce et son index. La substance qu'elle contenait était rendue miroitante par la lumière provenant de la porte vitrée.

Il n'aurait pas besoin de Tyler pour son nouveau livre. *Pour la simple raison que je vais me rendre là-bas.* Et alors il saurait... finalement... tout ce qu'ils savaient. Il n'y aurait plus de secrets.

... dans les ténèbres...

Il plaça la gélule sur sa langue et la garda dans sa bouche, le temps d'ouvrir le robinet et de remplir un verre. L'enveloppe était déjà gluante, dissoute par sa salive, quand il but et déglutit.

Un certain temps serait nécessaire pour que la drogue passe du système digestif au système sanguin mais, ensuite, il saurait. Il sentit quelque chose se nouer dans sa gorge et pivota à l'instant où ses entrailles se contractaient spasmodiquement pour rejeter dans l'évier l'alcool mêlé de bile.

Les nausées le laissèrent haletant et pris d'étourdissements. Le sang lui était monté au visage. Il mit les autres gélules dans sa bouche et pencha sa tête en arrière. La poudre crissa sur sa langue lorsque ses dents broyèrent leurs enveloppes. Puis il s'agrippa à l'évier pour avaler la substance amère.

Finalement, il se redressa et repoussa ses cheveux de ses sourcils humides. Il ne lui restait plus qu'à attendre.

Il entendait quelqu'un gravir la pente en direction du nid. Jimmy savait qu'il ne s'agissait pas de Slide : cet homme ne faisait pas le moindre bruit quand il venait. Il apparaissait brusquement, semblant s'être matérialisé hors du néant.

Il se détourna de l'enfant endormi et vit un visage sale et ridé derrière un des piliers... celui d'une vieille femme installée dans un des autres passages inférieurs de cette zone. Il avait vu... et senti l'odeur de l'urine qui teintait de jaune ses haillons... cette malheureuse recroquevillée au milieu d'un tas de sacs en papier graisseux, occupée à trier inlassablement ses trésors. *Des rebuts*, pensa-t-il. Vieux chiffons et journaux froissés. Elle ne possédait rien de valeur. Comme lui, auparavant.

La vieille femme se rapprocha, révélée par la faible clarté qui pénétrait sous l'autoroute. Elle détacha les yeux de son visage pour les porter sur le petit garçon.

– Fiche le camp, ordonna Jimmy en venant se placer entre elle et l'enfant. File.

Elle tendit son cou décharné pour mieux voir. Ses tendons saillirent, évoquant des cordes.

– J'ai entendu, murmura-t-elle.

– Quoi ?

Vieille folle. Slide serait fou de rage s'il la trouvait ici à son retour.

– Des bruits... à son sujet. Je voudrais seulement le voir...

Sa voix s'était changée en gémissement implorant.

Les autres étaient dissimulés dans les ombres qui

envahissaient le bas de la pente. Il percevait leur présence, alors qu'ils observaient la scène avec crainte et respect. Ils s'étaient aventurés hors de leurs petits refuges, ces cavités existant sous la voie rapide; trop apeurés pour oser approcher davantage mais tiraillés par le désir de voir l'enfant.

La vieille femme l'avait rejoint. D'un geste hésitant, elle tendit une de ses mains sales vers le visage du petit garçon. Jimmy saisit son poignet, sec comme un fagot de brindilles, et l'écarta.

– Je voudrais seulement le toucher… le caresser…

Des larmes apparaissaient dans ses yeux chassieux.

– Tu diras aux autres que tu l'as vu. Tu le diras aux autres. Et tu leur diras aussi de partir. D'accord ?

Elle hocha la tête, ouvrant sa bouche sur les filets de salive qui s'écoulaient entre ses chicots, et il lâcha son poignet. Puis il surveilla la femme dont le doigt décharné suivait avec douceur la joue de Bryan et dont l'expression trahissait ses efforts pour appréhender le mystère.

Il entendit un son mais ne put deviner sa nature.

Les yeux clos, Bedell restait couché sur la moquette de la pièce donnant sur la rue, avec sa veste roulée en boule en guise d'oreiller. Le trait de soleil filtrant entre les tentures avait rampé jusqu'à lui et réchauffait le dos d'une de ses mains. Il était resté totalement immobile depuis le début de l'attente; pendant des heures, probablement. Mais le temps était sans importance.

Les bruits se poursuivaient, des coups sourds et rythmés qui compressaient les contours des ténèbres lumineuses apparaissant derrière ses paupières. Oisivement, il concentra son attention sur ces sons, les rapprochant de lui. Il en reconnut finalement la nature : on frappait à la porte.

Cela le fit sourire et il tourna la tête sur son

oreiller improvisé. Si quelqu'un voulait le rencontrer, lui parler, il ne désirait pour sa part voir qu'une seule personne, une seule chose. Ce visage aux crocs acérés que lui avaient décrit ceux ayant effectué avant lui ce voyage. (*Tu regrettes de ne pas être allé là-bas, pas vrai ?...* fit une voix issue d'un lointain souvenir.) Mais rien ne pressait. Il avait tout son temps, dans cet univers, dans les ténèbres.

Les coups redoublèrent. Il ouvrit les yeux et tourna la tête vers la porte. Ce visiteur tenait absolument à le voir. Cette pensée le fit rire et il se leva.

– Kinross, dit Bedell en souriant. Entrez.

Il ouvrit la porte en grand.

Le policier à la retraite semblait plus petit et plus grisonnant que lors de leur dernière rencontre. Son costume brun faisait désormais penser à un ballon en baudruche dégonflé. Il se tenait au milieu de la grande pièce et tournait son visage ridé de tous côtés, fronçant les sourcils et enregistrant tous les détails.

– Qu'est-ce qui me vaut le plaisir de votre visite ? s'enquit Bedell avec amusement.

– Où est Tyler ?

– Comment voulez-vous que je le sache ?

Debout derrière l'ex-policier, il abaissa le regard vers lui... comme s'il se trouvait à des hauteurs vertigineuses mais possédait la vue perçante d'un aigle... découvrant les vaisseaux sanguins éclatés sous les mèches qui dissimulaient son cuir chevelu.

Kinross pivota et le foudroya du regard.

– Je sais que vous lui avez parlé. Je veux savoir ce qu'il vous a dit.

– Vraiment ? Et qu'est-ce qui vous permet de supposer qu'il m'ait dit quelque chose ? Il n'avait rien à m'apprendre.

C'était la stricte vérité. Il le savait, à présent. Si Tyler portait en lui les ténèbres, il ne s'y trouvait pas. Pas comme lui.

– Ne jouez pas au plus malin avec moi, Bedell. Vous risquez d'avoir des ennuis, vous pouvez me croire.

Il pencha sa tête en arrière, pour libérer un rire. Le son vibrait toujours dans ses tympans, comme si les autres s'étaient joints à lui, quand il regarda à nouveau vers le bas. Avant ce jour, Kinross l'avait toujours effrayé. Ses sourcils constamment froncés au-dessus de ses petits yeux lui donnaient l'aspect d'une de ces créatures aquatiques qui dévoraient d'une seule bouchée leurs congénères de plus petite taille. Mais, à présent, il ne voyait plus qu'un vieillard ratatiné portant un costume élimé et trop vaste pour lui.

– Vous ne pouvez rien contre moi, fit-il en soutenant le regard de son interlocuteur.

Le blanc des yeux de Kinross était jaunâtre, avec une petite toile d'araignée rouge à chaque angle.

– Rien du tout.

Les yeux du policier devinrent encore plus petits et perçants.

– Il est exact que je ne peux plus arrêter quelqu'un et le boucler. Plus maintenant. Mais mes amis sont toujours habilités à le faire. Et je les tiens informés de tout ce que je découvre.

– Et qu'avez-vous appris ? Quels grands secrets ?

Aiguillonner ce vieux fauve édenté l'amusait.

– Je sais quels sont les projets de Tyler, de Slide et des autres. Ce qu'ils attendent de faire depuis toujours.

Cet homme inspira presque de la pitié à Bedell. Il ne saurait jamais. Il était condamné à l'ignorance. Même s'il passait le reste de son existence à scruter les ténèbres, il lui serait impossible de s'y rendre. *Pas comme moi*, pensa-t-il.

– Ils veulent tenter de reconstituer leur Groupe. Voilà quels sont leurs projets.

... qu'en sait-il... qu'en sait-il...

Il inclina la tête pour mieux entendre le murmure qui venait se juxtaposer à la voix de Kinross. Il provenait d'un point indéterminé, à l'intérieur de la maison. Sous sa langue, la salive avait un goût amer; celui des produits chimiques libérés quand ses dents avaient broyé les gélules.

– Le Groupe ? répéta Bedell en s'écartant de la porte pour se rapprocher de son interlocuteur. J'ignore de quoi vous parlez. Expliquez-vous.

Kinross sombra dans ses obsessions et les commissures de ses lèvres s'humidifièrent.

– Ils vont se regrouper. Et si Tyler et tous ces autres salauds ont bénéficié de la clémence des juges, ce ne sera plus le cas, cette fois. En outre, aucun d'eux n'échappera à la justice. J'y veillerai. Association de malfaiteurs, violation de la liberté conditionnelle... ils sont foutus. Oh, ils seront à nouveau réunis... mais en prison. Et pas dans une section médicale bien confortable. Ces ordures vont en baver. (Il pivota vers Bedell.) Si vous avez un tant soit peu de bon sens, répétez-moi ce que vous a dit Tyler. J'ai pour vous une jolie petite accusation toute prête : entrave à la justice.

– Réunis, répéta Bedell.

Il hocha la tête, en souriant. Ce vieux cinglé ignorait une chose qu'il n'avait lui-même pu savoir avant cet instant. Ils étaient toujours restés ensemble, dans les ténèbres où nul ne les voyait.

(... *oui*... Plus audible, cette fois.)

En même temps que la pièce illuminée par le soleil, il voyait un autre endroit, un trou exigu creusé dans la terre et écrasé par des tonnes de béton. Slide s'y trouvait et l'attendait. Et, par les yeux de cet homme qui perçaient l'obscurité ourlée de bleu, il voyait l'enfant qui dormait paisiblement.

– Vous vous trompez sur toute la ligne, déclara-t-il en se rapprochant de Kinross. Nous n'avons pas besoin de reconstituer le Groupe. Nous sommes déjà tous réunis, là-bas. Tous.

Les petits yeux chassieux se levèrent vers les siens et il vit dans leurs pupilles noires le reflet d'un visage, trop petit pour être identifiable.

– Vous en faites partie, murmura Kinross. (Le visage flasque de l'ex-policier tremblota, comme si la surprise avait fait céder les attaches de ses muscles faciaux. Puis ses mâchoires se serrèrent et retendirent son épiderme, lui rendant une expression menaçante.) J'aurais dû m'en douter. Mais ton compte est bon, ordure. Tu vas te retrouver en tôle, toi aussi. Avec tous tes petits copains. Vous serez tous...

(... maintenant...)

Bedell se sentait grandir au-dessus du vieillard grisonnant. Il se pencha vers lui.

– Je crois que vous vous trompez, fit-il doucereusement.

Kinross le frappa sur la poitrine et des gouttes de salive volèrent de sa bouche agitée de tremblements.

– Cette fois, vous ne vous en tirerez pas, ordures... vous...

... maintenant...

Ses doigts bondirent et se refermèrent sur le cou de Kinross, s'enfonçant dans les replis de chair molle.

– *Nous* croyons que vous vous trompez.

Maintenant.

Des kilomètres en contrebas, le sang montait au visage de l'ex-policier dont la bouche s'ouvrait sur une rangée de dents jaunâtres. Les manches du costume brun martelaient sa poitrine. Le temps se figea et le sol remonta lentement vers lui pendant que Kinross tombait à la renverse.

Un craquement ponctua l'impact de son crâne avec le sol. Ses mains s'ouvrirent, se changeant en deux serres tremblantes qui se tendirent vers les yeux de Bedell, avant de devenir aussi flasques et inertes que son visage.

198

Des frissons parcouraient les bras de Bedell, lorsque ce dernier se redressa du corps immobile. Les yeux sans vie reflétaient l'être qui se tenait debout derrière lui... et dont il pouvait à présent discerner les traits anguleux...

Le sourire qui révélait des dents pointues.

– Maintenant, fit la voix.

Il s'agenouilla et détourna les yeux du cadavre. La pièce s'était assombrie, rétrécie, quand il regarda par-dessus son épaule.

– Sois le bienvenu parmi nous, lui dit l'Hôte dont le sourire s'élargit encore.

12

Assis à son bureau, derrière la caisse du cinéma, Tyler étudiait les petits points colorés disséminés devant lui.

Il prit une des gélules entre son pouce et son index et la leva vers la lumière. Une moitié verte et l'autre jaune, avec le nom de la société pharmaceutique écrit en lettres minuscules sur le côté.

Et si... Il n'entendait plus désormais l'autre voix, celle qui lui appartenait et le mettait en garde. *Et s'il était vivant ?*

Après le départ de Steff et d'Eddie, Tyler s'était rendu dans la cuisine et avait pris tous les médicaments rangés sur l'étagère du placard. Il avait placé dans un sac en papier tous les petits flacons de plastique orange, les sachets blancs de la pharmacie et les reçus qui y étaient agrafés... pour apporter tout cela au cinéma, où il pensait pouvoir faire calmement le point.

Il avait ouvert les flacons l'un après l'autre et répandu leur contenu sur le plateau du bureau, avant de les remettre dans le sac, de le rouler en boule, et de le jeter dans la corbeille.

Les gélules étaient brillantes, sous la vive clarté du soleil. Elles bruissaient, quand il les poussait de la main.

Très facile...

Il n'avait rien à faire. Deux heures s'étaient déjà écoulées depuis qu'il aurait dû prendre sa première dose de la journée et sentir les gélules s'entrechoquer sur sa langue, puis dans sa gorge. Il lui suffisait d'attendre que l'effet des produits chimiques toujours charriés par son sang se dissipe graduellement, qu'ils soient emportés par sa sueur et son urine. Une légère odeur âcre, et rien de plus.

Et il se retrouverait alors de l'autre côté. Il le savait; c'était pour empêcher cela qu'ils lui prescrivaient ces médicaments, lui ordonnaient de les prendre. Quelques heures d'attente, une journée et, à la tombée de la nuit, il lui serait à nouveau possible de voir dans les ténèbres.

Attendre, tout simplement.

Il écrasa la gélule entre le pouce et l'index. L'enveloppe se scinda le long de la ligne séparant les deux couleurs et la poudre blanche se répandit sur ses doigts.

Voilà la solution qu'ils ont trouvée. Les psychiatres, les toubibs, tous ces pharisiens. Te rendre aveugle... Il pouvait voir leurs visages graves, une rangée.

Mais s'il était vivant...

Quelle importance pouvait avoir son fils, à leurs yeux ? Ils avaient pour mission de l'empêcher de voir, de découvrir la vérité. Les médicaments... ces gélules et ces pilules... leur permettaient de parvenir à ce résultat. Et s'il existait la moindre possibilité pour qu'un enfant officiellement mort fût toujours en vie, pour qu'on pût le retrouver et le ramener du lieu où on le séquestrait, l'arracher aux ténèbres... alors ils prescrivaient des pilules supplémentaires. Afin qu'il cesse de voir cette lueur d'espoir, afin que le fil du rasoir qui lacérait son cœur finisse par s'émousser. Afin qu'il devienne aveugle, comme eux.

Mais s'il pouvait voir, s'il lui était possible de découvrir la cachette de Slide dans les ténèbres... il aurait une certitude. Il saurait si son fils était en vie ou décédé. *Je veux seulement être fixé.* Savoir si cet enfant qu'il n'avait tenu qu'une seule fois contre lui vivait ailleurs que dans sa mémoire; le souvenir de ce petit corps gravé dans la chair de ses bras.

Si Bryan n'occupait pas cette petite tombe, il le ramènerait vers la lumière. Peu importait où il pouvait actuellement se trouver et les conséquences de cette décision, quels produits chimiques ils le contraindraient ensuite à ingérer. Il acceptait de devenir totalement aveugle, si c'était le prix à payer pour le salut de son fils.

Et s'il découvrait que l'enfant était mort... cela signifierait peut-être qu'il appartenait toujours à l'univers des ténèbres et non à celui de lumière où il feignait de croire que le passé pouvait être effacé; où il tentait de servir de père à un autre petit garçon comme si ce dernier pouvait remplacer celui qu'il avait perdu; où il avait une autre femme... Steff, qui ne méritait pas cela. Elle ne devait pas être souillée par ce qu'il n'avait pu enterrer définitivement. Même pour continuer de feindre de l'aimer, il devait faire ce voyage. *Retourner dans le monde auquel j'appartiens.*

Il regarda les gélules et les pilules pendant encore quelques instants, puis tendit les mains et les ramassa. Il serra ses poings et les médicaments s'émiettèrent comme des carapaces d'insectes desséchés. Il se leva et sortit dans le couloir, tenant la poudre dans ses paumes.

Dans les toilettes, l'eau de la cuvette hygiénique fit dissoudre les fragments colorés, qui furent emportés par un tourbillon lorsqu'il appuya sur la manette chromée.

Ensuite, il poussa les portes de l'extrémité du couloir et entra dans la salle où il resta à fixer l'écran noir. Il n'avait plus qu'à attendre.

Assis sur le sol, adossé au chambranle de la porte de la cuisine, Bedell regardait la pièce donnant sur la rue. Si des bruits extérieurs pénétraient dans la maison, il avait cessé de les entendre.

Son rythme cardiaque s'emballa. Il pensait voir une flaque de ténèbres s'étendre sous le cadavre gisant au centre de la pièce. Pendant qu'il le regardait, dans l'incapacité de se relever du point où il s'était effondré des heures plus tôt, l'ombre noire du corps de Kinross rampa encore plus près de lui.

Puis son regard se porta brusquement sur les rideaux et il prit conscience que le soir tombait. La lumière, atténuée mais toujours suffisante pour engendrer une ombre, pénétrait dans la pièce sous un angle différent. Les contours du cadavre s'étalaient lentement sur la moquette, comme du sang noir suintant d'une blessure invisible.

Bedell prit sur lui-même pour se lever. Debout sur ses jambes tremblantes, il voyait à présent le visage de Kinross. Ses yeux jaunes grands ouverts regardaient le plafond sans le voir. Un ruisselet de salive avait séché à la commissure de ses lèvres.

Il tendit la main derrière lui et chercha à tâtons l'interrupteur de la cuisine. Après avoir donné de la lumière, il effectua un grand détour pour contourner le cadavre sans le quitter des yeux, et atteignit la chambre qu'il éclaira à son tour. Le reflet de son visage blême et non rasé lui fut renvoyé par le miroir du lavabo de la salle de bains. Il n'y avait aucun lustre dans la pièce donnant sur la rue, et la lampe de la table était repartie avec le reste des meubles de location, mais la clarté provenant des autres pièces suffisait pour tout révéler. Il ne voulait pas rester seul dans le noir avec le cadavre. Et avec l'être qu'il n'avait fait qu'entrevoir en lâchant le cou flasque de Kinross. L'Hôte n'était plus visible, mais Bedell percevait toujours sa présence près de lui.

L'euphorie de la drogue s'était dissipée, le laissant affaibli. Il regarda le corps et humecta ses lèvres sèches. Le souvenir de l'instant où ses mains avaient serré la gorge de Kinross défilait lentement dans son esprit, tel un film visionné au ralenti. Le choc provoqué par la prise de conscience de ce qu'il avait fait, et par la voix qui s'était alors élevée derrière lui, avait drainé les effets de l'Hôte. Seule son amertume était toujours présente dans sa bouche.

– Seigneur, marmonna-t-il en essuyant son visage moite de sueur.

Tu devais être fou. Avant même d'avoir pris cette merde. Mais à quoi as-tu donc pensé, bordel? Les yeux morts le fixaient et il se détourna, en frissonnant.

Il parcourut du regard les pièces vides. Il fallait agir, faire disparaître le cadavre. Et sans perdre de temps... il en était conscient. Combien de flics savaient ce que faisait Kinross? Peut-être avait-il précisé à certains où il comptait se rendre; qui il voulait intimider dans l'espoir d'obtenir des informations. *Ils savent.* Bedell essuya ses mains moites sur son pantalon. *Ils risquent d'arriver d'un instant à l'autre, et de trouver son cadavre.*

Il devait s'en débarrasser... Les endroits ne manquaient pas, à quelques heures de voiture de L.A. Loin des routes principales, dans le désert où on ne retrouvait un corps que des années plus tard, lorsqu'il ne subsistait plus de lui qu'une enveloppe parcheminée tendue sur des os friables. Quand on le retrouvait.

Les rouages de ses pensées se mirent lentement en mouvement et il regarda à nouveau le cadavre. Son cœur bondit vers sa gorge et il recula en titubant, manquant tomber.

Son pouls martelait sa poitrine, alors qu'il forçait ses yeux à se rouvrir et s'écartait du mur. En tremblant, il se rapprocha du corps. Sa respiration contenue s'échappa. Il ne voyait plus que le visage grisâtre et flasque de Kinross.

L'autre vision avait disparu. Celle des crocs pointus dénudés par un large sourire.

– Hé, Michael... ça va ?

Il entendit la voix derrière lui et pivota sans se lever du siège. La lumière du hall pénétrait dans l'allée, métamorphosant en simple silhouette la personne debout sur le seuil de la salle.

– Bien sûr, répondit Tyler qui avait reconnu le projectionniste. Qu'est-ce qui se passe ?

– Ce serait plutôt à moi de te poser cette question. Qu'est-ce que tu fais dans le noir ?

J'attends.

– Rien. Je réfléchissais.

– Merde !

Le projectionniste venait de heurter du genou l'accoudoir d'un des sièges bordant l'allée. La porte de la salle s'était refermée derrière lui et les seules sources de lumière étaient les veilleuses encastrées au bas des murs, toutes les dix travées.

Tyler regarda l'homme s'asseoir sur un accoudoir, de l'autre côté de l'allée. Malgré l'obscurité, il voyait ses bras croisés sur son sweat-shirt, les coutures de son jean descendant sur une paire d'Adidas râpées enlisées dans la moquette. *Oui*, pensa-t-il en s'approuvant d'un hochement de tête alors qu'un filet d'adrénaline se mêlait à son sang. *Très facile.*

Le profil du projectionniste pivota vers l'écran obscur, souligné par un liseré bleu électrique.

– Tu sais, il va falloir demander à la direction de retendre la toile. Certains clients se plaignent de la distorsion de l'image.

Tyler sourit, ayant l'impression de capter une retransmission venant d'un autre monde, d'une autre vie.

– Tu parles des étudiants qui suivent les cours de cinématographie à l'université. Rien n'est jamais assez bon pour eux. (Il changea de position et s'étira, afin de soulager sa colonne vertébrale ankylosée par ces heures d'immobilité.) Ils se croient dans un musée, pas dans une salle de cinéma.

– Ils ont raison, rétorqua le projectionniste en grattant la barbe microscopique d'un menton rasé de frais. On peut même s'en rendre compte de la cabine... et j'ai déjà réglé l'angle du projecteur au maximum. Quand on passe un film, tous les acteurs ont un front plus large que leurs épaules. Bogart et Bacall font penser à deux hydrocéphales qui se content fleurette. (Tyler eut un rire et inclina sa tête en arrière, contre le sommet du dossier.) Parlesen à la direction, d'accord ? Les spectateurs me traitent déjà de tous les noms chaque fois qu'une de ces vieilles copies casse; alors, inutile d'en rajouter.

– Entendu.

Cet homme était un autre pauvre diable condamné à l'ignorance. Tyler était conscient de l'insignifiance de ses préoccupations. Ces gens se souciaient de la qualité des ombres noir et blanc d'acteurs morts depuis longtemps projetées sur un écran; un monde plat et rien de plus, une illusion. *Ils ne savent pas.* Les spectateurs restaient assis en rangs d'oignons dans le noir et gardaient un silence religieux, mais ils ne voyaient rien.

– N'y pense plus. Au fait, quelle heure est-il ?

L'arrivée du projectionniste était pour Tyler la première preuve que du temps s'était écoulé depuis qu'il avait fait son entrée dans cette salle vide, en début de matinée.

– Il allait être six heures, quand je suis arrivé, répondit l'homme avant d'incliner la tête pour désigner les portes de la salle. Les autres sont probablement là-dehors.

Le caissier, la fille du bar et l'ouvreuse qui prélevaient un lourd tribut sur le budget lui étant alloué... Le cinéma ne resterait plus longtemps un lieu désert et silencieux. Puis il y aurait le public. La première séance débutait habituellement à sept heures, et la salle cesserait bientôt d'être le havre de paix où il était resté assis pendant les longues heures du jour, dans l'attente que les médicaments aient déserté ses veines.

Mais la journée tirait désormais à sa fin. La nuit ne tarderait guère à tomber.

– Va leur ouvrir, d'accord ?

Du pouce, Tyler désigna les portes du hall.

À nouveau seul, il releva les yeux vers l'écran vierge. À l'intérieur du rectangle noir il discernait cependant quelque chose. L'image toujours indistincte d'un trou plongé dans la pénombre, creusé dans la terre. *Une sorte de grotte*, pensa Tyler. Il pouvait presque sentir une odeur aigre de sueur et de nourriture avariée. Il percevait à la fois la caresse du velours du siège contre sa colonne vertébrale et, moins nettement, le poids d'une masse écrasante, comme s'il était enterré sous des tonnes de béton.

Quelque part... pas dans cette salle de cinéma au plafond élevé, mais dans ce petit boyau... il entendait un enfant respirer.

Pas encore. Tyler ferma les yeux et continua de voir dans d'autres ténèbres, au-delà de ses paupières. Pas encore, mais bientôt. C'était proche.

On fit la lumière dans la salle et des voix s'élevèrent derrière lui, de l'autre côté des portes. Ses mains se refermèrent sur les accoudoirs du fauteuil et il se leva.

Quand il traversa le hall, la fille du bar lui dit quelque chose et lui sourit. Il la salua d'un signe de tête, distraitement.

La clarté reflétée par la laque blanche et les cuvettes de porcelaine des toilettes était assez vive pour blesser ses yeux. Il les ferma à demi et chercha dans la poche de sa chemise les lunettes de soleil qu'il mettait pour conduire.

Debout devant l'urinoir, il se découvrit dans le miroir des lavabos. Il sourit en voyant cette image, qui lui rappelait les paroles débiles d'un vieux disque de Lenny Bruce. *Quelle était cette chanson, déjà ? Des lunettes noires quand il fait nuit; quelle classe...*

Il regarda le liquide qui gouttait à ses pieds. Son corps achevait de se débarrasser de toutes les drogues qu'on lui avait prescrites, ordonné de prendre. Ses reins avaient éliminé les produits chimiques mêlés à son sang et se chargeaient à présent de filtrer leurs résidus. Petit à petit; un travail de longue haleine. Il fallait envoyer dans les égouts des années de cécité. Il poussa le bouton chromé et écouta l'eau couler dans la cuvette.

Le projectionniste agita un gobelet de papier en voyant Tyler se diriger vers les portes du cinéma.

– Hé, où vas-tu ?

Des gens faisaient déjà la queue, sur le trottoir.

– Prendre l'air. J'espère que tu trouveras le film à ton goût.

13

Ils avaient laissé l'enfant à l'intérieur du nid et, tout en suivant Slide, Jimmy lançait constamment des regards inquiets par-dessus son épaule. Derrière eux, les projecteurs des voitures suivant la voie rapide illuminaient la chaussée abritant le refuge.

Slide fit jouer les muscles de ses épaules afin de soulager ses membres ankylosés par la longue attente à l'intérieur de la petite cavité. Jimmy pressa le pas pour le rejoindre.

– Est-ce qu'il ne faudrait pas... vous savez...

L'homme pivota vers lui : une simple silhouette contre le soleil qui ensanglantait les terrains les séparant des immeubles dressés dans le lointain. Sans voir le visage aux yeux dissimulés par les miroirs de ses lunettes, Jimmy sut qu'il souriait. La lumière qui le nimbait teintait ses dents en rouge.

– Qu'est-ce qui t'arrive, mon vieux ? De quoi as-tu peur ?

De la tête, Jimmy désigna le passage inférieur, le nid dissimulé sous son ombre, l'enfant endormi qui s'y trouvait.

– On devrait y retourner, balbutia-t-il. Personne ne le surveille.

– Ne te fais pas de bile, bon Dieu, répondit Slide en se replongeant dans la contemplation de la clarté agonisante. Il peut se passer de nous quelques ins-

209

tants. Il n'ira nulle part. Et je ne tiens pas à regagner immédiatement ce trou puant, quoi qu'il en soit.

Il hocha la tête, apparemment satisfait de ce qu'il voyait.

L'importance de cet enfant était considérable... plus encore que Slide ne l'avait déclaré. Jimmy le savait. Il en avait pris conscience alors qu'il restait accroupi sous le plafond de béton de la voie rapide, à l'intérieur de son trou.

Il ne redoutait pas que le petit garçon... *Bryan, il s'appelle Bryan...* prît la fuite à la première occasion. Il connaissait la peur qu'on éprouvait en s'éveillant dans le noir; une frayeur trop grande pour autoriser le moindre mouvement.

Non, l'enfant ne prendrait pas la fuite. Mais Jimmy ne voulait pas qu'il fût seul à son réveil, sans personne pour lui murmurer des paroles rassurantes.

Slide porta le regard sur la ville et les courbes aériennes de la voie rapide.

– Nous n'aurons plus longtemps à attendre, désormais, déclara-t-il à mi-voix.

Jimmy tira sur la laisse immatérielle qui l'attachait à l'autre homme, désireux de regagner la chaude sécurité de son refuge. La clarté rougeâtre du ciel crépusculaire se reflétait sur les lunettes de Slide. Dans leurs verres-miroirs, les points lumineux des feux de position des voitures suivant l'autoroute avaient acquis de la brillance.

Slide hocha la tête.

– Je peux les sentir, ajouta-t-il avec un sourire adressé à lui-même. Ils se rapprochent. Ils sont très près.

Jimmy étudia son profil.

– Hein ? Qui ?

Cette déclaration l'inquiétait.

Slide pivota vers Jimmy qui discerna le reflet imprécis de ses traits dans les lunettes.

– N'aie crainte, fit-il doucement, presque avec

sollicitude. Tu n'as absolument rien à craindre. Viens.

Il repartit en direction du passage inférieur. Jimmy lui emboîta le pas, soulagé.

Il s'éloignait du cinéma et se dirigeait vers sa voiture, précédé par son ombre qui s'étirait sur le trottoir.

Ça commence, pensa Tyler. Il voyait à travers les verres teintés de ses lunettes les ombres rougeâtres des immeubles se rapprocher les unes des autres, envahir la rue. Les fenêtres orientées vers l'ouest s'embrasaient sous les reflets incandescents du soleil qui se couchait sur un horizon brunâtre. Les feux de position de certaines voitures étaient déjà allumés, en prévision de la tombée de la nuit.

Il sentait également les effets de l'Hôte à l'intérieur de son être : les picotements de son épiderme criblé d'aiguilles microscopiques, sous les manches de sa chemise. Cette sensation n'était pas désagréable. Il la trouvait presque plaisante, en fait. En dépit des années écoulées, il n'avait pas oublié ce prélude corporel à l'entrée dans le monde qui se révélerait sous peu à lui. L'engourdissement dû à son traitement abandonnait l'extrémité de ses nerfs, les dénudant tels des câbles électriques jusqu'à leur âme conductrice.

Un goût chimique familier réapparut dans sa bouche et sa langue poussa vers ses dents un peu de salive amère. L'Hôte n'avait jamais quitté les cellules de son corps. Il se remémora les paroles d'une autre personne, une déclaration officielle : *L'altération est permanente.* Son sourire se teinta d'ironie. *Et qui pourrait souhaiter qu'il en soit autrement, après s'être rendu là-bas ?*

Cette autre cité lui serait révélée dès que la nuit aurait chassé toute clarté. Quand tout serait aussi sombre que la petite cavité apparaissant dans son esprit, il pourrait se rendre jusqu'à ce boyau creusé dans la terre et écrasé par des tonnes de béton dont il sentait le poids peser sur ses épaules.

Tyler déverrouilla la portière de sa voiture et parcourut la rue du regard. Au loin, une femme se découpait contre le soleil sanglant qui sombrait à l'horizon. Serrant son petit sac à main contre sa hanche, elle pivota vers lui.

La distance l'empêchait de discerner les traits de la prostituée, mais il hocha la tête en fermant les yeux derrière ses lunettes noires.

Même s'il ne pouvait le voir, il savait qu'elle lui adressait un large sourire dénudant ses crocs acérés.

– Mike ? (Elle referma la porte d'entrée et demanda :) Tu es là ?

Pas de réponse. Steff se baissa pour aider Eddie à retirer son pull. L'enfant leva les bras, un mouvement qui remonta son T-shirt et dénuda son ventre.

– Où est Mike ? J'ai quelque chose à lui montrer.

Eddie lâcha le sac en papier ayant contenu le vaisseau spatial et fit parcourir au jouet un arc de cercle au-dessus de sa tête. Une des puéricultrices de la crèche avait utilisé des lettres auto-adhésives pour écrire CAPT. EDDIE sur le cockpit transparent.

– Parti travailler, je suppose.

Elle suivit son fils dans la salle de séjour, où le vaisseau spatial retrouva sa place de trophée sur le téléviseur.

– Nous sommes seuls, mon chéri.

Elle ne s'était pas attendue à trouver Mike à la maison. Le vendredi soir, elle n'avait pas de cours et n'allait pas travailler au restaurant, et c'était elle qui passait prendre Eddie à la crèche. Compte tenu de ses problèmes, Mike avait saisi cette occasion de partir plus tôt pour le cinéma et le petit bureau où il allait s'enfermer lorsqu'il cédait à l'envoûtement de ses sombres pensées. *Parce qu'il ne veut pas que je puisse le voir dans cet état*, se dit-elle. S'il l'excluait de son univers intérieur, cela partait d'une bonne intention. Il tentait de la protéger de ce que contenaient les ténèbres régnant au fond de lui, et dont les contours étaient esquissés dans le livre qu'il cachait en bas du placard de l'entrée. Steff avait conscience que le poids de ses souvenirs était trop lourd pour qu'il lui permît de tenter de l'en soulager.

(Comme s'il était possible de dissimuler ce livre, alors qu'on trouvait les rééditions de poche dans la plupart des librairies et qu'elle n'aurait eu qu'à tendre la main pour en prendre une et feuilleter la section photographique centrale, avant de se mettre à trembler et de la reposer. Comme s'il était possible d'effacer le passé.)

Elle se trouvait dans la cuisine et découpait un poivron en fines lamelles. L'odeur du steak haché qui grésillait dans la poêle parvenait à ses narines et elle entendait les murmures de la télévision dans l'autre pièce. Eddie, qui faisait rouler ses voitures sur la moquette, avait mis le journal du soir comme si Mike était installé dans le canapé.

Elle étudia les lamelles vertes qui s'élevaient le long de la lame du couteau. Un jour, depuis le seuil de la cuisine, elle avait entrevu *(Linda)* la photo *(de sa femme)* et les pages centrales du livre *(issu de cette pièce toujours close se trouvant à l'intérieur du crâne de Mike)*. Alors qu'elle se tenait derrière lui, invisible, le peu qu'elle entrevoyait de son visage n'avait pas trahi la moindre émotion. Il regardait, tout simplement.

Peut-être était-ce cela. Ce fragment de souvenir, ce poids insignifiant qui, ajouté au reste, avait écrasé ses épaules et sa colonne vertébrale jusqu'à les voûter. Et c'était à son effondrement qu'il ne voulait pas qu'elle et Eddie puissent assister. Il attendait que l'écoulement du temps lui eût permis de redresser ce fardeau, de se relever et reprendre son existence comme si rien ne s'était produit, de refermer cette porte sur tout ce qui restait tapi au-delà.

Elle reporta à nouveau son attention au repas qu'elle préparait, prévoyant une part pour Mike. *Je devrais peut-être lui téléphoner. Lui demander de ses nouvelles. M'assurer qu'il va bien.* Elle rejeta cette possibilité. Il était parfois nécessaire de résoudre seul ses problèmes; elle était bien placée pour le savoir.

– Va te laver, cria-t-elle à Eddie.

Ses mains poursuivaient leur tâche. Elle se concentra sur ses travaux ménagers et parvint à faire le vide dans son esprit.

Sois le bienvenu au pays, se dit-il. *Dans le nouveau monde.*

Tyler conduisait sans but précis et il sentait les muscles de ses bras se tendre, gonfler pour pomper plus rapidement le sang vers son cœur. Il observait le flot de voitures, de chaque côté de la Chevrolet, les projecteurs et les néons de la rue dessinés en pyrogravure sur ses yeux. Quand la nuit tomba enfin, il sentit diminuer encore l'effet des médicaments encore charriés par son sang; les derniers résidus des produits chimiques que filtrait le tamis de ses organes.

Après tant d'années d'assoupissement, il percevait l'accélération à laquelle son système nerveux était soumis. C'était l'œuvre de l'Hôte, il le savait. La drogue synchronisait son corps sur un rythme qui lui était propre. Si rapide que les autres véhicules semblaient rouler au ralenti. Il les parcourait du regard pour découvrir les visages cachés derrière les pare-brise et conduisait d'une main, se glissant avec nonchalance dans les espaces séparant les voitures alors que ses synapses lançaient des décharges dans ses bras. Ses dents se serrèrent... un autre signe... et mordirent l'amertume chimique qui ne cessait de se préciser sous sa langue.

Très facile. Il sourit en se remémorant les paroles de Bedell. Les lettres multicolores clignotantes des enseignes au néon illuminaient l'habitacle de la voiture, les manches de sa veste. Un coup d'œil lancé au rétroviseur lui révéla un fragment de son visage, maquillé par les couleurs criardes de la rue. *Facile.* Bedell avait eu raison; ce taré avait vu juste, pour une fois. *Comme ils disent...* Son sourire s'élargit à cette pensée... *On porte en soi la solution à ses problèmes.*

Il avait déjà connu cela. Chaque heure, chaque minute écoulée le rapprochait de l'Hôte et de l'instant où il partagerait l'esprit collectif. Il serait bientôt capable de situer le lieu où Slide avait caché Bryan.

Mais la prudence s'imposait. Il devait prendre garde à ne pas se laisser enivrer par la drogue, à ne pas lui permettre de le dominer. Il craignait d'oublier les raisons de son retour dans le monde des ténèbres et d'autoriser les rues noires à s'ouvrir devant lui et s'étirer dans la nuit pour lui révéler tous les mystères dont l'Hôte détenait la clé, l'un après l'autre.

Bryan, se dit-il. Il lui fallait garder son nom à l'esprit. Après avoir retrouvé son fils et ramené ce dernier dans le monde de la lumière, il serait libre de s'abandonner à l'Hôte. Cela n'aurait plus d'importance. Ils se retrouveraient unis et ce serait peut-être même... un écho de la voix tentatrice de Slide... *agréable*.

Il arrêta la voiture et étudia la circulation. Puis il tourna la tête et vit une rose lumineuse colorer le trottoir désert, de l'autre côté de la rue. *Exact*, pensa-t-il. C'était la méthode à suivre. Laisser la voiture aller où elle le désirait. Il avait permis à la chose présente dans ses bras de tourner le volant, et elle l'avait conduit ici, une halte le long du chemin.

Bonnie m'a peut-être menti, se dit-il en étudiant la librairie. *Quand je lui ai demandé si elle savait quelque chose. Ils ont tous pu me mentir. Parce que je n'étais pas encore revenu parmi eux et qu'ils se méfiaient de moi.*

La fille de la caisse lui dit quelque chose quand il passa devant elle. Sans en faire cas, il se dirigea vers le bureau de Bonnie.

Elle releva les yeux vers lui dès qu'il ouvrit la porte, et il sut aussitôt, sans qu'une seule parole eût été échangée.

On dirait un lapin. Les lèvres de Bonnie tremblaient, alors qu'elle repoussait son siège afin de rester à bonne distance.

– Michael…

Elle ignorait tout de Slide, de Bryan et du reste. Elle savait uniquement ce qu'elle découvrait dans l'expression de Tyler, ce fragment de passé qui venait de réapparaître devant elle. Des choses qui la terrorisaient et qui l'avaient poussée à se réfugier ici, loin des ténèbres extérieures.

Sur le seuil, Tyler éclata de rire et pivota vers les étagères qui croulaient sous les *I King* et les mystiques aux regards compatissants.

– Uniquement de la merde.

Il leva la main et fit tomber une rangée de livres.

Le bruit attira sur lui les regards surpris de quelques clients. Son regard pénétra dans les profondeurs de leurs crânes, n'y découvrant qu'un néant meublé de lambeaux de bouddhisme à l'eau de rose et de germes de soja.

Ils avaient tous peur des ténèbres. Mais ce n'était pas son cas. Plus à présent.

Il regagna la porte à grands pas. Lorsqu'il passa

devant elle, la fille de la caisse eut un mouvement de recul.

Elle rejeta la tête en arrière et cilla en découvrant les dernières informations à la télévision. Son manuel d'anatomie avait glissé de ses genoux et était allé grossir une pile de papiers dispersés sur la moquette : ses notes.

Seigneur, pensa-t-elle en se frottant les yeux. *J'ai dû m'assoupir*. Elle ignorait combien de temps elle avait dormi. Elle ne gardait aucun souvenir du début du journal télévisé, et le M. Météo de service lisait les températures apparaissant sur une carte de la Californie du Sud... ce qui précédait généralement la fin des informations.

C'était réussi comme préparation à ses examens; elle aurait des difficultés à seulement garder la tête droite. La plupart du temps, la perspective des premiers cours de la matinée conjuguée à l'épuisement dû à son travail, ses études et son fils de cinq ans, l'incitait à aller se coucher avant le retour de Mike. Ou avant qu'il fût sorti des longues méditations dans lesquelles il restait plongé devant le téléviseur qui l'assaillait de ses couleurs vives et de ses rires sans l'atteindre : des vagues venant se briser contre une falaise.

Elle se pencha et ramassa les feuilles. Sa langue, sèche et pâteuse, lui indiquait qu'elle avait dû respirer par la bouche en sommeillant sur le canapé. Un minuscule fragment de souvenir traversa son esprit, comme une boucle de bande magnétique de trois centimètres; elle se trouvait dans une voiture qui roulait au cœur de la nuit, et les lumières de la ville glissaient sur son visage et ses mains. Elle pivotait vers le conducteur. Ce n'était pas Mike; elle ne pouvait discerner ses traits, tant les ombres couvrant son visage étaient profondes...

Une série policière, estima-t-elle. L'épisode passé à la télé s'était infiltré sous ses paupières au cours de son somme, pour s'imbriquer dans ses pensées confuses. Elle se tourna vers la porte de la cuisine mais jugea préférable de ne pas appeler Mike à son bureau.

Depuis le vestibule, elle regarda dans la chambre d'Eddie. L'étroit coin de lumière pénétrant par l'entrebâillement de la porte lui révélait la petite silhouette recroquevillée sous le drap, ses poings serrés près de son visage. *(Un autre fragment de souvenir, plus lointain : Mike assis au pied de ce lit.)* Elle laissa son front reposer contre le chambranle, épuisée. *(Mais pas assez lointain pour avoir été oublié : étudiant silencieusement l'enfant endormi.)*

Elle referma doucement la porte et se dirigea vers l'autre chambre. La rue de son rêve s'étirait à l'infini, et chaque lumière était un trou scintillant qui perçait les ténèbres.

Il entendit le rire de Slide et releva les yeux de l'enfant endormi. Les jambes de Jimmy s'étaient ankylosées longtemps auparavant, la circulation du sang ayant été interrompue par sa position accroupie sous le plafond de béton, mais il ne s'était pas écarté du petit lit de haillons.

Slide souriait.

– Tu es une vraie mère, pour lui.

L'homme étira ses longues jambes, qui occupèrent toute la cavité, puis il se rallongea sur le flanc en croisant ses bras sur sa poitrine afin de l'isoler de la fraîcheur nocturne. Ses yeux brillants reflétaient le halo jaunâtre de la lampe-torche plantée dans le sol. De petits os, gris et luisants de graisse, étaient disséminés autour de l'emballage à rayures rouges et blanches d'un poulet rôti.

Sans rien dire, Jimmy reporta le regard sur l'enfant. Ses joues rondes avaient perdu leurs couleurs, depuis le jour où Slide l'avait amené dans le nid. Sous ses narines, des filets de morve faisaient des bulles chaque fois que son haleine franchissait sa bouche ouverte. Il avait donné à manger au petit garçon *(Bryan; il s'appelle Bryan; ne l'oublie pas, c'est important; Bryan)* un peu de purée froide accompagnant le poulet, et avait secoué la tête en voyant la petite main sale repousser la cuillère en plastique et en entendant l'enfant affirmer ne pas avoir faim. Depuis, Bryan dormait, Jimmy penché au-dessus de lui.

— Je crois qu'il est malade, osa finalement déclarer ce dernier d'une voix à peine audible.

Peut-être ne souhaitait-il pas que Slide pût l'entendre.

— Des conneries. C'est résistant, cette mauvaise graine.

Jimmy caressa les sourcils du petit garçon, pendant que Slide secouait la tête avec dégoût.

— Et s'il lui arrivait quelque chose ?

Derrière lui, Slide eut un rire.

— J'avais vu juste. Je savais que tu prendrais soin de lui. Ce môme a réveillé ton instinct maternel.

Le petit Bryan. Ses cheveux étaient si fins et soyeux, sous ses doigts. En dépit du grondement constant de la circulation filtrant de l'autoroute, il entendait les légers sifflements de sa respiration.

Il était conscient que Slide s'amusait à nouveau à ses dépens, mais il n'en avait cure.

J'ai perdu mon temps, se dit Tyler. Il serra les dents et continua d'observer les lumières et l'animation de la rue, tout en conduisant. Et chaque seconde était précieuse.

Le souvenir de l'expression apeurée de Bonnie réchauffait le sang qui martelait ses tempes. Ses mains se crispèrent sur le volant. Il aurait pu étrangler cette femme. Il lui était facile d'imaginer le plaisir éprouvé en sentant les pulsations de son pouls sous ses pouces, en voyant ses yeux devenir exorbités alors que l'air cessait de parvenir à ses poumons et que son visage basculait en arrière...

Tout était facile, à présent. Et c'était pourquoi il devait redoubler de prudence. Il sourit et ordonna à ses mains de desserrer le volant, à son pied de modérer sa pression sur l'accélérateur. Il laissa la nuit redevenir douce et fluide. Une torsion du poignet lui révéla sa montre. Un autre segment de temps (plus près) venait de s'écouler; il était près de minuit, à présent. L'Hôte opérait ainsi. Il vous taquinait; ralentissant les heures pour les accélérer ensuite en augmentant le taux d'adrénaline dans les veines. Il percevait à nouveau des picotements dans ses bras. Contente-toi d'attendre, se dit-il. Il sera toujours bien assez tôt. Il vira sur la gauche, en direction d'un flot de lumières plus vives. Il se manifestera lorsqu'Il le décidera.

Ici, la circulation était plus dense. Peu lui importait de savoir quelle rue il venait d'emprunter. Des deux côtés de cette artère les néons métamorphosaient les visages des piétons en masques aux couleurs vives. Il continua de rouler, d'attendre.

Il nota tout d'abord les deux yeux du serpent. Les pierres de verre coloré lui adressèrent un clin d'œil dans le rétroviseur. Ils reflétaient le feu de circulation suspendu au centre de l'intersection et le faisaient clignoter au rythme des effets de hanche de la femme. Cette boucle de ceinturon en argent descendait à trois centimètres de l'ourlet racoleur de sa jupe et était balancée par les talons aiguilles qui suivaient une ligne tracée sur le trottoir.

La même... Tyler étudia l'image dans le miroir. Le feu de circulation et les stops de la voiture qui précédait la sienne teintèrent en rouge ses mains

220

posées sur le volant. Il se souvenait d'avoir déjà remarqué cette femme, un soir en rentrant chez lui... *Quand? Une semaine plus tôt.* Il ne pouvait se tromper, bien que le sommet du rétroviseur l'eût décapitée et ne révélât d'elle que sa jupe satinée moulante, le petit sac réglementaire suspendu à son épaule par une fine lanière, et le ceinturon-serpent métallique. Il tendit la main afin d'incliner le miroir.

La clarté bleutée des réverbères noircissait ses lèvres. Son visage... le sien, et non le masque de tête de mort dont les effets de la drogue l'avaient affublée... était creusé par un maquillage qui accentuait la dépression de ses joues pour faire ressortir ses pommettes blêmes. Ses yeux, doux et humains à cette distance rapprochée, étaient bien différents des radars qu'il avait vus balayer l'horizon, la fois précédente.

Elle n'était plus qu'à quelques mètres de lui quand le feu passa au vert et que l'autre voiture démarra. Tyler l'imita, sans quitter la fille des yeux dans le rétroviseur, puis se gara dans le premier espace libre du trottoir. Les véhicules qui le suivaient le rattrapèrent et le dépassèrent.

— Hé... approche une seconde, cria-t-il en se penchant sur la droite. Je voudrais te parler.

L'adrénaline additionnée à son sang lui apportait de l'aisance, effaçait ses inhibitions.

Sa voix fit pivoter vers lui les yeux de la femme qu'encadraient des cils alourdis de mascara. Ils se réduisirent à deux petits points au regard dur, en le voyant.

— Laisse tomber, mec, fit-elle sans s'arrêter. (Quelques passants jaugèrent rapidement la situation puis se détournèrent, la trouvant sans intérêt.) Je fais une pause. Il est temps que je pense à mon estomac.

Il fit avancer la voiture, restant à sa hauteur.

– Il se pourrait que tu ne sois pas la seule à avoir faim, ma jolie.

Son sourire la fit ricaner.

– Ouais, bien sûr.

– Tu veux que je te dise une chose ?

Il stoppa le véhicule.

La fille pivota et attendit, mains sur les hanches, jambes écartées. La clarté d'une vitrine soulignait ses cuisses fermes, musclées.

– Quoi ? fit-elle d'une voix désormais impatiente.

Il sentit son sourire s'élargir comme ses yeux mi-clos établissaient un contact avec ceux de la fille. Il voyait les lumières mouvantes de la rue se refléter dans ses pupilles, et des serpents bleu électrique ramper dans les vrilles sinueuses de ses cheveux.

Plus proche, se dit-il. Il sentait à nouveau des picotements dans ses bras. *J'y suis presque.*

– C'est moi qui paye, dit-il.

Il avait attendu la nuit.

Bedell écarta les rideaux de quelques centimètres et colla son visage à la vitre. Il scruta la rue dans toutes les directions. Il était plus de minuit et la plupart des maisons étaient plongées dans l'obscurité. Il était heureux que ce fût un milieu de semaine, compte tenu de ce qu'il devrait faire. Un vendredi, ou un samedi soir, ses voisins auraient veillé, la circulation serait restée importante plus longtemps. Mais ce soir, après deux heures du matin et la fermeture des bars, seules quelques voitures se gareraient encore dans les allées, puis ce serait le calme absolu. Le meilleur moment, celui où il courrait le moins de risques d'être vu. Cependant, il ne pourrait attendre si longtemps. Pas dans cette maison.

Il pivota et étudia le corps gisant au milieu de la pièce. Un drap, prélevé sur son lit, recouvrait désormais le cadavre; mais les chaussures à semelles épaisses du flic dépassaient d'un côté et il discernait les contours de ses bras et de ses jambes à travers le tissu.

Les préparatifs... Il massa ses lèvres et goûta à sa sueur sur le dos de sa main. Il avait déjà rapproché sa voiture de la porte d'entrée; déverrouillé le coffre et fait reposer son capot sur la serrure sans pour autant l'enclencher, afin de pouvoir l'ouvrir d'une seule main et faire basculer le cadavre sur la roue de secours et le cric. L'ombre du véhicule, sous la clarté du réverbère le plus proche, plongeait dans l'obscurité les deux ou trois mètres qui le séparaient de la maison.

Quoi d'autre ? Quoi d'autre, bon Dieu ? Il faisait les cent pas à côté du corps. S'il lui avait seulement été possible de trier les pensées qui traversaient son esprit et d'en chasser l'image du visage de Kinross, congestionné sous ses mains qui l'étranglaient : ce souvenir qui voletait à l'intérieur de son crâne comme l'extrémité d'un film venant d'être passé et tournant follement sur la bobine réceptrice... S'il avait seulement pu *réfléchir* un instant sans revoir cet autre visage dont le sourire dénudait de longs crocs acérés...

C'était la raison pour laquelle il avait couvert le cadavre d'un drap. Il craignait une nouvelle métamorphose de Kinross, la réapparition de la créature.

Quoi d'autre, quoi d'autre ? Il devait se hâter, placer le corps dans la malle de la voiture et partir, filer loin d'ici avant qu'il fût trop tard, déjà trop tard...

Notant un goût salé et chaud à l'extrémité de sa langue, il écarta sa main et découvrit qu'il avait rongé les phalanges de ses doigts. Une goutte vermeille enflait sur son majeur.

Quand la salive eut dissous le sang, il découvrit une autre saveur dans sa bouche. Amère, chimique, identique à celle de la poudre que ses dents avaient libérée en broyant les gélules. La drogue devait avoir contaminé chacune de ses cellules, à présent.

– Merde.

Ses mains tremblaient. Il serra les poings. Il n'avait plus le temps de chercher d'autres solutions. Il lui fallait agir. Avant que quelqu'un ne vienne. Avant…

Avant qu'*il* ne revienne. Avec ses crocs pointus.

Il fit en courant le tour de la maison pour éteindre chaque pièce. Ensuite, il entrouvrit la porte d'entrée afin de pouvoir la pousser de l'épaule quand ses bras tireraient le corps. Un autre regard lancé à la rue par l'entrebâillement lui confirma que tout était calme.

Il prit une profonde inspiration, s'accroupit près du corps, passa ses bras sous ses aisselles et le souleva. Le drap glissa et la tête du policier roula sur sa poitrine, bouche béante. Dans le noir, Bedell voyait des mèches grisâtres balayer le cuir chevelu de l'homme, sentait l'odeur de sa lotion capillaire parfumée à l'eau de rose se mêler à la puanteur aigre de son dernier repas qui se décomposait dans son estomac.

Ses bras enserrèrent la poitrine de Kinross et ses mains se refermèrent sur ses poignets, pour affermir la prise. Il colla le cadavre contre lui et se redressa.

Déséquilibré par le poids de sa victime, Bedell tomba à genoux, manquant de peu s'étaler sur le corps qui gisait à nouveau sur la moquette.

Il recula à quatre pattes, et sa main droite se posa dans une tache humide et visqueuse. Il la leva vers ses yeux et, dans l'obscurité, la substance qui maculait sa paume lui parut noire. Du sang. Il avait coulé d'une petite blessure sur la nuque de Kinross; une entaille qui s'était ouverte quand l'homme s'était effondré, étranglé par Bedell. Il voyait à présent la tache sur la moquette : une marque au pourtour irrégulier de quelques centimètres de diamètre.

D'un mouvement convulsif, il essuya sa main sur sa chemise, où elle laissa des traînées sombres.

Vas-y, lui hurla sa voix. *Emmène-le hors d'ici, vas-y vite...*

Il se releva, se pencha sur le corps et parvint à le redresser en position assise. Puis il tira en direction de la porte le cadavre dont les talons creusaient des sillons dans la moquette.

Quand son rythme cardiaque eut un peu ralenti, il entreprit de traîner Kinross à l'extérieur. Mais ce dernier était lourd et offrait peu de prises : une masse inerte qui s'affalait et roulait contre lui, avec une tête grise qui ballottait de tous côtés. Bedell entendait son haleine siffler dans sa gorge, alors qu'il tentait de réunir ses forces.

Agissant avec prudence, il regarda une dernière fois au-dehors puis poussa la porte du pied. Il sortit à reculons, en titubant, penché pour maintenir sa prise sous les aisselles du mort. Le cadavre lui échappa et s'effondra sur les dalles du sentier.

– Vite, vite.

Jambes écartées, il tirait sur le corps du flic aux orteils désormais tournés vers l'intérieur. La tension nerveuse qui comprimait sa poitrine se changea en élancements. Il mordit sa lèvre pour arrêter le sang qui lui montait au visage et retenir ses larmes.

Finalement, le cadavre se trouva derrière le coffre de la Mercedes, la tête contre le pare-chocs. Tout était calme, dans la rue. Kinross glissa contre le mollet de Bedell qui s'affairait sur la malle arrière. À l'instant où le capot commençait son ascension, les faisceaux des codes d'une voiture apparurent à l'extrémité du pâté de maisons.

Il rabattit le capot du coffre et s'accroupit à côté de la roue arrière. En regardant sous la voiture, il vit les projecteurs au bout de la rue. Le véhicule se rapprochait lentement.

Bedell se redressa et la clarté d'un réverbère se trouvant derrière la voiture lui révéla les ombres chinoises de deux têtes contre une grille métallique.

Une patrouille de police : un des avantages de ce quartier résidentiel. Pendant qu'il l'observait, le policier assis du côté passager inclina le projecteur monté sur la portière. Son rayon balayait désormais les façades des maisons devant lesquelles ils passaient, chassant les ténèbres régnant sous les voitures garées le long du trottoir.

Il sentit le sang lui monter au visage et regarda vers le haut de l'allée. Compte tenu du handicap représenté par le poids du cadavre, il n'aurait pas le temps de regagner la maison.

La Mercedes... il se redressa et tira sur la poignée de la portière. Vainement. Il lâcha le corps et s'accroupit pour sortir un trousseau de clés de la poche de son pantalon. Il tria les bouts de métal cliquetants, trouva le bon et le glissa dans la serrure. Le véhicule de patrouille était à présent si proche qu'il entendait le murmure de son moteur tournant au ralenti.

Il ouvrit la portière, dont l'arête frôla son visage.

Ébranlé par les martèlements de son cœur contre sa cage thoracique, il souleva le cadavre sur son épaule. Une main glacée caressa son visage et un ongle griffa ses pattes-d'oie.

Le corps bascula entre le tableau de bord et le siège du passager, et ses yeux aveugles se portèrent sur Bedell qui repliait ses jambes et les calait contre sa poitrine.

Le faisceau du projecteur l'illumina à l'instant où il se redressait et refermait la portière.

Il resta paralysé dans le cône de clarté aveuglante. En cillant, il parvenait à discerner les silhouettes des deux flics qui l'étudiaient.

Les mots ne parvinrent qu'avec difficulté à franchir ses lèvres.

– J'avais oublié mes clés. (Il leva la main, pour exhiber le trousseau.) Stupide, non ?

Sans un mot, ils suivirent des yeux l'homme qui

regagnait la porte de la maison puis tentait maladroitement d'insérer une clé dans la serrure.

– Hé !

Il entendit le cri à l'instant où le battant acceptait finalement de s'ouvrir. Il regarda par-dessus son épaule.

Le policier désigna la portière de la Mercedes.

– Vous l'avez fermée ?

En prenant sur lui-même, il parvint à sourire avant de revenir sur ses pas.

– Merde. Je me demande où j'ai la tête, ce soir.

– C'est comme ça qu'on se fait piquer sa voiture. Surtout un modèle de ce genre.

– Ouais, c'est sûr. (Sous leurs regards, il fit tourner la clé dans la portière. Ce qu'il voyait à travers la glace évoquait un paquet de linge sale.) Merci.

De retour dans l'appartement, il les regarda s'éloigner. Lorsque les feux du véhicule de patrouille eurent disparu à l'autre extrémité du pâté de maisons, il ferma les yeux au prix d'un violent effort de volonté et compta jusqu'à deux cents.

À nouveau à l'extérieur, il descendit rapidement l'allée et s'installa sur le siège du conducteur. Il se pencha vers le contact et sentit son cœur se serrer.

Une des mains de Kinross était retombée sur le volant lorsqu'il avait fait basculer le cadavre à l'intérieur. Elle y reposait, retenue par le poignet dans la courbe du volant.

Il leva la main par la manchette de la chemise et repoussa le bras loin de lui.

Le drap, couvre-le...

Mais, conscient de ne pouvoir se permettre de perdre plus de temps, il démarra et recula jusqu'à la rue.

En conduisant, il baissa les yeux et vit les réverbères illuminer l'un après l'autre le siège inoccupé et le corps recroquevillé sur le plancher.

Elle avait envie d'un hamburger. Chez le vieux Tommy, sur Beverly Boulevard. Tyler quitta le parking et adressa un regard à la fille. Le papier d'emballage du hamburger était une fleur orange tachée de graisse, entre les doigts de la prostituée qui mordait à belles dents dans le petit pain et la viande, pour en arracher une bouchée.

– Bon Dieu, j'adore cet endroit. (Elle mâcha, déglutit et regarda par la portière. Si près du centre de la ville, les tours dressaient une muraille noire constellée de lumières contre le ciel nocturne.) Je venais souvent ici, avec un cinglé qui louait pour l'occasion une limousine. Il me tringlait sur le siège arrière. Ce qui l'excitait, c'étaient les gens qui passaient autour de la grosse bagnole, affairés à bouffer et à se rincer l'œil. Ça devait lui donner l'impression d'être plein aux as.

Elle était devenue plus prolixe depuis qu'un billet de vingt dollars avait transité par sa main tendue avant de disparaître dans son petit sac.

– D'accord, si c'est seulement causer qui t'intéresse, lui avait-elle dit en haussant les épaules. Mais le téléphone serait plus économique. Je peux te refiler des numéros.

(Combien prenait-elle, auparavant ? se demandat-il. Même pour une simple conversation prise sur son temps précieux, minuté... Bien plus, au moins cinq fois plus. Et seulement un an plus tôt, ou moins. La rue était impitoyable, pour celles qui y gagnaient leur vie.)

Tyler se pencha en arrière, tenant le volant à bout de bras. Ici, la circulation était moins dense qu'aux confins d'Hollywood, où il l'avait prise à bord. Il pouvait laisser la voiture rouler seule en synchronisant sa vitesse sur le rythme des feux de circulation, afin de parcourir la nuit sans avoir à stopper.

Voilà qui dépasse l'entendement, pensa-t-il. Il sentait son visage se tendre, les commissures de sa bouche s'étirer en un petit sourire. Dans ce monde nocturne, tout obéissait à des règles différentes, les rouages de la nuit s'engrenaient comme *Lui* le voulait...

Plus proche. Derrière le pare-brise, les rues s'écoulaient lentement, tel un fleuve d'eau noire. S'il avait posé ses lunettes de soleil sur le tableau de bord, il gardait toujours les yeux mi-clos pour les protéger de la vive clarté des néons. *Très proche.* Les dalles des trottoirs déserts évoquaient les écailles de la mue translucide d'un serpent que venait souligner le rayonnement bleuté du sol filtrant sur leur pourtour. *Je n'aurai plus longtemps à attendre, désormais.*

C'était pour cette raison qu'il l'avait prise à son bord. Il espérait voir apparaître un second visage, derrière le sien; celui de l'Hôte qui lui adresserait des sourires et des murmures. *Pas encore.* Mais il sentait déjà une autre odeur, derrière son parfum. Il pouvait s'imaginer les arêtes de ses épaules pénétrant dans ses paumes quand il la pousserait en arrière et qu'elle rirait, jusqu'au moment où ses gloussements s'étrangleraient et que leurs sangs se mêleraient...

Non. Il avait d'autres choses à accomplir, auparavant.

Les lumières criardes d'un fast-food reculèrent dans le rétroviseur.

– Il paraît qu'on pouvait voir Frank Sinatra, chez Tommy, déclara-t-il. Il adorait ses chiliburgers.

Les dents de la fille arrachèrent une autre bouchée et déchiquetèrent la viande rouge.

– Qui ça ?

Il pivota vers elle en souriant.

– Allons, ma belle. Tu n'es pas si jeune que ça.

Elle le foudroya du regard, ses yeux réduits à deux meurtrières. Puis elle pencha la tête en arrière et éclata de rire. Une goutte de jus de viande, du sang dilué d'eau, coula à la commissure de ses lèvres. Son ongle démesuré se brisa quand elle retira du doigt la tache rouge. Elle pela la couche de vernis comme s'il s'agissait de la carapace d'un insecte desséché et la jeta par la portière.

Il reporta son regard sur la rue et le rire de la femme mourut. Il entendit son murmure, près de lui :

– J'aime la nuit.

Il la regarda.

– Qu'as-tu dit ?

Elle l'étudia, surprise.

– Rien du tout, chéri. Si tu veux que je dise quelque chose, apprends-moi ce que tu veux entendre. C'est toi le patron.

Son sourire professionnel réapparut, remis en place par un mécanisme bien huilé.

La rue s'élargissait devant la voiture qui filait dans les ténèbres. Elle s'étirait et l'intervalle de néant séparant les réverbères augmentait. Tyler savait que cette artère s'étendrait sous peu jusqu'à l'infini, jusqu'à un horizon de néant.

Plus proche, se dit-il. Il avait entendu le murmure de l'autre voix. *De plus en plus proche.*

Il roulait, cinglé par les faisceaux des projecteurs des voitures venant en sens inverse.

Sitôt après avoir sorti la voiture de l'allée, Bedell s'était perdu dans les rues d'un lotissement que la nuit rendait méconnaissable. Il s'était guidé sur les lumières et les bruits de la circulation qui animaient à longueur de nuit Ventura Boulevard, pour se retrouver dans un cul-de-sac, séparé par des villas obscures du halo des réverbères de l'artère principale qu'il voulait rejoindre. En jurant, il avait fait demi-tour dans une allée après l'autre, la voiture tombant lourdement sur la chaussée chaque fois qu'il descendait d'un trottoir. Ballotté par les cahots, un bras du cadavre était tombé sur la jambe de Bedell, qui l'avait repoussé d'une main tout en se penchant vers le pare-brise pour chercher entre les pelouses et les voitures en stationnement la sortie du lotissement.

Croyant voir les projecteurs de la voiture de patrouille percer les ténèbres une rue devant lui, Bedell avait tourné à la première intersection, pénétrant plus profondément dans le labyrinthe de rues et de maisons.

Lorsqu'il avait reconnu sa propre villa, aux rideaux tirés sur les pièces éteintes, son estomac s'était contracté sous une vague de nausées. Il ignorait depuis combien de temps il tournait en rond dans son quartier, mais il lui semblait que de nombreuses heures s'étaient écoulées pendant qu'il cherchait son chemin, avec le corps tassé devant le siège vide, à côté de lui. Il avait martelé le volant de ses poings et écrasé la pédale de l'accélérateur, n'esquivant que de justesse une voiture en stationnement.

Et il s'était finalement retrouvé dans une artère brillamment éclairée et empruntée par de nombreuses voitures, sans savoir quel chemin il venait de suivre pour l'atteindre. Ce fragment de souvenir semblait avoir été coupé de la bande magnétique défilant dans son crâne. Des lettres blanches sur fond vert annonçant une bretelle d'accès à la voie rapide étaient apparues sur sa droite, si brusquement qu'il avait manqué la dépasser. Il avait viré vers la rampe, faisant crisser les pneus, sans se soucier de sa destination.

Roule. Contente-toi de rouler. Fiche le camp loin d'ici.

Un autre panneau couvert de mots et de flèches fila au-dessus de lui, mais il leva les yeux trop tard pour lire les indications. L'autoroute se scindait pour se poursuivre dans deux directions. Il ne voyait nulle part les lumières de la ville, la muraille scintillante des immeubles du centre. *Je dois aller vers le nord et prendre la vallée.* Il scrutait les alentours, en quête d'un point de repère, sans reconnaître aucune des rues que croisait la voie rapide, quand les pneus de la voiture mordirent le terre-plein divisant les chaussées. Les feux des voitures qu'il suivait l'éblouissaient; elles le fuyaient ou se ruaient vers lui en fonction des mouvements de son pied sur l'accélérateur. Il tentait de rouler aussi vite que les autres conducteurs, ces personnages sombres qui pivotaient pour l'étudier par les glaces latérales.

Chaque fois que le véhicule passait sous un des réverbères de la voie rapide, il voyait à la limite de son champ de vision une masse blanche affalée sur sa droite, devant le siège du passager. Il baissa les yeux et découvrit que le visage de Kinross s'était levé vers lui. Une pellicule grise voilait ses yeux aveugles. Ce changement de position était probablement attribuable aux cahots de la voiture, à l'apparition de la rigidité cadavérique, à la descente du sang dans les membres inférieurs. Bedell avait oublié si la tête de l'homme s'était tordue de cette façon lorsqu'il avait réussi à le pousser dans la voiture. Le rugissement d'un klaxon lui fit relever le regard juste à temps pour esquiver un camion qui le doublait. Mais il tourna trop brusquement le volant, qui échappa à ses mains moites. Les îlots de séparation des voies agressèrent les pneus de la Mercedes et une masse de métal indistincte passa en trombe à seulement quelques centimètres de la portière.

Un autre panneau, vert et illuminé, fila au-dessus de lui, trop vite pour qu'il pût lire les lettres blanches.

– Merde...

Il ne trouvait pas un seul point de repère au-delà des véhicules qui circulaient sur sa droite. Il savait seulement que l'autoroute se déroulait dans la nuit, devant lui. Quelque chose de chaud brouilla sa vision. Il s'essuya les yeux du dos de la main, sans savoir s'il s'agissait de sueur ou de larmes. Puis il entendit le murmure se superposer aux grondements du trafic.

Doucement : *J'aime la nuit.*

Non... L'amertume qui venait de faire sa réapparition sous sa langue lui donnait envie de rendre. Il n'avait pas à baisser le regard pour savoir que les yeux voilés de Kinross l'observaient. Il savait également que sa bouche s'était ouverte sur des dents jaunies et un caillot de sang qui flottait dans une mare de salive obstruant le fond de sa gorge.

Il est mort. L'épiderme de ses bras se tendit et il imagina son sang comprimé en petites gouttes qui remontaient dans les pores. *Il est mort. Roule, tu n'entends rien, tu es dans le cirage, roule, il est mort, mort.*

Superposé aux crissements des pneumatiques, aux plaintes du vent et aux grondements étouffés du moteur, un autre murmure s'éleva, à la limite de l'audible :

Agréable et obscur.

Les feux des autres voitures étaient devenus plus lumineux et il devait fermer à demi ses paupières pour empêcher les traits rouges et blancs de pénétrer jusqu'au fond de son crâne et d'y creuser des sillons. Sa main tremblante parvint à trouver le bouton de l'autoradio... Il devait combler le silence de l'habitacle, couvrir le murmure lorsqu'il s'élèverait à nouveau.

S'il vit luire le cadran du poste, il n'entendit rien. L'appareil resta silencieux lorsqu'il monta le volume puis pressa frénétiquement les touches en griffant le chrome et le plastique.

– Vas-y... (Il serra sa main en poing et l'abattit sur le cadran, pendant que les lumières traversaient les rideaux de larmes pour torturer ses yeux.) Saloperie, grommela-t-il en sanglotant.

C'est alors qu'on découvre ce qui a été dissimulé aux regards.

Le murmure détourna son attention du pare-brise illuminé et il baissa les yeux vers le cadavre. Sa bouche était béante. Sa langue, une masse grise pointillée de rouge, pendait de côté.

Et un câble noir s'entortillait entre les doigts d'une de ses mains.

J'ai dû arracher l'antenne, pensa Bedell. Il reporta son attention sur la circulation. Quand il avait poussé le corps dans la voiture, la main de ce dernier avait dû se prendre dans le fil d'antenne passant sous le tableau de bord et le détacher. Telle était la raison du silence de la radio. *C'est tout.*

Les lumières inondaient son visage, l'étourdissaient. Ses mains serraient faiblement le volant, ne parvenaient qu'avec difficulté à le tenir. Il laissa la Mercedes s'enfoncer librement vers les profondeurs des ténèbres qui s'ouvraient devant lui. Il se savait condamné à attendre que l'Hôte décidât de s'adresser à nouveau à lui.

Il revint à l'intersection où il avait pris cette fille à bord.

– Merci, chéri, lui dit-elle. (Debout au bord du trottoir, elle se pencha par la fenêtre latérale en remontant la lanière de son sac sur son épaule nue. Derrière elle, les néons changeaient en masques les visages des passants.) T'es sûr que c'est tout ce que je peux faire pour toi ?

Tyler fit reposer ses poignets sur le volant et étudia le sourire encadré de rouge à lèvres.

– Qu'as-tu à me proposer ?

Sa voix se fit enjôleuse et il ferma les yeux en l'écoutant.

– Je pourrai te montrer des choses. (Plus doucement encore, comme si les lèvres laquées s'étaient collées à son oreille :) Tout ce que tu veux connaître.

Il entrouvrit les paupières, comme si cette rue noire sculptée par les lumières clignotantes appartenait à un rêve dont il s'éveillait. Au sein du brouillard engendré par ses cils, il voyait une prostituée décatie, au visage couleur de la nicotine teintant un mégot dans une flaque d'eau, aux cheveux dessinant des courbes sur ses joues creuses. Il était conscient que le hamburger graisseux et les vingt dollars l'avaient laissée sur sa faim.

Mais il voyait en même temps un autre visage, un autre sourire, d'autres dents qui s'allongeaient.

Il secoua la tête et serra le volant.

– On se reverra.

Elle s'était déjà redressée. Son petit sac se balançait à nouveau sur sa hanche. Ses yeux balayaient la rue.

– Bien sûr, chéri, fit-elle sans le regarder. J'y compte.

Tout en s'éloignant, il continua de l'étudier dans le rétroviseur. Puis les feux des voitures la dissimulèrent à son regard.

Un rêve; elle était en voiture, comme lors du songe qu'elle avait fait en somnolant dans le canapé. Steff cala sa nuque contre l'oreiller et passa sa main sur son visage, semblant assimiler cette vision onirique à une toile d'araignée poussée jusqu'à elle par un courant d'air traversant la chambre obscure.

Cette fois encore, elle ne pouvait discerner les traits du conducteur, dont le visage noir tourné vers elle se découpait sur les lumières brouillées et ondulantes d'une cité engloutie. La voiture roulait toujours au fil du lent écoulement de son sommeil.

Cependant, sans le voir, elle savait que ce visage lui souriait.

14

Bedell devait puiser dans ses réserves d'énergie pour s'agripper au volant, et ne pas être projeté tel un ballon contre la lunette arrière par les vagues de lumière qui venaient se briser sur son visage. Il savait que le vide créé par la purge de toutes ses pensées eût fait imploser son crâne et provoqué sa mort. Or, il ne voulait pas mourir; pas tant que la voiture filait au cœur d'une nuit aussi noire.

La chose recroquevillée sur le plancher bougea, semblant chercher une position plus confortable dans l'espace exigu.

Elle n'avait cessé de lui adresser des murmures depuis qu'il s'était engagé sur la voie rapide, mais il avait trouvé un moyen de poursuivre sa route. Il laissait la voiture rouler seule, emportée par le flot de véhicules se dirigeant dans la même direction que lui, vers une destination dont il ignorait tout.

Il ne pouvait comprendre ce que lui disait le cadavre. Sa voix était faible, les mots couverts par les bruits de la circulation. Cependant, s'il tendait l'oreille, s'il se concentrait...

Une voix douce, tentatrice : *Je pourrai te montrer des choses.*

Il regarda Kinross. Ses yeux n'étaient plus voilés et leurs pupilles noires se rivèrent aux siennes.

Tout ce que tu veux connaître.

236

Le visage passait de l'ombre à la lumière, éclairé par les réverbères de la voie rapide qui défilaient au-dessus du véhicule.

Il ignorait depuis combien de temps il conduisait. La drogue libérée dans son sang le synchronisait sur le rythme de la nuit et de la rue, lui permettait de s'insérer aisément dans le flot de la circulation. *Très facile,* pensa Tyler en laissant reposer sa nuque contre l'appui-tête. Il avait l'impression de se trouver dans une salle de cinéma : le pare-brise était un écran sur lequel défilaient des voitures et des visages. Une torsion du poignet lui apprit qu'il était trois heures du matin. Il y avait longtemps qu'il avait déposé la fille sur son trottoir. Une vague impression de malaise filtra dans le bien-être procuré par la drogue.

Le temps passait. Il savait que la nuit n'était pas éternelle, même dans cette rue apparemment sans fin, et qu'elle s'achèverait à l'aube, quand la clarté rougeâtre du soleil levant pénétrerait entre les immeubles pour repousser l'animation nocturne dans leurs ombres.

Il n'est pas encore arrivé, pensa Tyler. *Pas encore.* Il n'avait fait qu'entr'apercevoir l'Hôte. Ses longs crocs, dénudés par son sourire, ne s'étaient superposés que pendant une fraction de seconde aux lèvres laquées de la prostituée; à celles d'un visage sans expression pivotant lentement vers lui depuis la voiture arrêtée près de la sienne, à un feu; à celles du reflet d'un passant filiforme et vêtu de noir renvoyé par une vitrine illuminée, son masque retiré le temps d'une courte vision tentatrice... C'était ainsi que l'Hôte aimait jouer. Tyler ne l'avait pas oublié.

Et peut-être ne viendrait-Il jamais à lui. Cette possibilité n'était pas à exclure. *Fantasque...* Tyler se pencha sur le volant pour analyser les mouvements de la rue, en quête de l'indice suivant. *Lorsqu'on Le cherche, on ne peut Le trouver. C'est ainsi. Il faut attendre son bon plaisir.* L'Hôte pouvait décider ou refuser l'accès à son univers, vous laissant seul et désemparé sous la froide clarté de l'aube. Peu importait à quel point on désirait aller le rejoindre. Telles étaient les règles du monde des ténèbres où tout était révélé.

Son pied écrasa l'accélérateur et il se glissa entre les voitures, dans cette rue qui se ruait vers lui. Si la nuit s'achevait, si l'Hôte ne venait pas... Bryan resterait auprès de Slide, en un lieu où il ne pourrait se rendre pour découvrir s'il était en vie ou décédé... Tyler demeurerait captif de ce monde extérieur où l'on trouvait une petite tombe ombragée par des palmiers démesurés, sans savoir qui y était enterré et si la petite bière contenait seulement un corps.

Viens... Il mordit sa lèvre inférieure, conscient de l'inutilité des prières. L'Hôte apparaissait lorsqu'il le voulait, quand il daignait se manifester.

Puis l'onde suivante grandit dans ses entrailles et il manqua lâcher le volant. Il rejeta sa tête en arrière en sentant les aiguilles cribler sa chair et s'y planter plus profondément que les fois précédentes. Son sang entrait en ébullition, finalement purifié. Les derniers résidus de médicaments avaient été filtrés. *Oui...* Le goût moisi de la drogue emplissait sa bouche.

Il ouvrit les yeux sur des lumières encore plus vives qui se déversaient hors des ténèbres, au bout de la rue. La tête de mort d'un homosexuel se tourna vers lui. Toutes les personnes présentes sur les trottoirs l'imitèrent, et Tyler lut ce que disaient leurs lèvres immobiles.

Évidemment, évidemment... Pourquoi n'y avait-il pas pensé? De tous les lieux possibles, c'était là qu'il devait l'attendre. Tyler sentit la salive amère

s'accumuler sur sa langue et redressa sa tête dode-
linante, ancra au volant ses bras parcourus de fourmillements et vira dans une rue secondaire obscure.
Son but se trouvait à l'autre extrémité d'Hollywood.
Mais, à présent, il savait où il devait se rendre, il
n'était plus pressé par le temps.

Il gara la Chevrolet sur le parking du studio
d'enregistrement puis gagna les portes de verre. Le
hall était désert, le fauteuil du comptoir de la réception inoccupé. Seuls les plafonniers du couloir étaient
allumés. Sans importance. Il pressa la touche d'appel
de l'interphone.

Après un instant de silence, la voix de Ken sortit
en grésillant du haut-parleur.

– C'est toi, Mike ?

Il se pencha vers la grille.

– Ouais. Fais-moi entrer, Ken.

– Tout de suite. (Il percevait un sourire, dans la
voix de l'homme.) Je savais que tu viendrais. (Pendant que Tyler écoutait, le timbre se modifia, devint
plus grave et lourd de sous-entendus :) Je t'attendais.

Un bourdonnement, et la porte de verre céda
sous sa paume. Le battant se referma derrière lui
alors qu'il traversait le hall désert, accompagné par
les murmures de l'air conditionné et ceux de la
circulation dont il venait d'être coupé.

Conduire plus longtemps eût été impossible.
Bedell laissa la Mercedes dériver vers le côté de la
chaussée et érafler la barrière de sécurité avant de
s'immobiliser. Le moteur hoqueta et cala. Bouche
ouverte, il prit une profonde inspiration et se sentit
sombrer dans le siège imbibé de sueur.

Désormais immobile, la nuit jetait une tenture de
plomb devant le pare-brise. Il savait qu'il était très
tard : la circulation s'était réduite à quelques faisceaux de projecteurs passant près de lui.

Il regarda la chose recroquevillée devant l'autre siège. Elle n'avait cessé de s'adresser à lui, de lui murmurer de douces paroles qui sortaient avec une facilité de plus en plus grande de sa bouche. Le tampon rouge obstruant la gorge de Kinross semblait avoir été progressivement déchiqueté par ses dents jaunies. Une tache avait suinté dans le tissu, pour s'étendre lentement et remonter vers le pommeau du levier de vitesses.

La gorge de Bedell était irritée. L'amertume s'était transmuée en un acide qui rongeait sa chair. Mais peut-être n'était-ce que le sel de ses larmes taries, provoquées par les feux qui avaient continué de larder ses yeux, se ruant vers lui par paires. Les pleurs avaient empli sa bouche, y formant un océan dans lequel il se noyait.

Je regrette, gémissait sa voix au tréfonds de son être. *Je regrette, je regrette...*

Il avait oublié la teneur des propos de la chose. Il gardait seulement le souvenir des mots venus marteler son crâne alors qu'il conduisait, du visage blême qui surgissait à la limite de son champ de vision chaque fois qu'il passait sous un réverbère. Kinross était parvenu à s'agenouiller, et Bedell avait redouté l'instant où il sentirait la caresse de sa main glacée sur son genou, où le cadavre se redresserait pour rapprocher son visage du sien, où il hurlerait en sentant le dernier lambeau de chair se détacher de sa gorge et libérer un jet de sang sur sa langue...

Mais cela ne s'était pas produit. Il laissa reposer son front brûlant sur le volant. Les yeux limpides de l'ex-policier étaient toujours rivés sur lui. Il le savait à la position prise par le cadavre, sous le tableau de bord.

À présent que la voiture était à l'arrêt et silencieuse, il entendait plus distinctement le murmure.

Il voyait le sourire qui dénudait les dents.

Je t'attendais.

Si une partie de son être savait qu'elle rêvait et tentait de la réveiller, Steff restait captive du songe. Elle se trouvait à nouveau dans cette voiture, tout en sentant l'oreiller moite de sueur collé à sa joue. Elle était toujours là-bas, dans cette rue dont les lumières l'assaillaient par vagues successives.

Le sourire du conducteur s'élargit. Si elle ne pouvait le voir, il était palpable comme le fond d'un trou dans lequel elle eût glissé sa main. Les dents s'écartèrent, et la chose s'adressa doucement à elle.

Nous sommes presque arrivés.

Elle se détourna. Un rire vint lécher son oreille alors qu'elle enfouissait plus profondément sa tête dans l'oreiller.

Arrivé au bout du couloir, il ouvrit la porte du studio de montage. Dans le noir, Tyler discernait les dossiers des sièges au velours souligné par un liseré bleu, face à un écran vierge.

– Salut, Mike.

Il pivota et vit Ken assis derrière le muret de séparation. La clarté d'une petite lampe juchée sur une tige flexible apportait du relief à ses traits et au sourire de satisfaction qui étirait ses lèvres.

Tyler inspira une bouffée d'air rafraîchi et filtré, attentif au murmure qui s'élevait derrière les soupirs des machines invisibles. *Très près...* il le sentait dans ses bras distendus par le sang altéré qui coulait dans ses muscles. *Presque arrivé.*

Il sourit en voyant son ancien camarade *(oui, oui,* lui rappela sa propre voix. *Il ne doit pas se méfier de toi.),* comme si cette poche de ténèbres avait basculé dans un passé commun sanglant en transitant par leurs souvenirs. *Tu dois le découvrir, tu dois savoir.*

241

– Qu'est-ce qui se passe ? demanda-t-il avec désinvolture.

Ken eut un rire et recula la tête du cercle de lumière.

– Tu ne le sais donc pas ?

Il resta silencieux, étudiant son interlocuteur. L'Hôte le lui dirait.

Les mots arrivèrent, filtrant doucement dans la voix de Ken.

– Nous allons pouvoir nous amuser un peu.

Tyler hocha la tête, les yeux clos. Des étincelles bleu électrique se consumaient également dans ces ténèbres. Ils étaient réunis, il le savait. Finalement. Ils se retrouvaient tous à l'intérieur de l'univers de l'Hôte.

Pendant un instant, elle se demanda si elle rêvait toujours ou si elle était réveillée. Steff resta immobile dans son lit, les yeux clos, la joue sur l'oreiller. Elle se souvenait de ce trajet en voiture, vers une destination inconnue. Sa gorge était toujours irritée, tant elle avait hurlé un nom oublié depuis. *Certainement*, décida-t-elle. *Ce n'était qu'un rêve.*

Elle laissa les images confuses et fragmentaires s'estomper, s'effacer de sa mémoire. Sa tête reposait sur sa main glissée sous l'oreiller et elle était soulagée de se retrouver dans son lit, loin de la rue obscure que suivait le véhicule pendant qu'elle scrutait frénétiquement l'horizon : une fine ligne bleutée qui reculait au fur et à mesure qu'elle s'en rapprochait...

En équilibre sur l'étroite frontière de la veille, risquant à tout instant de sombrer à nouveau dans un sommeil cette fois sans rêve, elle prêta attention à la nuit. Tout était plongé dans un silence relatif et une obscurité profonde... elle savait que l'effort d'ouvrir ses lourdes paupières eût été sans objet... lui indiquant qu'elle avait encore devant elle plusieurs heures de repos. À présent que son pouls était redevenu normal et que le caillot de peur ayant obstrué sa gorge venait de se dissoudre, elle trouvait ce réveil préférable à ceux provoqués par le fracas du réveille-matin; elle le réglait un quart d'heure plus tôt que nécessaire afin de bénéficier de quelques minutes de semi-conscience agréables avant de devoir impérativement se lever. Elle avait l'impression de jouir d'un instant de répit situé hors du temps, entre les points du cadran d'un réveil privé d'aiguilles.

Et Mike était rentré. Elle éprouva un profond soulagement... des petits bruits familiers franchissaient le voile du sommeil : sa respiration dans le silence de la chambre, ses déplacements autour du lit. Mike se dévêtait toujours dans le noir afin de ne pas la réveiller. Les pas de ses pieds nus étouffés par la moquette, le murmure des boutons de sa chemise glissant dans les boutonnières, le bruissement du jean qu'il pliait sur la chaise, à côté de la porte du placard. Autant de sons rassurants qu'elle avait entendus bien souvent...

Le soir précédent, et malgré la lassitude qui faisait dodeliner sa tête sur le manuel, l'inquiétude avait retardé la venue du sommeil. Ce rêve avait peut-être la même origine... elle tira le petit fil qui pendait des lambeaux effilochés de ce songe, tentant de se remémorer si c'était le nom de Mike ou celui de son fils qu'elle avait crié dans ce monde de ténèbres. *Sans importance.* Elle laissa ce souvenir et son esprit partir à la dérive. Mike était rentré. C'était la crainte de ne jamais le voir revenir qui l'avait obsédée, alors qu'elle vaquait à ses tâches habituelles : préparer le dîner, faire coucher Eddie, se mettre au lit. Elle redoutait de découvrir qu'il n'était pas près d'elle, à son réveil... mais cette crainte était dissipée pour une autre nuit. La tension qui nouait le point de jonction entre sa colonne vertébrale et son cou se desserra; le lit devint plus moelleux et chaud.

Elle prit conscience de s'être rendormie, d'avoir subtilisé quelques instants à la semi-conscience, quand elle sentit le drap se soulever de son épaule et le matelas s'affaisser, lui indiquant que Mike se glissait près d'elle. Elle se laissa rouler sur la pente douce *(Le sommier est foutu, il faudra le remplacer.)* pour s'adosser à la poitrine de l'homme, remonter ses jambes et les emboîter aux siennes. Elle colla sa nuque contre lui, puis plongea plus profondément dans le sommeil.

Le temps a dû se rafraîchir... pensa le dernier fragment de son esprit à s'assoupir, quand la main de Mike caressa sa cuisse puis remonta l'ourlet de sa fine chemise de nuit en coton pour venir se poser sur sa hanche nue. Sa paume était glacée.

Elle laissa cette pensée s'évanouir. Finalement, juste avant de s'endormir véritablement, elle revit un fragment du rêve qui l'avait réveillée. Elle tombait dans les ténèbres, en direction d'un horizon souligné de bleu.

Cependant, elle voyait à présent une silhouette se dresser au centre de cette ligne : un homme, privé de traits et noir comme la nuit, immobile alors qu'elle tombait toujours, dans l'incapacité de stopper sa chute.

Elle se blottit plus près de Mike et un frisson parcourut sa colonne vertébrale. Toute la chaleur du lit semblait s'être brusquement dissipée.

— Viens, Mike. Tu vas adorer ça.

Debout dans l'allée et attentif à la voix qui s'adressait à lui derrière celle de Ken, Tyler ouvrit les yeux et vit les mains de l'ingénieur du son se déplacer sur la console de montage.

Il s'éloigna des rangées de sièges inoccupés pour gagner le renfoncement aux parois couvertes de matériel et de moniteurs vidéo éteints. Il vint se tenir derrière Ken et posa ses mains sur le dossier de son fauteuil.

– C'est toi et Slide, n'est-ce pas ?

Ken glissa une cassette dans un magnétoscope puis pivota vers lui.

– C'est nous tous, Mike. L'ensemble du Groupe. (La faible clarté de la petite lampe accentua son sourire.) Ils ont tenté de nous éliminer, mais en ont été incapables.

Il pressa une touche, sur la console, et la bande se mit à ramper dans l'appareil.

Un des moniteurs muraux s'alluma. Des mouvements noirs et blancs papillotèrent à la limite du champ de vision de Tyler.

– Tu veux essayer de faire revivre le passé.

L'expression de l'autre homme se fit encore plus joyeuse.

– Essayer n'est pas le mot. Il a toujours été là.

Il désigna l'écran.

Quelques instants furent nécessaires à Tyler pour trouver un sens aux points lumineux apparaissant sur le tube cathodique. Puis il vit de vagues silhouettes déchiquetées par la lumière crue d'un éclairage d'amateur, reconnut des visages, et se demanda s'il verrait le sien parmi eux.

Ken se pencha pour fouiller dans une serviette de cuir posée à ses pieds et en sortir d'autres boîtes.

– Tu les as donc gardées, commenta Tyler. Toutes les bandes du Groupe.

– Des documents historiques, mon vieux. Des reliques. J'ai dû les cacher... Mais je ne les aurais jamais détruites. (Une ferveur mystique le transfigura.) C'était tout ce qui me restait. Jusqu'à présent.

– Tu fais allusion au retour de Slide ?

Ken hocha la tête.

– Et au tien. Sans oublier le petit garçon. Il est

la clé... Nous pouvons faire en sorte que tout redevienne comme avant, grâce à lui. Regarde.

Il porta les yeux sur le moniteur se trouvant derrière Tyler.

Ce dernier pivota. La fille qui apparaissait sur l'écran figurait dans la section photographique du livre de Bedell; une de leurs victimes. Des mains entouraient son visage, comme si les personnes se trouvant hors du champ de la caméra voulaient la rassurer par des caresses.

Une main grise serrant un couteau à la lame d'un gris plus soutenu s'éleva du bas de l'écran et vint tracer une ligne noire sur la gorge de la fille.

Un liquide noir et brillant jaillit, éclaboussant les mains qui immobilisaient le visage. Sa bouche s'ouvrit sur un hurlement n'ayant pas été enregistré.

Ken était en extase, alors qu'il observait les formes noir et blanc qui se reflétaient sur lui.

– Exactement comme avant, murmura-t-il.

Il regarda le corps recroquevillé près de lui. S'il possédait toujours les traits de Kinross, c'était l'autre créature qui riait et l'étudiait à travers ses yeux, qui animait sa bouche aux dents jaunâtres et lui faisait murmurer des promesses.

La tête de Bedell dodelinait lentement. Il ne pouvait détacher les yeux de ce sac de chair pâle dans lequel s'ouvrait une fente au-delà de laquelle apparaissait une grotte rouge et humide. L'odeur de putréfaction de son haleine emplissait la Mercedes : la décomposition des entrailles autour de la nourriture captive de ses intestins. La sueur de Bedell avait absorbé cette puanteur aigre et les perles de transpiration qui roulaient jusqu'à ses lèvres lui en apportaient le goût.

Les mains de Kinross, repliées contre son aine, s'appuyaient sur le plancher taché. La clarté de l'autoroute teinta en bleu le crâne de l'ex-policier, quand la chose qui avait pris possession de son corps releva son visage. La tête s'immobilisa enfin, après avoir réduit à seulement quelques centimètres le lien qui unissait leurs yeux.

Bedell devrait écouter ce que la créature avait à lui dire. Il y était contraint.

Un sourire tors scinda la bouche du cadavre. Si près d'elle, Bedell voyait sa langue se mouvoir, déplaçant avec elle un filet de bave rosâtre.

Le murmure : *À présent, nous pouvons nous amuser un peu.*

– Non...

Il se recula en tremblant contre la portière, pour fuir la chose. Une joue collée à la surface froide de la vitre latérale, il tendit les mains afin de la repousser.

– Je ne veux pas, je regrette, je regrette...

Ses paumes s'enfoncèrent dans la chair flasque, ses doigts pénétrèrent dans les crevasses des cavités oculaires. Le corps était froid, et une onde glaciale remonta les bras de Bedell. Une pensée, empoisonnée par la drogue, éclata à l'intérieur de son crâne.

– Il est mort. Tu es complètement à la masse, mon vieux. C'est ton imagination, il est mort, il ne peut...

Les lèvres captives sous ses paumes s'entrouvrirent sur un filet de salive glacée.

Bedell lâcha Kinross et tendit les mains vers l'autre portière. Il saisissait à tâtons sa poignée quand le visage du cadavre tomba sur sa cuisse. Puis la portière claqua contre la barrière de sécurité de l'autoroute et la secousse repoussa Bedell dans son siège. L'entrebâillement était à peine assez large pour lui permettre de se glisser à l'extérieur. Il se mit à sangloter quand la plaque de serrure déchira sa chemise, sur son estomac.

L'air frais sur son visage et les projecteurs d'une voiture qui l'éblouissaient lui firent prendre conscience qu'il courait sur l'accotement. Il s'arrêta pour reprendre son souffle et se retint à la barrière de sécurité afin de ne pas s'effondrer. Quand ses poumons eurent cessé de se consumer, il regarda pardessus son épaule et vit la Mercedes avec sa portière entrouverte, des mètres derrière lui. On ne voyait rien, par la lunette arrière. Le véhicule paraissait vide, abandonné.

Il secoua la tête, semblant espérer réordonner ainsi ses pensées. Le bruit des véhicules qui empruntaient la voie rapide malgré l'heure tardive l'assourdissait. Les effets de la drogue paraissaient s'être à nouveau atténués, le laissant tremblant mais capable d'avoir des pensées cohérentes. Il ignorait où il se trouvait, où était allée la voiture au cours de sa progression incontrôlée. Il se souvenait seulement de la chaussée qui se déroulait devant lui, des lumières qui transperçaient ses yeux, des murmures du cadavre gisant devant le siège du passager, près de lui.

Il se détourna de la voie rapide et posa ses mains sur la barrière de sécurité afin de se pencher vers l'extérieur. Un talus envahi par des herbes sèches descendait jusqu'au canal bétonné d'un torrent réduit à un filet d'eau que la nuit teintait d'argent.

Il avait déjà vu ce lieu. Très souvent...

En plein jour. Il pivota et reconnut au-delà de la voie rapide les ondulations familières des collines. Et, dans le lointain, devant les feux de position des voitures qui poursuivaient leur chemin après avoir laissé la Mercedes abandonnée sur l'accotement de la chaussée, miroitait un tapis de lumières.

Il était revenu vers L.A. Il avait tourné en rond, n'était allé nulle part. La faute en revenait aux panneaux qui défilaient trop rapidement pour qu'il pût lire leurs indications, aux voies qui s'emmêlaient et s'entrelaçaient, à la chose qui lui avait constamment adressé des murmures et des sourires.

Et il n'avait plus le temps de se rendre jusqu'au désert, sortir le cadavre de la voiture et le tirer vers un fossé où personne ne risquerait de le retrouver. Il était trop tard; il savait que même cette nuit finirait par s'achever.

Il envisagea de prendre la fuite, de se mettre à courir, de s'éloigner de la Mercedes et du corps qui s'y trouvait, pour ne jamais s'arrêter.

Mais ils le trouveront, se dit-il. À l'aube, une patrouille de l'autoroute s'arrêterait à côté du véhicule abandonné. Les flics descendraient et regarderaient à l'intérieur. Et ils ne verraient pas une créature souriante et murmurante, seulement un cadavre portant ses empreintes autour du cou. *Voilà ce qu'ils découvriront.*

Il regarda à nouveau la Mercedes et les projecteurs des voitures qui jaillissaient hors des ténèbres pour y replonger presque aussitôt. Lentement, il s'écarta de la barrière de sécurité et revint vers son véhicule.

De nouvelles boîtes vides allaient rejoindre celles se trouvant déjà sur le sol, alors que Ken continuait de charger les magnétoscopes. Une clarté grisâtre baignait le renfoncement où tous les écrans faisaient revivre le passé.

Ken pivota et leva les mains vers le déluge d'images.

– Il a toujours été là, fit-il avec ferveur. Toujours...

Tyler recula contre la console. Les sifflements des bandes défilant sur les têtes de lecture se superposaient pour consumer l'atmosphère. Derrière Ken, qui semblait danser, Tyler voyait des couteaux aux lames rendues noires et brillantes par le sang. *Comme avant.* Ces mots lui revenaient sans cesse à l'esprit, telle une bande magnétique en boucle synchronisée aux images. Elle défila dans son crâne jusqu'au moment où un étourdissement lui fit tendre le bras pour se retenir à la console et ne pas tomber.

Ken se rapprocha d'un des écrans, fasciné par la scène qui y apparaissait. Les images grises superposaient de nouveaux traits aux siens : ceux d'un visage déformé par un hurlement. L'homme sourit et tendit la main pour caresser le tube cathodique.

– L'effet est plus prononcé. *Il* est plus puissant. Il n'a cessé de croître, pendant toutes ces années. Il attendait que nous retournions à Lui. À présent, ils ne peuvent plus rien contre nous.

Tyler sentit l'amertume s'accentuer sur sa langue. La clarté des écrans devint plus vive, aveuglante, et se fondit en une seule scène, une seule image. Les lames des couteaux s'assombrissaient et s'abattaient, semblant traverser les écrans comme de la cellophane pour lacérer la chair des êtres présents dans le monde réel.

C'est exact, pensa Tyler. Il le savait au fond de lui-même. C'était cela que les médicaments avaient dissimulé, gardé enfoui dans des profondeurs de son être auxquelles il n'avait pas accès. L'autre monde, celui des ténèbres, l'esprit collectif que la drogue avait créé en eux, n'avait jamais pris fin. L'Hôte avait continué d'exister, mêlé à leur sang, prenant des forces dans l'attente du moment où il resurgirait. De *Son* moment.

Ken s'adressa à lui d'une voix aiguë, ardente :

– Slide me l'a révélé... Il est venu, et m'a appris comment nous pourrions réussir, tout recréer comme avant. Grâce au petit garçon... Il est la clé...

Tyler ferma les paupières pour protéger ses yeux des lumières aveuglantes. *Comme avant*... ou encore pire. À présent, l'Hôte était devenu plus puissant. Il avait longuement attendu.

Désormais, la nuit serait plus profonde et la rue

obscure s'étirerait à jamais, jusqu'à l'infini. Le murmure : *Je pourrai te montrer des choses.*

Sa langue se lova contre son palais au contact de l'amertume chimique qui s'était encore accentuée.

Tout ce que tu veux connaître.

Bryan.

Autour de lui, les bandes vidéo se déroulaient, Ken pivotait d'un écran à l'autre, levant le visage et les mains vers le halo glacé qui les nimbait.

À l'intérieur de la Mercedes, le cadavre de Kinross gisait toujours dans la même position : celle qu'il avait prise quand Bedell était parvenu à le pousser dans le véhicule avant de quitter son domicile. Rien n'était tapi derrière ses yeux vitreux et sa bouche ne s'ouvrait que sur un profond silence. Bedell s'appuya à la portière et libéra sa respiration.

C'est fini, pensa-t-il, les yeux clos. *Il est mort, c'est tout, il est mort.*

Il savait qu'il ne pourrait remonter en voiture et rentrer chez lui avec le corps. Même s'il parvenait à le ramener à l'intérieur de la maison sans être vu, le problème se poserait à nouveau la nuit prochaine, et les suivantes. La créature qui murmurait à l'intérieur du cadavre attendrait patiemment.

S'il s'en débarrassait ici, dans les épaisses broussailles des berges de ce torrent asséché, au moins bénéficierait-il d'un bref répit... entre l'instant de la découverte du corps et celui où des policiers viendraient l'interroger à son domicile. Un peu de temps. La possibilité de parcourir des kilomètres. Il ne demandait rien de plus.

La voiture l'abritait des lumières et des yeux des personnes qui suivaient l'autoroute. Il se glissa dans l'entrebâillement de la portière et tendit les mains pour saisir les bras flasques. Ces derniers se dressèrent au-dessus de la tête de Kinross, quand il les tira pour hisser le cadavre sur les sièges. Un coude s'accrocha au tableau de bord, puis se libéra. Le corps s'affaissa sur le plancher, la nuque sous le volant, jambes croisées. Bedell haletait, étourdi par l'effort réclamé pour parvenir à déplacer cette masse inerte sans un seul point d'appui.

Il alla se placer en retrait le long de la voiture et fit une nouvelle tentative. Cette fois, la tête et les bras de Kinross glissèrent dans l'ouverture, mais une épaule et la poitrine restèrent coincées.

– Merde... allez, viens.

Le cadavre le fixa, bouche bée, quand il le fit basculer sur le côté. Sans résultat.

Bedell s'agenouilla dans les gravillons de l'accotement pour chercher à tâtons la manivelle de la glace, et la bouche de Kinross se rapprocha de son oreille. L'homme tressaillit en sentant les lèvres froides effleurer sa joue. *(Le murmure, la chose rouge dans sa gorge, les mots susurrés.)* Sa respiration hachée était presque brisée par des sanglots, quand ses doigts se refermèrent enfin sur ce qu'ils cherchaient.

Après avoir entièrement baissé la glace, il ressortit un bras et glissa une épaule sous le corps. Un bras de Kinross se balança contre son dos, lorsqu'il le poussa sur le rebord de la fenêtre. Le cadavre resta en équilibre sur la portière, la bouche béante dans son visage renversé. Plongeant ses mains sous les aisselles du mort, Bedell tira à nouveau. Il parvint à dégager la taille de Kinross, qui bascula sur lui, le faisant tomber à la renverse.

Steff émergea du sommeil... partiellement... et découvrit qu'elle était toujours contre Mike. La même position qu'en s'endormant, le dos collé au torse de l'homme. Il avait glissé un bras entre son flanc et le matelas, pour pouvoir l'enlacer. Sa chemise de nuit formait désormais un bourrelet sous ses bras et les mains de Mike refermées sur ses seins l'attiraient contre lui.

Agréable, pensa-t-elle. *Très agréable.* Telle une chatte faisant le gros dos, elle se roula en boule dans la poche de chaleur conservée par la literie. Les poils des jambes de Mike caressèrent ses mollets.

(Un bref souvenir, un éclair évoquant de la lumière pénétrant sous les paupières : la première fois qu'ils avaient couché ensemble; il était tellement plus tendre que le père d'Eddie; plus attentionné; et ensuite, le soulagement de se retrouver pelotonnée contre sa poitrine, bien plus tard; elle avait tendu la main et caressé sa jambe, dont les poils s'enroulaient autour de ses doigts.)

Et cela recommençait. La main de Mike se déplaçait sur ses seins, rendant ses mamelons turgescents sous ses caresses. Elle pencha sa nuque en arrière et lui transmit un message avec ses épaules et un petit soupir ensommeillé. Il ne dit rien, mais fit descendre sa main vers son aine.

Pour la première fois depuis que cette photo avait été publiée dans le journal... *sa* photographie.

(Un autre éclair de souvenir, qu'elle ne pouvait cependant situer dans le temps; elle se trouvait en face de l'ex-femme de Mike, plus âgée que sur la photo; assise de l'autre côté d'une table, dans une autre pièce, avec une tierce personne qui assistait à cet entretien... elle frotta sa joue contre l'oreiller, pour chasser cette image.)

Tout était peut-être terminé. Telle était peut-être la signification de ses caresses, de l'attention que lui portaient à nouveau ces mains qui se glissaient entre ses cuisses. Le reste finirait par retourner dans le passé auquel il appartenait.

Elle se cambra, goûtant à une mèche de cheveux tombés sur sa joue, et lui permit de la soulever contre lui. Les doigts de l'homme atteignirent la chaleur humide au bas de son ventre alors qu'elle remontait ses genoux afin de l'accueillir en elle.

Leurs mouvements et leurs respirations se synchronisèrent. Elle aimait faire l'amour (*agréable, oui*) surtout lorsqu'elle n'était qu'à demi éveillée et que cela évoquait un rêve l'atteignant par vagues successives. La main qui se tendait pour enserrer son sein accentua sa pression.

(*Une autre vision, qui ne provenait pas de ses souvenirs. Elle devait n'avoir encore jamais vu ce boyau noir creusé dans le sol. Elle ne se trouvait plus dans son lit bien douillet mais sur de la terre meuble, et elle sentait des cailloux anguleux meurtrir son corps nu.*)

– Mike, murmura-t-elle, en se serrant contre lui.

Elle éprouvait désormais des difficultés à respirer, tant en raison des bras qui l'enserraient que du poids qu'elle sentait peser sur elle. Il lui semblait que la chambre obscure était surplombée par des tonnes de béton à travers lesquelles filtraient des grondements assourdis. Une bouffée d'air fétide lui parvint.

Sa nuque heurta le sol et des pierres pointues pénétrèrent dans son cuir chevelu. Le poids du cadavre pesait sur sa poitrine et il notait quelque chose d'humide sur son visage. Il ouvrit les yeux et vit une bouche béante et flasque collée à sa joue.

Ses mains immobilisées luttèrent pour repousser les bras ballants qui tentaient de l'étreindre. Dans son palais, l'amertume s'accentuait et couvrait la saveur saumâtre de sa sueur.

Le visage de Kinross glissa contre le sien, lui révélant ses yeux.

Ils étaient redevenus limpides et le regard de leurs pupilles noires plongeait dans le sien.

Avant d'entendre le murmure, avant même que

sa bouche se fût entrouverte, Bedell se mit à hurler et marteler de ses poings la poitrine du cadavre. Il rampa sous le corps, ses genoux creusant des sillons dans le gravillon, mais la chose s'agrippa à lui, ses bras s'emmêlèrent aux siens.

Sous la barrière de sécurité, leur poids fit céder le sol. Une partie de l'esprit de Bedell, capable de percevoir autre chose que le hurlement de terreur déchiquetant sa gorge, grava dans sa mémoire sa chute dans les buissons et la forme de la chose qui s'agrippait à lui.

Elle souffrait. Ses pénétrations venaient brusquement de se changer en coups de boutoir, dans son bas-ventre.

– Mike... je t'en prie... (Elle ne pouvait se dégager. Les mains de l'homme l'immobilisaient, la clouaient contre lui.) Arrête...

Puis ils se retrouvèrent dans le boyau obscur. Mais il ne s'agissait plus d'une simple vision, comme la fois précédente. Elle était là, son corps collé au sien, griffant la terre, alors que l'odeur de sueur et de nourriture avariée envahissait sa gorge à chaque halètement.

La masse de béton qui la surplombait à seulement quelques centimètres l'écrasait et chaque pénétration rejetait sa tête en arrière, contre la poitrine de l'homme.

Et elle sentait des regards posés sur elle.

Non loin de là, un enfant pleurait. Sa voix frêle se mêlait à ses supplications, résonnant sous la masse de béton grondante.

– Mike... arrête...

Elle tourna la tête, pour regarder derrière elle.

Et elle vit dans les ténèbres un large sourire dénudant de grandes dents qui s'allongeaient encore, se métamorphosant en dagues acérées.

Les images visibles sur les écrans assaillaient Tyler. Dans sa bouche, l'amertume s'était accentuée au point de lui donner des nausées. Se retenant à la console, il se détourna des moniteurs et de Ken qui se balançait au milieu du réduit.

Devant les rangées de sièges inoccupés, l'écran n'était plus vierge. Des images y apparaissaient.

Le sourire aux longs crocs de l'Hôte, derrière des cheveux noirs emmêlés. Ceux d'une femme à peine entrevue, qu'il parvint presque à reconnaître bien qu'elle ne fût pas enregistrée sur ces bandes ou issue de son existence antérieure. Ses hurlements, dont il percevait l'écho, s'élevaient d'un point situé très loin de ce studio.

L'image s'assombrit, pour être remplacée par celle du visage de Kinross. Ses joues larges et mal rasées étaient flasques et maculées de sang. Le vieux flic était mort, il le savait. Sa tête s'inclina, griffée par des ronces, et il vit des mains la repousser. Il pouvait à présent entendre les cris rauques de l'autre homme.

Un nouveau fondu au noir, puis le silence qu'il reconnut aux frissons parcourant ses bras. Il s'inclina pour mieux entendre le murmure :

Nous voici tous réunis, à présent.

Son point d'origine était proche. Il pouvait presque dire…

Plus bas. Uniquement pour lui : *N'est-ce pas ?*

Il releva les yeux vers l'écran et les silhouettes noires des palmiers qui se balançaient contre le ciel nocturne. Devant lui, l'étendue d'herbe bleue s'étirait à l'infini.

Là. Il aurait dû le deviner. Toujours là.

Il repoussa le siège, qui tomba sur le sol. En se dirigeant vers la porte à grandes enjambées, il vit Ken à quatre pattes qui relevait les yeux vers les écrans à la clarté éblouissante.

Il sentit la main de Kinross caresser son visage et un doigt égratigner son œil. Les herbes sèches craquaient sous Bedell qui roulait vers le bas de la pente, enlacé au cadavre.

La tête de ce dernier dissimula les étoiles et sa main glacée couvrit le nez et la bouche de Bedell. Son poids expulsa l'air de ses poumons.

Pendant un instant, ses dents pointues grandirent pour emplir tout le ciel tournoyant. Puis elles s'assombrirent et disparurent, avec tout le reste.

Ce qui subsistait de son haleine fut emporté par un hurlement et la lumière l'inonda. Elle bascula sur le dos et se redressa dans le lit défait. Les draps formaient un monticule à ses pieds et personne ne se trouvait près d'elle. Sur le seuil de la chambre, Eddie baissait la main de l'interrupteur. Il était en pyjama et se frottait les yeux.

— Tu m'as réveillé, lui dit-il sur un ton de reproche. Tu criais.

Steff baissa rapidement sa chemise de nuit sur l'humidité couvrant le haut de ses cuisses. Elle reprit lentement sa respiration tout en réordonnant sa chevelure emmêlée. Elle baissa les yeux vers l'autre moitié du lit, sans découvrir la moindre empreinte de corps sur le drap.

Elle prit Eddie par la main et le ramena dans sa chambre.

— Pourquoi est-ce que tu criais ? demanda l'enfant d'une voix ensommeillée.

Elle remonta le drap sous son menton.

— Chut. Pour rien. Rien du tout. (Ce fut d'une main encore tremblante qu'elle écarta une mèche de cheveux du front de son fils.) Seulement un mauvais rêve. Maman fait des cauchemars, elle aussi.

Le front de l'enfant était toujours plissé lorsqu'elle le vit se rendormir.

Elle ne regagna pas sa chambre mais se rendit dans la cuisine, où la pendule lui apprit qu'il était bien plus de minuit. Mike n'était pas rentré après la fermeture du cinéma. Elle emplit la bouilloire et s'assit à la table pour attendre que l'eau se mît à frémir, serrant sa chemise de nuit contre son corps avec ses bras croisés. Essayer de se rendormir eût été inutile. Le visage souriant aux longs crocs reviendrait la hanter.

(Et cette cavité de terre et de béton, avec les personnes qui observaient... où était-ce? Ailleurs, en un lieu où elle ne s'était jamais rendue et qu'elle avait pu voir à travers les yeux d'une tierce personne : une diapositive superposée à une autre...)

Elle devrait renoncer au sommeil et veiller jusqu'à l'aube, pour attendre Mike. Elle déciderait de la conduite à tenir quand il ferait jour.

Elle se leva pour verser l'eau bouillante sur le sachet de thé et perçut une douleur vers son aine. Elle se rassit et remonta sa chemise de nuit. Une égratignure en dents de scie dessinait un arc sur la peau fragile de l'intérieur d'une cuisse. Alors qu'elle étudiait la blessure, une goutte rouge apparut à l'extrémité de l'entaille.

Les portes étaient fermées, lorsqu'on arriva à destination, mais Tyler n'eut aucune difficulté à trouver des prises dans les courbes du fer forgé et à escalader l'obstacle.

Le cimetière correspondait à l'image qu'il avait vue sur l'écran du studio. L'herbe noire était vivante et le halo bleuté irradié par le sol séparait chacun de ses brins. Au-dessus de lui, alors qu'il courait, l'air chaud de la nuit agitait les silhouettes noires des palmiers et faisait bruire leurs feuilles.

Il s'arrêta devant le petit rectangle de métal marquant la tombe de son enfant, à bout de souffle. Les grondements de la circulation étaient restés avec sa voiture, hors de l'enceinte du cimetière. Il écouta les murmures filtrant dans le silence.

Bryan...

Il s'agenouilla et ses genoux s'enfoncèrent dans la pelouse. Ses mains écartèrent les brins d'herbe (froids et humides au contact, plus chauds près du sol) et il colla son visage sous la plaque portant le nom de son fils.

Pendant un instant, il n'entendit que le silence de la nuit et les bruissements de l'herbe contre son oreille. Puis il les perçut, légers, se rapprochant.

Les pleurs d'un enfant qui s'élevaient du sol. Les sanglots s'amplifièrent, semblant faire éclater les côtes du petit garçon. Aucun mot, seulement la peur de la solitude et de l'obscurité. Ces plaintes torturaient le crâne de Tyler, dont les doigts creusaient l'herbe et compressaient la terre.

– Bryan... Non, non...

Les pleurs s'interrompirent, pour être remplacés par une autre voix.

Allons, Mike, murmura Slide.

Le rire moqueur, présent derrière ces mots, évoqua l'image du visage étroit aux yeux brillants dans l'esprit de Tyler.

Tu sais ce que tu veux, pas vrai? Pas vrai, Mike? Tout peut redevenir comme auparavant. Mieux qu'auparavant. C'est ce que tu désires, pas vrai, Mike? Pas vrai?

– Ferme-la! (Il serra les poings avec encore plus de force et la terre s'émietta dans ses mains, l'herbe et l'humus se séparèrent.) Ferme-la!

Le silence. Il n'entendait plus les pleurs. Il n'avait plus sous lui que des mètres de terre et un petit cercueil, silencieux comme les autres.

Une nouvelle ombre, plus large que celles des

palmiers, tomba sur la plaque portant le nom de son fils. L'herbe était assombrie par la silhouette d'un personnage dressé près de lui.

Il entendit sa voix. Le murmure.

Maintenant.

Il s'agenouilla pour regarder celui qui l'observait et souriait à seulement quelques pas. Les pointes de ses dents scintillaient comme des étoiles.

Te voici à l'intérieur. Entièrement.

Tandis qu'il se relevait, Tyler prit conscience d'être à nouveau seul. L'Hôte venait de repartir, de réintégrer son système circulatoire. Mais c'était secondaire. En pivotant vers les grilles du cimetière, il comprit qu'il avait désormais du temps devant lui. *Tout le temps dont j'ai besoin.*

Son regard portait jusqu'aux collines hors de la ville et le soleil levant était aussi noir que les pupilles des yeux de l'être qui venait d'apparaître près de lui.

Elle vit l'aube se lever entre les rideaux de la pièce donnant sur la rue, les ténèbres s'estomper et annoncer la fin de la nuit. Une clarté grisâtre, qui se teinta de rouge au-dessus des immeubles et de la circulation.

Il est quelque part dans cette ville, pensa-t-elle. La tasse contenant les restes de thé froid était posée près de son coude, sur la table de la cuisine. La prière silencieuse qu'elle n'avait cessé de réciter pendant ces heures d'attente n'avait pas été exaucée.

Avant même que la lumière eût commencé à filtrer par la fenêtre, elle avait compris quelles possibilités s'offraient à elle. Continuer d'attendre. Chercher l'oubli.

Ou partir à sa recherche.

Elle serra ses bras sur sa poitrine. *À présent, tu as peur,* se reprocha-t-elle. Ce cauchemar avait laissé dans sa bouche le goût amer de ses cris et de toutes les autres choses qui étaient remontées à la surface depuis que la photo de l'ex-femme de Mike avait été publiée dans ce journal…

Tu ignores ce que tu risques de découvrir, si tu parviens à le retrouver.

La clarté du jour devint plus vive, derrière la fenêtre. Elle l'observa, frissonnant toujours à cause de la fraîcheur de la nuit.

Il ouvrit les yeux sous la pâle lumière de l'aube. Le visage du cadavre se trouvait à seulement quelques centimètres du sien.

Les traits de Kinross étaient flasques, vides, gris sous la faible clarté. Bedell libéra son bras resté captif sous le corps, s'écarta brusquement et acheva de glisser jusqu'au canal bétonné du torrent asséché. À quatre pattes, il leva les yeux vers la voie rapide. L'angle de la pente lui dissimulait les chaussées et il ne voyait que la Mercedes immobilisée contre la barrière de sécurité, avec sa portière entrouverte.

Rien ne presse. Cette pensée pénétra son esprit. Personne n'avait rien vu. Il lui serait encore possible de filer loin de la chose qui gisait dans les broussailles, de rentrer chez lui pour récupérer ses affaires et le peu d'argent qui s'y trouvait, puis de reprendre l'autoroute pour filer loin de là.

Le souffle court, il entreprit de remonter la pente en direction de la voiture, sans faire cas des cailloux qui meurtrissaient ses doigts.

Il regarda Slide s'étirer, tel un chat : dos rond contre la paroi incurvée du nid, bras tendus pour soulager ses muscles ankylosés. Jimmy savait que l'homme n'avait pas dormi. *Il s'est contenté de rester allongé,* se dit-il en s'accroupissant près des guenilles sur lesquelles reposait l'enfant. Les yeux brillants de Slide étaient demeurés clos, mais un sourire avait étiré ses lèvres à plusieurs reprises, au cours des longues heures de la nuit.

Les yeux s'ouvrirent et se rivèrent aux siens. La clarté grisâtre de l'aube caressa la joue de Slide. Il semblait satisfait.

– Le moment est venu, déclara l'homme. Finalement.

Jimmy se détourna afin d'étudier le petit garçon. Son visage avait perdu ses couleurs et sa respiration était peu profonde.

Il caressa les cheveux soyeux de l'enfant. Il savait qu'il était préférable de ne pas s'interroger sur la signification des propos de Slide.

La nuit ne s'était pas achevée. *Ni pour moi ni pour un seul d'entre nous,* se dit Tyler. Comme la rue obscure, elle ne prendrait jamais fin, à présent qu'ils étaient tous à nouveau réunis.

Il foulait l'herbe sombre, sous les ombres de palmiers encore plus noirs contre un ciel noir. Les tombes étaient redevenues silencieuses.

Au-delà des portes du cimetière, le soleil qui se levait derrière les collines lointaines ne diffusait aucune lumière. C'était sans importance, désormais. Il pouvait voir chaque chose à travers les ombres et les formes sans substance de cet autre monde où il venait d'effectuer un séjour. Il savait désormais où se trouvait son fils.

Il marchait, en direction des grilles et de sa voiture garée au-delà.

Tyler laissa le cimetière derrière lui. À présent, il savait. Son fils attendait sa venue.

15

– Où allons-nous ? demanda Eddie qui avait posé le vaisseau spatial sur ses genoux.

Steff lui lança un regard tout en conduisant. Cette sortie en voiture avait un caractère assez exceptionnel pour lui faire oublier les dessins animés diffusés à la télévision chaque samedi matin : l'unique jour de la semaine où elle s'autorisait à faire la grasse matinée... tout en se levant cependant à dix heures afin de ne pas éprouver un sentiment de culpabilité... pendant que Mike se chargeait de surveiller Eddie qui mangeait des céréales froides, puis essuyait le lait renversé sur la table. Lorsqu'elle sortait de la chambre, ils étaient presque toujours installés devant la télé. Eddie regardait Scoubidou, et Mike achevait sa lecture du *L.A. Times,* ainsi que sa seconde tasse de café. *Mais pas aujourd'hui,* se dit-elle. Tout cela appartenait peut-être à une époque révolue.

– Au cinéma, répondit-elle. Les films... tu sais, où Mike travaille. D'accord ?

Un hochement de tête.

– Il est là-bas ?

Il cessa de prêter attention à sa mère et releva le cockpit articulé de son engin.

– Oui. Enfin... je le pense.

Je l'espère, se reprit-elle. Il eût été stupide de

263

faire une réponse catégorique alors qu'elle ignorait si Mike se trouvait au cinéma. Elle avait composé l'indicatif téléphonique de son bureau avant leur départ et attendu une vingtaine de sonneries avant de raccrocher. *Mais ça ne prouve rien.* Ses sombres méditations l'avaient peut-être isolé au cœur d'une gangue de silence que les appels stridents du téléphone ne pouvaient briser. Peut-être préférait-il la compagnie de ses pensées à celle d'une voix provenant du monde extérieur.

Elle savait qu'il eût été préférable de le laisser seul, dans ce cas. Du temps était nécessaire pour permettre au passé d'être drainé hors de l'esprit, telles des toxines suintant d'une blessure suppurante. Tôt ou tard, il finirait par ressortir des ténèbres, comme les fois précédentes. *Si c'est effectivement ce qui se passe...* une pensée sous-jacente à toutes les autres. Cependant, si son passé refusait de l'abandonner, le réclamait, il continuerait de le ronger, à jamais... *En ce cas, il serait préférable que tu ne le retrouves pas. Que tu le perdes. Tu l'aurais déjà perdu, quoi qu'il en soit.*

Elle serra plus fermement le volant, luttant contre le désir de faire demi-tour au feu suivant; regagner l'appartement; réinstaller Eddie devant les dessins animés cacophoniques et colorés; préparer du café; ouvrir ses manuels sans les voir et entamer une longue attente.

Mais il était trop tard pour cela. Elle avait épuisé sa réserve de patience et était toujours terrifiée par cet horrible cauchemar. Elle le revivait dans son esprit : leurs lents mouvements dans la chaleur du lit, les bras refermés sur ses seins et l'attirant contre un corps glacé, la brève vision du sourire qui dénudait des crocs acérés et faisait enfler un hurlement de panique dans les profondeurs de sa gorge. Elle ferma un instant les paupières, comme si l'être inhumain venait de se refléter sur le pare-brise.

Un cauchemar encore plus épouvantable que celui qui l'avait précédé : ce voyage dans une rue obscure, à côté d'un personnage qui tournait vers elle un visage privé de traits.

Elle ignorait, ne pouvait se remémorer, si c'était bien le nom de Mike qu'elle avait crié. Si elle l'avait reconnu ou l'appelait à l'aide.

Près d'elle, Eddie venait de perdre tout intérêt pour le vol simulé du vaisseau spatial contre la vitre latérale et y collait son visage pour observer le trafic, préparant le rapport qu'il ferait à Mike sur tous les véhicules hors du commun repérés parmi la circulation. *Parce que nous sommes censés aller le retrouver. C'est ce que je lui ai dit.*

Elle estimait que la place de l'enfant n'était pas auprès d'elle, qu'elle eût mieux fait de passer le déposer quelque part (*... dans un endroit sûr,* une pensée mordante parmi tant d'autres, *mais je n'ai aucune raison de m'inquiéter, tout va bien, il n'y a aucun danger, tout est parfait...*). Un seul lieu correspondait à cette définition : chez Pauline, avec qui elle avait suivi les cours de chimie du dernier semestre. Avant de sortir, elle avait téléphoné à la villa du lotissement de Culver City où Pauline vivait avec ses quatre gosses et son énorme labrador, mais personne n'avait décroché. *Décidément, je n'ai pas de chance avec le téléphone, aujourd'hui,* s'était-elle dit avant de se rappeler une carte postale reçue trois jours plus tôt du parc national de Sion. Pauline lui décrivait le chaos qu'avait déclenché le fait d'avoir entassé sa progéniture et le gros chien dans un camping-car loué pour deux semaines. Dommage... Son fils eût été enthousiaste à la perspective d'aller passer la matinée avec Quincy le labrador et l'aîné des enfants de Pauline qui... à en croire les affirmations d'Eddie après la dernière séance de baby-sitting... pouvait faire tourner un ballon de basket sur la pointe de son index.

Tout eût été parfait. Au lieu d'accompagner sa mère terrorisée... qui parvenait cependant à sourire, à alimenter la conversation et à garder ses peurs *(de quoi ? qu'est-ce qui cloche ?)* pour elle-même... partie à la recherche d'un cinglé qu'on avait autorisé à quitter l'asile parce qu'il n'extériorisait plus sa folie, non ? *La ferme, la ferme. Il ne s'est rien passé, rien du tout... contente-toi de conduire et de faire le vide dans ton esprit.*

Donc, pas de Pauline ni de sa maisonnée mouvementée. Et les navettes incessantes de Steff entre l'université et le restaurant l'avaient isolée des étudiants et des autres serveuses, réduisant leurs rapports à de simples bonjours et au revoir. *C'est bien ma chance. Mais pas de problèmes, pas de quoi s'inquiéter.* Mike était probablement au cinéma et tout finirait par s'arranger. *Tout va bien...*

– Hé !

Le cri d'Eddie la fit sursauter.

– Qu'est-ce qui se passe ?

Elle savait déjà ce qu'il lui dirait : le nom d'une voiture italienne, probablement.

Il se retourna pour regarder par la lunette arrière.

– Wow ! Une Studebaker. (Il perdit de vue le véhicule.) Enfin... je crois. Mike aurait pu le dire, conclut-il sur un ton catégorique.

La lumière l'éblouissait. Penché sur le volant de la Mercedes, il avait dû garder les yeux mi-clos pour conduire au cœur de ce brasier et les larmes contenues avaient fini par se libérer et tracer des traînées boueuses sur la terre maculant son visage.

Bedell ouvrit la portière cabossée, se glissa hors du véhicule, et traversa furtivement l'allée, conscient que tous les passants l'observaient. *Ils ont vu, ils ont tout vu.* En glissant la clé dans la serrure de la porte d'entrée, il regarda par-dessus son épaule et nota qu'un gosse au sourire insolent l'étudiait tout en filant sur une planche à roulettes qui faisait un fracas de tous les diables. Bedell claqua la porte et s'y adossa en haletant, heureux de s'être soustrait à la curiosité de ceux qui l'épiaient.

La pénombre régnant dans l'appartement était reposante. Les rideaux filtraient la lumière et métamorphosaient les lieux en une caverne obscure. Tout en reprenant haleine, il parcourut les pièces vides du regard. Le sang qui avait coulé du cuir chevelu de Kinross formait une tache au centre de la moquette de la salle de séjour. Il se demanda s'il était possible de la nettoyer, de faire disparaître cette maudite preuve avant de remonter en voiture et de filer loin de L.A. *Inutile*, décida-t-il. *Superflu*. Il ne lui restait qu'à fuir, le plus loin possible. Et chaque minute écoulée représentait plus d'un kilomètre.

Pars. Contente-toi de filer.

Il avait caché de l'argent dans un des livres rangés sur les étagères. En cas d'imprévu... cette pensée le fit rire. Il retira la liasse de billets glissée entre les pages et laissa tomber le livre sur le sol.

Bordel de merde. Il recompta son pécule avec des mains tremblantes. Deux mille, très exactement... *C'est tout ?* Il avait pourtant mis de côté une somme plus importante, il en était certain, et il n'avait pu faire de telles ponctions dans ses économies. Il sortit les autres livres, les secouant l'un après l'autre avant de les jeter à ses pieds.

Les billets étaient moites et froissés dans son poing serré, lorsqu'il renonça et les fourra dans sa poche. Il devait se faire une raison. C'était tout ce qui lui restait et il avait été trop éprouvé pour ressentir autre chose que la lassitude qui lestait ses membres.

Pars.

Il était épuisé. Ses muscles douloureux pesaient

sur ses os et faisaient ployer ses genoux tremblants, l'attirant vers le sol. Il eût aimé pouvoir se coucher en chien de fusil sur la moquette, se rouler en boule loin de la tache centrale et s'abandonner à un sommeil réparateur. Mais il n'en avait pas le temps. Le cadavre ne tarderait guère à être découvert dans le lit du torrent asséché, et les rouages de la police se mettraient en action, broyant tout entre leurs dents. Mais, pour l'instant, ce n'était pas la police qui l'inquiétait et l'incitait à agir sans faire cas de la souffrance que lui infligeaient ses yeux cuisants, torturés par l'effort nécessaire pour les garder ouverts.

Il gagna la chambre et fourra tous les vêtements propres qu'il put trouver dans un sac de supermarché. Il savait qu'il devait se hâter et aller loin.

Avant la tombée de la nuit.

S'il s'endormait, il ne pourrait s'éveiller avant le coucher du soleil. Et il sombrerait alors dans la démence.

Parce qu'elle est toujours en moi, pensa-t-il en tassant une poignée de chaussettes dans le sac. *Cette merde.* Le répit accordé par la drogue, la disparition des murmures et des sourires de ce visage aux longs crocs, se poursuivrait peut-être pendant tout le jour. Cela lui permettrait de fuir cette maison qui semblait imprégnée par les effets de la drogue, comme la moquette l'était par le sang de Kinross. Il passerait la nuit prochaine loin de là : dans une chambre de motel ou dans la voiture garée sur l'accotement d'une route déserte. Un lieu où il lui serait possible de résister à la prochaine onde d'hallucinogènes charriés par son sang. Il pourrait s'enivrer et duper ainsi son adversaire. Nuit après nuit, jusqu'au jour où il serait à l'autre bout du pays et qu'il se procurerait des médicaments : en débitant des histoires déchirantes au pharmacien d'un trou perdu; en achetant des tranquillisants à des collégiens; tout ce qui permettrait de garder l'Hôte captif au fond de lui, de l'empêcher d'en resurgir, même au cœur de la nuit. *Il existe des solutions.* Il regarda la chambre, s'assurant de n'avoir rien oublié. *J'ai seulement besoin de temps, c'est tout...*

La sonnerie du téléphone lui parvint de l'autre pièce et l'attira vers la porte. Elle s'interrompit, coupée par le répondeur.

Sur le seuil, il écouta l'enregistrement de sa propre voix. Puis il se rapprocha de l'étagère sur laquelle se trouvaient l'appareil et le poste téléphonique, à l'instant où un signal invitait la personne qui appelait à laisser un message.

– Bedell, aboya l'amplificateur du répondeur. Tu es là ?

Il reconnut la voix et sa gorge se serra. C'était Tyler. Son épiderme se tendit sur ses bras, l'empêchant de décrocher le combiné. Il devrait se contenter d'écouter les mots amplifiés par l'appareil. Après quelques secondes d'attente, la voix de Tyler en jaillit à nouveau : dure, atone. Bedell était conscient que les câbles séparant les deux postes n'étaient pas seuls en cause.

– D'accord. Je veux que tu fasses quelque chose, dès que tu rentreras et écouteras ce message. C'est extrêmement important, alors écoute-moi bien. (Les derniers cristaux de drogue fondirent et emplirent la bouche de Bedell d'amertume.) Je sais, fit Tyler.

Il semblait susurrer des murmures à l'oreille de Bedell, qui éprouvait des difficultés à discerner les voyants rouges clignotants du répondeur à travers les ombres envahissant la pièce. Des nuages dissimulaient le soleil et assombrissaient les fenêtres, derrière les rideaux.

– Je sais tout.

Tyler ne paraissait ni en colère ni pressé. Il semblait sourire, être le détenteur de secrets ne pouvant être exprimés qu'à voix basse.

Bedell dut s'adosser au mur pour écouter la suite. L'amertume envahissait sa gorge, lui donnant des nausées.

– Je le sais, parce que j'étais là-bas. Avec toi. Nous sommes tous réunis, à présent. J'ai vu ce que tu as fait. Et à présent tu as peur. Je le sais.

Bedell tendit une main tremblante vers les câbles raccordant les deux appareils, dans l'intention de les arracher et de faire taire la voix qui s'élevait dans la pièce obscure.

– Tu as peur, pas vrai ?

Il ricanait. Bedell n'avait jamais entendu Tyler parler ainsi. Ses paroles se fondaient et se métamorphosaient en autant de mots aux arêtes tranchantes.

– Pas vrai ? Tu voulais faire ce voyage et découvrir les ténèbres. Mais tu n'en étais pas digne. Tu as été épouvanté. Tu es mort de trouille, pas vrai ?

Arrête ça ! Il leva le poing pour l'abattre sur l'appareil, mais en fut incapable. Les murmures continuèrent de le harceler.

– Tu n'iras nulle part. (Il savait qu'à tout instant des rires pourraient se substituer à cette voix.) Tu vas m'attendre.

Non... par pitié... L'air qui obstruait sa gorge l'empêcha d'articuler cette supplique et ses jambes cédèrent. Il glissa le long du mur et se retrouva agenouillé sur le sol.

– À bientôt.

Il ferma les yeux. Le cliquetis marquant la fin de la communication fut étouffé par la distance. Ses doigts se refermèrent sur les fibres de la moquette et s'y enfoncèrent. Il prenait conscience qu'une autre voix s'était substituée à celle de Tyler, à la fin du message. Il l'avait déjà entendue, sortant des lèvres du cadavre de Kinross qu'un sourire retroussait sur ses dents jaunies.

Il ramena ses genoux contre sa poitrine et laissa sa tête reposer sur le sol. Il avait des difficultés à discerner les contours de la fenêtre, derrière les rideaux, tant la clarté du jour s'était affaiblie. Dans cette pénombre, il entendait les murmures d'une voix rieuse gravée dans sa mémoire.

Les portes de verre du cinéma étaient bloquées par une chaîne de métal enroulée autour des barres chromées et fermée par un cadenas. *Eh bien, voilà qui règle la question,* se dit Steff. Intrigué, Eddie étudia sa mère qui plaçait sa main en visière sur ses sourcils afin de scruter le hall obscur. Mike avait dû fermer la salle après la dernière séance et être allé... *Dieu sait où.*

– Il est là ? demanda l'enfant après avoir également étudié l'intérieur.

Il avait laissé son vaisseau spatial dans la voiture garée contre le trottoir.

– Je ne crois pas...

Attends, attends. La porte de derrière. Les cinémas avaient au moins une issue de secours. Elle donnait probablement dans l'impasse, derrière le bâtiment. À moins que ce type dont elle avait oublié le nom... le projectionniste... n'eût fermé ces portes en partant, sur l'ordre de Mike qui ne souhaitait pas être dérangé.

Steff devait s'en assurer. Elle sortit de sa poche le trousseau de clés que Mike rangeait dans un tiroir de la cuisine. La troisième qu'elle essaya était la bonne. Le cadenas s'ouvrit dans sa main. Elle déroula la chaîne et poussa une des portes.

– Mike ?

Le battant de verre se referma sur Steff et Eddie, les enfermant dans le silence et la pénombre du hall. Seul le tube fluorescent de la vitrine des confiseries fournissait un peu de lumière et les couloirs latéraux étaient plongés dans l'ombre.

– Hé, Mike...

Pas un bruit. L'épaisse moquette assourdissait leurs pas. Eddie lâcha sa main, courut vers la borne-fontaine et se dressa sur la pointe des pieds pour lever sa bouche vers le jet d'eau gargouillant. Il savait où se trouvaient les petites marches permettant à quelqu'un de sa taille de boire. Il avait assez souvent accompagné Mike au cinéma, visité la cabine du projectionniste et même le placard à balais sous les toilettes, pour avoir gravé la disposition des lieux dans sa mémoire.

Il revint en essuyant sa bouche du dos de la main.

— J'avais soif.

— Ouais, mais reste près de moi. Je ne tiens pas à devoir partir à ta recherche.

Une vague claustrophobie, que tout le monde devait éprouver, selon elle, dans un bâtiment vide et plongé dans l'obscurité, raidissait son dos. Des clochards parvenaient parfois à entrer en se glissant tels des rats dans les bouches d'aération, afin de faire un petit somme sans être dérangés avant le retour du personnel. Elle en voyait à longueur de temps sur le campus : des pauvres hères pelotonnés sous les escaliers extérieurs, avec, à proximité, leurs chariots à provisions bourrés de haillons et de cartons.

J'aurais dû prendre une lampe de poche, se dit-elle en regardant dans le couloir au bout duquel se trouvait le bureau de Mike, derrière la caisse. *Allons, allons. Reprends-toi, ma vieille. Il n'y a personne, ici. Tu n'as aucune raison de t'inquiéter. On dirait que tu prends plaisir à te faire peur, bon Dieu.*

Elle désigna la vitrine des confiseries à Eddie :

— Toi, tu vas rester ici. Et ne bouge pas, c'est compris ? (Il hocha la tête, intrigué par les cartons et les papiers aux couleurs vives.) Je reviens tout de suite.

Elle s'engagea dans le couloir, et la gangue de glace qui s'était formée autour de sa colonne vertébrale descendit jusqu'à son aine. *Arrête, arrête*. Elle parvenait seulement à discerner le bouton de porte et la plaque ENTRÉE INTERDITE se trouvant à hauteur de ses yeux.

– Mike ?

Steff frappa mais n'entendit rien à l'intérieur.

Elle voulut tourner le bouton et découvrit que la porte était verrouillée.

– Merde.

Elle reprit le trousseau de clés et les essaya tour à tour. Le battant s'ouvrit enfin. Elle entra, sentit son estomac se serrer, et donna de la lumière.

Rien, à l'exception du bureau couvert de papiers, de fiches, d'affiches toujours enroulées. Tout était identique à ce qu'elle avait vu lors de ses visites précédentes, avec les gobelets en papier et les cercles bruns de café sur le meuble-classeur, l'angle inférieur d'une affiche de *2001 – l'odyssée de l'espace* s'enroulant sur lui-même depuis que la punaise avait été récupérée pour accrocher un soutien-gorge à la paroi opposée : le dernier en date que les femmes de ménage avaient trouvé sous la travée du fond de la salle.

Mais Mike ne s'y trouvait pas. Rien ne prouvait qu'il était seulement passé au cinéma, la veille. *Qui sait ?* Dans son estomac, le bloc de glace venait de fondre, ne laissant que du vide. Bien qu'inquiète *(terrifiée)* elle avait également éprouvé un peu d'espoir. Elle comptait être fixée. Mais rien... elle ne savait quoi faire, où poursuivre ses recherches.

Le projectionniste, peut-être ? Un soir où elle accompagnait Mike, elle avait rencontré ce jeune homme, un grand blond dégingandé avec les Adidas les plus sales qu'il lui avait jamais été donné de voir. Il y avait encore la caissière, la fille du bar... n'importe quel employé pourrait lui apprendre s'il était passé, quand il était reparti, s'il avait précisé où il comptait se rendre. Elle passa derrière le bureau et repoussa le fauteuil pour regarder les papiers dispersés sur le plateau. *Il a probablement un répertoire, une liste des numéros de téléphone où il peut les joindre en cas de besoin.*

Elle écarta deux affiches enroulées. Un petit objet bicolore... vert et jaune... retint son regard.

Elle le prit entre le pouce et l'index puis le retourna lentement. La chose lui était familière. Pendant un instant, elle vit les doigts de Mike envelopper plusieurs de ces cylindres colorés dans un petit rectangle de feuille d'aluminium.

Une de ses gélules.

Le vide laissé dans son estomac par la fonte de la glace n'était pas assez vaste pour contenir le nouveau bloc qui s'y forma et l'empêcher d'atteindre son cœur.

Il l'a perdu. Voilà tout. Il en mettait tant dans sa paume, avant de les avaler avec une gorgée d'eau. Elle l'avait vu faire cela si souvent, debout devant l'évier de la cuisine. S'il n'en avait jamais laissé tomber une seule, il en prenait combien... combien de fois par jour ? Il était inévitable qu'une gélule glisse de sa main, une fois de temps en temps. *Un accident. C'est tout,* se répéta-t-elle en faisant rouler l'enveloppe lisse entre ses doigts.

Puis elle nota une autre tache colorée, en partie dissimulée par une liasse de papiers. Lorsqu'elle la ramassa, la poudre blanche qu'elle contenait se répandit sur ses doigts. L'enveloppe était brisée, écrasée.

Elle fit un pas en arrière et vit une pilule blanche sur le sol.

– Maman...

Steff pivota vers Eddie qui en avait eu assez d'attendre devant la vitrine des confiseries et se tenait sur le seuil de la pièce. Elle ignorait depuis combien de temps elle se trouvait dans le bureau de Mike.

Elle referma la main sur les médicaments, pour les dissimuler.

– J'ai presque terminé, promit-elle en se penchant vers son fils. Retourne dans le hall, d'accord ? Je te rejoins dans deux minutes.

Lorsqu'il eut regagné le couloir, visiblement à contrecœur, elle reporta son attention sur le bureau. La rapidité de ses pensées les rendait fragmentaires. *Il s'est passé quelque chose... il a fait une bêtise...*

La corbeille à papier. Elle la vit à côté du fauteuil, la ramassa et la vida sur le bureau.

Les flacons orange s'entrechoquèrent et leurs couvercles blancs s'éparpillèrent sur le plateau. Les sacs en papier de la pharmacie avaient été roulés en boule.

– Seigneur !

Il l'a fait. Tout ce qui s'était produit depuis la publication de la photo de son ex-femme dans le journal, les divagations de cette cinglée sur l'enfant décédé... tout cela l'avait poussé à jeter ses médicaments. Probablement dans les toilettes. Une méthode consacrée pour se débarrasser des drogues. Et pourquoi ?

Parce que ce traitement l'empêchait de sombrer à nouveau dans la folie. Et Mike enviait ce que Linda avait possédé.

Leur fils. Bryan.

Le choix était simple : rester sain d'esprit et laisser son fils dans la petite tombe d'un cimetière à la pelouse bien entretenue, ombragée par des palmiers qui hochaient majestueusement la tête *(Bref fragment de souvenir : elle s'avançait pour le découvrir assis au pied du lit d'Eddie, étudiant l'enfant endormi.)*, ou se débarrasser des médicaments et aller *la* rejoindre dans cet univers imaginaire composé d'un passé et d'illusions où Bryan vivait toujours. *(Un doux murmure. Tu es à présent à l'inté-*

rieur... où avait-elle entendu ces paroles ? Le rêve,
oui, ce rêve.)

Le moment était venu. Elle le savait. C'était écrit
sur les flacons vides. Elle devait entamer le lent
processus de l'oubli. Il s'était rendu en un lieu où
elle ne pourrait le suivre.

Des larmes brouillèrent brusquement sa vision et,
cédant à la colère, elle jeta les gélules à l'autre bout
de la pièce.

– La salope !

Elle avait besoin de se représenter un visage sur
lequel déverser sa fureur, et celui de la femme dont
le portrait avait été publié dans le *Times* ferait
l'affaire. Linda avait gagné. Mike irait la rejoindre et ils
vivraient à nouveau ensemble dans un monde imaginaire commun, même s'ils étaient enfermés dans des
cellules différentes. C'était la vie. L'amour ne pouvait
exister que dans la mesure où le passé s'abstenait de
refaire surface et permettait de garder pour soi l'être
aimé. Parce que le passé était plus fort que tout.

(Il est renforcé par tes craintes; la peur des choses
terrifiantes que Mike a tenté de te dissimuler, les
photos de cadavres qui figurent dans la section cen-
trale de ce maudit livre.)

Non.

Elle fit reposer ses poings serrés sur le bureau et
retint sa respiration, jusqu'au moment où ses poumons semblèrent sur le point d'éclater. Des larmes
coulèrent de ses yeux. *Non.* Elle devait surmonter
sa frayeur. *Je le retrouverai.*

(Elle était en colère contre elle-même; elle se
reprochait ses peurs; c'était injuste, *c'est injuste.)*

Elle se redressa, essuya ses joues et parcourut la
pièce du regard. Le projectionniste ne pourrait rien
lui apprendre. Les employés du cinéma savaient
seulement que Mike était venu, puis reparti. Seuls
les personnages de cet autre monde, celui du passé,
savaient pour quelle destination.

L'angle d'un petit rectangle de bristol blanc dépassait d'une pile de papiers : une carte de visite, avec des mots griffonnés au verso. Elle la retourna et lut les caractères d'imprimerie. *Bedell. Cet écrivaillon.* Il doit savoir. Mike lui avait appris que cet homme collectionnait tous les documents se rapportant au Groupe Wyle ; l'œuvre de sa vie. *Il a téléphoné à Mike, pour lui parler de Linda et de toutes ces absurdités.*

Et elle avait désormais son adresse.

– Viens.

Elle ralentit le pas pour saisir la main d'Eddie au passage et ne prit pas le temps de cadenasser à nouveau les portes du cinéma.

Il l'entendait se déplacer autour de la maison... flairant portes et fenêtres comme un gros chien : un doberman aux yeux tour à tour vitreux puis si limpides qu'il redoutait de tomber dans les profondeurs de leurs pupilles noires. Assis sur le sol, le visage enfoui entre ses genoux, Bedell voyait ses babines retroussées sur des crocs pointus... et la créature riait. Elle se moquait de l'homme qui pleurait et se berçait lui-même à l'intérieur de cette maison.

Bedell ignorait depuis combien d'heures il attendait, incapable de partir, incapable de s'enfuir. Tant que l'autre l'attendrait là-dehors... l'obscurité l'empêchait de savoir si le temps avait continué de s'écouler. *Peut-être fait-il déjà nuit ?* Il essuya son visage sur le tissu imbibé de larmes de son pantalon. *Peut-être fera-t-il toujours nuit ?*

Pendant quelques instants, il avait cru ne pas être seul dans la maison. Au sein de l'obscurité, la tache maculant la moquette s'était agrandie, alimentée par du sang suintant d'une blessure invisible, jusqu'au moment où elle avait pris forme humaine. Bedell n'osait pas relever les yeux vers ce qui ressemblait au corps de Kinross gisant au milieu de la pièce, juste à la limite de son champ de vision. Tout laissait croire que ce qui s'était passé la nuit précédente n'avait jamais eu lieu, que le cadavre ne l'avait pas accompagné dans les méandres de l'autoroute, en lui adressant des sourires et des murmures. Quand la tête de la chose s'était redressée, pour le regarder, Bedell avait enfoui plus profondément son visage entre ses genoux. Le cadavre avait alors tendu la main, pour le toucher, et l'homme s'était contenté de fermer les paupières, refusant de voir ses traits...

Mais cela appartenait au passé. Bedell était finalement parvenu à rouvrir les yeux. Cependant, s'il n'avait vu alors qu'une simple tache sur la moquette, il entendait depuis ce moment la chose à l'extérieur. Juste à la frontière du silence. La créature se déplaçait, venait le lorgner derrière les fenêtres aux rideaux tirés. Bedell restait accroupi, le dos voûté, tendant l'oreille. Le voyant rouge du répondeur clignotait au-dessus de sa tête, lui signalant qu'un message avait été enregistré : les mots tout d'abord prononcés par la voix de Tyler, puis par celle d'un autre être.

L'air vibra à l'intérieur de la maison vide. Bedell releva la tête, intrigué, puis comprit l'origine de ces bruits.

On frappait à la porte.

– Reste ici, ordonna-t-elle à Eddie.

Elle venait de garer la Toyota devant l'allée menant à la maison de Bedell.

– Où vas-tu ?

Elle récupéra la clé de contact et désigna la villa.

– Rendre visite à la personne qui habite ici. J'en ai seulement pour deux minutes, compris ? Alors, ne bouge pas.

Elle suivit rapidement l'allée, passa devant une Mercedes marron dont l'avant droit était cabossé, puis glissa dans son jean la carte de visite trouvée au cinéma.

La villa semblait déserte. Derrière les haies méticuleusement taillées, les rideaux des grandes fenêtres donnant sur la rue étaient tendus. Aucun bruit ne s'éleva de la demeure lorsqu'elle pressa le bouton de la sonnette, sous la plaque de cuivre du numéro.

Elle inclina la tête vers le battant.

– M. Bedell ? fit-elle avant de se redresser et de frapper. Il y a quelqu'un ? (Le silence. Elle frappa à nouveau, plus énergiquement.) Bedell ? Êtes-vous là ?

Merde. Elle mordilla sa lèvre inférieure tout en regardant la voiture et Eddie qui l'observait. *L'attendre ?* C'était l'unique solution. Bedell était le seul fil conducteur menant à Mike. Mais combien de temps pouvait-elle se permettre de perdre ?

Bedell dormait peut-être. Il était tôt, surtout pour une personne qui n'avait aucun horaire à respecter. *Et nous sommes samedi, bon Dieu.* En temps normal, elle eût encore été couchée, à cette heure.

Steff s'éloigna dans le jardin. Elle venait de noter un léger entrebâillement entre les rideaux. Peut-être découvrirait-elle des signes de vie, à l'intérieur.

Il se mit à quatre pattes, rampa jusqu'à la fenêtre, et écarta les tentures sur quelques millimètres.

Une femme se tenait sur le perron. D'où il se trouvait, Bedell ne pouvait la voir que de dos. *Qui est-ce ?* Ses pensées se mirent à tournoyer quand elle cria son nom. *Que me veut-elle ?*

L'épaule de la femme amorça un mouvement pivotant et il colla son visage à la vitre, pour bien voir son visage.

Et il sut.

Quand elle le fixa, son regard traversa le verre pour venir l'épingler. Un tampon d'ouate enfla dans la gorge de l'homme, l'empêchant d'inspirer. Puis les pupilles noires de la femme se dilatèrent et la nuit en jaillit.

La chose eut un rire et s'écarta de la véranda, pour venir vers lui. Ses lèvres se retroussèrent sur des crocs acérés et il revit les traits du visage qui s'était superposé à celui du cadavre pour lui adresser des sourires et des murmures tout au long de la nuit. À présent, ses dents étaient encore plus longues et luisantes de salive, alors que son rire s'amplifiait et se répercutait dans la rue, assourdissant. Il recula en hâte de la fenêtre.

Trop tard. L'être d'une pâleur cadavérique, l'unique chose visible dans les ténèbres régnant à l'extérieur, venait de le voir. Il savait que quand cette créature le toucherait, son contact serait celui d'un corps en putréfaction. La blancheur de son visage était celle de la chair en décomposition autour des puits noirs de ses yeux. Et elle se tendrait vers lui à travers la fenêtre, la nuit se déverserait à l'intérieur de la maison, et il se retrouverait seul avec elle, au sein des ténèbres éternelles.

Pars...

Il parvint à se relever et à courir jusqu'à la porte, à trouver à tâtons la poignée et à ouvrir le battant. Il nota un mouvement à la limite de son champ de vision : la chose qui habitait ce corps de femme pivotait devant la fenêtre. Les yeux de la tête de mort l'étudièrent alors qu'il s'engouffrait dans la Mercedes.

La clé... Il fouilla dans ses poches et ses doigts se refermèrent sur quelques pièces de monnaie. La créature venait vers la voiture, d'une démarche lente, nonchalante.

Il trouva la clé et mit le contact. Le grondement du moteur se mêla à celui de l'être surnaturel.

La Mercedes recula dans l'allée et descendit le trottoir à quelques centimètres de la voiture garée devant chez lui. Bedell enclencha aussitôt la première et fut repoussé contre le dossier de son siège par l'accélération.

Elle se retourna en entendant la porte s'ouvrir. Un homme, au visage livide sous la terre qui le maculait, la regarda, bouche bée. Elle le reconnut. Elle avait vu son portrait sur la jaquette du livre.

Il s'était installé dans la Mercedes avant qu'elle eût atteint l'allée. Elle vit ses mains sales serrer le volant, derrière le pare-brise, puis le véhicule démarra et suivit une trajectoire incurvée jusqu'à la rue, frôlant la Toyota au passage.

– Hé !

Elle courut vers le trottoir en agitant les bras, mais la Mercedes avait déjà dépassé l'extrémité du pâté de maisons lorsqu'elle l'atteignit. Bedell disparaîtrait sur le boulevard dans un instant.

Eddie sautait sur son siège, les yeux écarquillés. Steff se glissa derrière le volant.

– *Fwoosh !*

Il leva une main au-dessus de sa tête pour commenter en langage gestuel le départ de l'autre voiture.

Comme à la télé, pensa-t-elle.

– Assieds-toi, mon chéri. D'accord ?

Elle mit le contact et vit la Mercedes virer sur la droite, au bout de la rue.

– Et arrête de sauter comme ça !

Elle crut un instant avoir perdu Bedell dans la circulation qui longeait le lotissement. Elle tendit le cou, cherchant la Mercedes derrière les autres véhicules. *Merde.* Elle était à présent certaine que cet homme savait quelque chose. Ses traits avaient été déformés par une expression de terreur, lorsqu'il s'était enfui de la villa, et il devait exister un rapport entre Mike et ce qui le terrorisait.

Elle voulut accélérer, mais les deux voies étaient encombrées par des voitures qui freinaient à un feu rouge. Des crissements aigus de pneumatiques s'élevèrent d'un point situé devant elle. Elle ouvrit la portière et descendit de l'autre côté de la ligne médiane. Dans un concert de klaxons, un break arrivant de la rue transversale stoppa en dérapant au milieu de l'intersection. La Mercedes poursuivit sa route, sans ralentir.

– Allez...

De retour dans la voiture, elle exhortait les autres de redémarrer. Ils attendirent que le feu eût passé au vert pour obtempérer, avec lenteur.

– M'man...

La poursuite semblait avoir perdu une partie de ses attraits, pour Eddie. De la peur se lisait sur son visage.

– Tout va bien, mon chéri, fit-elle en conduisant d'une main pour tapoter le genou de son fils. Cramponne-toi et reste tranquille, d'accord ?

Il hocha la tête avec gravité.

Un des véhicules de la file de droite se gara. Steff se glissa dans l'espace laissé vacant et écrasa la pédale de l'accélérateur.

Il devait se rendre en un lieu fréquenté par d'autres personnes. Se perdre dans la foule. Il y serait en sécurité. Le soleil reflété par les véhicules criblait ses yeux d'écrardes enflammées, mais il voulait malgré tout se rendre dans un endroit illuminé, sans recoins sombres d'où cet être risquait de resurgir.

La rue perdait de sa netteté, autour de lui. Une masse de métal et de verre emplit son champ de vision. Sans importance, il n'avait pas le temps de s'y intéresser. Chaque seconde était précieuse. Le volant était un objet moite sous ses paumes, dissocié de la circulation qui se ruait autour de lui en hurlant.

Il savait avoir commis une erreur en voulant se cacher. *Là où je croyais que personne ne pourrait me voir. Dans l'obscurité.* Parce que les ténèbres étaient *Son* royaume. C'était là que vivait la créature livide aux pupilles noires. Elle se repaissait de la nuit, la déchiquetait de ses crocs acérés, puis la régurgitait en collant la chair flasque de son visage au sien jusqu'au moment où sa gorge était emplie de vomissures amères qui l'étouffaient...

D'autres gens. Il hocha la tête tout en mâchonnant sa lèvre inférieure. *Tout autour.* Alors, il serait en sécurité.

Il se sentait moins oppressé, depuis qu'il avait quitté la villa. Il parvenait à inspirer de l'air dans ses poumons, bien qu'il fût seul dans cette voiture toujours empuantie par l'odeur de Kinross : tabac froid et nourriture en décomposition dans des entrailles en putréfaction. Il était entouré d'autres personnes. Les véhicules étaient occupés par des êtres vivants.

Le conducteur de la voiture voisine l'étudiait. Il sentait la caresse de son regard sur son visage. Il tourna la tête.

Et un sourire incurva une bouche livide.

Le hurlement de Bedell rouvrit une blessure non cicatrisée, au fond de sa gorge. Il tourna brusquement le volant pour s'écarter de l'autre voiture, sans se préoccuper de savoir où il irait.

Son front fut projeté contre le volant quand le pilier vertical d'un feu de circulation apparut devant le capot et stoppa la Mercedes.

Il se glissa sur les sièges et sortit du côté du passager, fuyant les choses métalliques qui filaient sur la chaussée. Il voyait, au-delà du trottoir, un bâtiment de verre cerné par une mer d'asphalte noire striée de lignes blanches en épi.

On trouvait des gens, à l'intérieur de ce bâtiment. Et de la lumière. Il le savait. *Je serai en sécurité, là-bas...* la seule pensée qui subsistait, le choc ayant projeté les autres hors de son esprit.

Le lierre rampant le fit trébucher lorsqu'il dévala le talus du pourtour de l'aire de stationnement. Il se releva aussitôt et repartit en courant vers le centre commercial.

Elle repéra la Mercedes, abandonnée sur le côté de la rue. Une flaque d'eau s'était formée sous le radiateur, derrière la calandre défoncée.

Elle gara la Toyota et descendit. Elle courait vers la portière ouverte de la voiture allemande quand elle nota la piste d'herbe piétinée s'éloignant du trottoir. Bedell avait atteint le milieu du parking du centre commercial. Sa course était titubante, et il devait prendre appui sur les ailes des véhicules garés pour ne pas s'effondrer.

Elle remonta dans la Toyota, passa la première, contourna la Mercedes et se dirigea vers l'entrée de l'aire de stationnement. Recroquevillé au fond de son siège, Eddie lui adressait des regards apeurés.

S'il atteint l'entrée... Elle savait qu'elle perdrait la trace de l'homme, et de tout ce qu'il pouvait savoir sur Mike. S'il se précipitait à l'intérieur de la galerie marchande en courant, terrorisé, sale, les yeux hagards... Les gardes le ceintureraient et appelleraient la police. Et tout serait fini. Elle vira dans le parking, laissant derrière elle l'enseigne du centre commercial : des lettres clignotantes sur un obélisque de béton.

Elle vit Bedell derrière les toits d'une rangée de voitures, courant toujours. Il n'était plus qu'à quelques mètres de l'auvent de pierre encadrant l'entrée de la galerie marchande et ses mains se tendaient déjà vers les portes de verre.

Elle arrêta la voiture devant le bâtiment, à temps pour voir Bedell disparaître à l'intérieur.

– Reste là ! cria-t-elle à Eddie.

– Non !

Terrifié, l'enfant saisit le bras de sa mère et s'y agrippa.

Elle n'avait pas le temps de le rassurer, de lui promettre qu'elle reviendrait tout de suite. Elle prit sa main et le tira hors du véhicule, puis se mit à courir vers l'entrée avec lui.

L'air conditionné de la galerie marchande rafraîchissait son visage en sueur. Des lumières et des couleurs vives, criardes... et aucune ombre, pas de ténèbres, seulement l'éclat aveuglant du soleil qui pénétrait par le toit de verre du passage à l'intérieur duquel tous les sons étaient répercutés. Il poursuivit sa fuite en direction de la lumière. Il titubait, levait les bras vers la clarté salvatrice.

Et les gens. Il voyait de nombreuses personnes, tout autour de lui. Leurs silhouettes étaient brouillées par ses larmes. Il libéra son souffle, dans un sanglot de soulagement. Il était sauvé. Les ténèbres extérieures ne pourraient pénétrer en ce lieu où tout était lumineux, au point de l'aveugler.

Puis sa vision recouvra une certaine netteté.

Toutes les personnes présentes dans la galerie marchande se tournèrent vers lui, semblant vouloir lui souhaiter la bienvenue.

Et elles lui sourirent.

Le centre commercial venait d'ouvrir ses portes et les devantures de quelques boutiques étaient toujours protégées par leurs grilles de sécurité, alors qu'à l'intérieur des vendeurs modifiaient la disposition des chaussures et des vêtements exposés dans les vitrines, allumaient des rangées de téléviseurs, triaient la monnaie dans les tiroirs-caisses. Elle passa devant eux en courant, tirant Eddie derrière elle.

Puis elle entendit le hurlement. Un son aigu, gémissant, que les mots qu'il tentait de crier finirent par étouffer.

Bedell était immobile, sous le dôme central, acculé contre une rambarde au point d'intersection des passages de la galerie marchande. Sur le balcon opposé, de l'autre côté du puits s'ouvrant sur les niveaux inférieurs du centre, des adolescents le regardaient, bouche bée. Un garde en uniforme bleu courait vers lui tout en décrochant une paire de menottes de sa ceinture.

Elle lâcha la main d'Eddie et se mit à courir. Peut-être aurait-elle encore le temps d'apprendre où se trouvait Mike, avant que Bedell fût emmené par le garde. Seulement quelques mots, c'était tout...

Mais il la vit, et la terreur métamorphosa ses traits. Sans détacher les yeux de Steff, l'homme hurla à nouveau et recula contre la rambarde.

Les personnages au teint cadavérique qui l'entouraient rivaient sur lui leurs yeux noirs, et leurs larges sourires dénudaient leurs crocs pointus.

Puis il le vit approcher; celui qui avait toujours été présent derrière tous ces visages, celui qui insufflait de la vie aux yeux d'un mort, celui qui murmurait des choses entre des dents jaunies de nicotine.

La créature courait vers lui, allait l'atteindre. Derrière elle, les ténèbres d'une nuit éternelle s'engouffraient par les portes de verre. Et, finalement, il ne vit plus que son visage blanc, ses dents qui s'écartaient sur une caverne ténébreuse puant la décomposition et les vomissures.

Les pupilles noires de l'être reflétèrent le visage

de Bedell, lui révélant sa bouche ouverte sur un cri qui déchirait sa gorge.

Puis le masque flasque de chair livide et décomposée tomba, telle une peau morte, à l'instant où la main se tendait pour le toucher.

Le visage n'était que ténèbres.

Et ces dernières engloutirent toutes choses avec le cri qu'il poussa en cherchant une issue.

Elle se trouvait encore à plusieurs mètres de Bedell quand ce dernier cessa de la fixer, pivota et sauta dans le vide.

Le garde hurla à l'instant où Bedell tombait dans le puits qui s'ouvrait sous le dôme central.

Elle vit le corps de l'homme heurter le plus proche des câbles d'acier entrelacés. Le filin pénétra dans sa chair, à la hauteur de son estomac, et toute la toile d'araignée entra en résonance.

Une personne cria, loin de là. D'autres passèrent près d'elle en courant. Elle continua de regarder la scène, paralysée.

Bedell semblait se retenir au câble, avec ses mains collées à son bas-ventre. Puis il releva la tête et un liquide rouge vint gargouiller dans sa bouche.

Finalement, il bascula et poursuivit sa chute. Steff se détourna en collant son poing à ses lèvres.

Vite... Une pensée urgente, pressante. *Ils t'ont vue courir derrière lui, ils savent que tu le connais...*

Elle se glissa au sein de la cohue et alla rejoindre Eddie recroquevillé contre un bac à plantes vertes.

– Viens. (Elle nota les tremblements de la main qu'elle lui tendait.) Chut. C'est fini, mon chéri. Tout va bien.

Elle se dirigea rapidement vers les portes du

centre commercial, prenant sur elle pour ne pas
regarder dans son dos pour s'assurer que personne
ne tendait le doigt dans sa direction. Serré contre
elle, Eddie devait courir pour ne pas se laisser
distancer.

16

Parvenir à ce résultat avait été très long, mais à présent il savait.

Tyler raccrocha et sortit de la cabine du taxiphone. Dans le ciel, un soleil noir absorbait la lumière tel un trou, métamorphosant le jour en nuit. La rue était déserte, à l'exception de quelques passants transis de froid qui se hâtaient de gagner un abri. Les limites de la cité lui étaient révélées à travers les ténèbres, au-delà des contours des immeubles.

Ça y est, pensa-t-il en se glissant derrière le volant. *Après tant d'années.*

Cet appel à Bedell représentait l'ultime préparatif avant de passer à l'action. Tyler supposait que l'écrivain se trouvait chez lui et avait écouté le message sur le répondeur. Et il savait que cet homme suivrait ses instructions.

Bedell irait le rejoindre là où il se rendrait. Les vibrations du moteur remontèrent dans son bras, transmises par la clé de contact. Il lui semblait que sa main avait traversé le tableau de bord pour se refermer sur le métal palpitant. Il garda un instant les paupières closes, puis serra ses doigts sur le volant et quitta la rue en direction de la voie rapide.

Elle parvint à garder son calme le temps de s'éloigner de l'entrée de la galerie marchande et de gagner un recoin éloigné de l'aire de stationnement.

Les plaintes d'une sirène s'élevèrent à l'instant où elle laissa son front reposer sur le volant et se mit à pleurer.

– Maman...

Eddie venait de se pelotonner contre son épaule.

Elle mordit sa lèvre inférieure afin d'empêcher un sanglot de franchir sa gorge et essuya ses joues humides de larmes, avant de relever le visage vers son fils.

– Ça va, affirma-t-elle en berçant l'enfant contre elle. Ce n'est rien, mon chéri. Ce n'est rien. Tout va bien.

Elle serra Eddie avec plus de force et tenta de comprimer la peur qui entravait sa respiration pour en faire une boule assez petite pour être déglutie.

Les hurlements de la sirène s'amplifièrent. L'ambulance pénétra sur l'aire de stationnement. Steff savait qu'elle arrivait trop tard... Il lui suffisait de fermer les yeux et de s'aventurer dans la pénombre du souvenir pour revoir le sang surgir des lèvres de Bedell suspendu à son câble. S'il n'avait pas été tué par la chute, la terreur présente dans ses yeux, dans le regard tremblant rivé au sien alors qu'il agrippait la rambarde se trouvant derrière lui, était parvenue au même résultat. Elle ignorait ce qu'il avait cru voir venir vers lui, quelle avait été sa vision, mais elle était consciente que cela l'avait détruit de l'intérieur, ne laissant de lui qu'une enveloppe de chair livide d'où jaillissait un cri. Le câble qui avait tranché ses entrailles et les dalles encaustiquées sur lesquelles s'était écrasé son corps ensanglanté avaient représenté pour lui le salut. La libération de ce qu'il voulait fuir.

Steff n'avait pu voir cette chose mais en avait été malgré tout terrifiée. *Il existait un rapport avec*

Mike... et cette certitude pesait comme du plomb dans son estomac où venaient s'assembler les petites pièces de ce puzzle : les gélules écrasées dans le bureau du cinéma, Mike assis au pied du lit d'Eddie et plongé dans la contemplation de l'enfant, la photo parue dans le journal et tout le passé qui en avait resurgi.

Il est temps de renoncer, se dit Steff en serrant son fils contre elle. Il ne lui restait qu'à téléphoner à un policier, ou à ce Herlihy, pour lui annoncer que Mike avait interrompu son traitement et errait dans les rues, en proie à la folie. C'était aux autorités de le retrouver et de le ramener là où il aurait dû rester, là où des médecins pourraient l'aider... ou prétendaient pouvoir l'aider. Et s'ils ne parvenaient pas à effacer le passé, ils le chargeraient de plus lourdes chaînes, multiplieraient les injections afin de le reléguer hors du champ de sa vision aveuglée.

Et peut-être... il est possible qu'ils t'accordent un droit de visite... bien que tu n'aies pas été unie à lui par les liens du mariage, uniquement par ceux de l'amour... Tu pourras aller le voir, une fois de temps en temps. Et vous resterez assis pendant les heures de visite, engloutis dans un silence trop dense pour pouvoir être rompu, jusqu'au jour où te rendre au parloir te sera devenu insupportable et que Mike ne notera même pas que tu as interrompu tes visites.

Qui pourrait lui adresser des reproches ? Elle devait penser à son fils. Un enfant effrayé, une mère effrayée. De telles considérations passaient avant les autres.

Il lui suffisait d'admettre que son entourage avait eu raison, qu'elle venait de comprendre ce que les autres savaient depuis toujours. Le passé était plus fort que soi, que n'importe quoi. Aimer était sans objet. Il fallait se résigner à vivre ainsi, en ce monde.

C'était pour cette raison que ses sanglots ne pouvaient s'interrompre. C'était de cela qu'elle avait peur, plus que de toute autre chose.

Une seconde sirène remplaça la première. Elle écarta sa tête de la chevelure soyeuse d'Eddie et regarda dans le rétroviseur. Un véhicule de la police traversait l'aire de stationnement et se dirigeait vers l'entrée du centre commercial.

Pas le temps. Ce n'est pas le moment de rester là, à te morfondre sur ton sort. Elle prit Eddie par les épaules et le fit asseoir à sa droite. Puis elle sortit un paquet de Kleenex de la boîte à gants et essuya son visage, sous le regard inquiet de l'enfant.

Elle remit le contact.

– On va où ? demanda-t-il, à la fois résigné et méfiant.

Elle n'aurait pas eu le temps de le conduire en lieu sûr, même si elle avait eu une amie pouvant s'occuper de lui. *Je dois veiller sur Eddie,* pensa-t-elle en passant la marche arrière. *En priorité.*

– On retourne à notre point de départ.

– Cette maison ? La villa d'où cet homme est sorti en courant ?

Elle recula dans l'allée, puis repartit vers la rue.

– Exact.

Elle craignait qu'il ne lui demandât *pourquoi*... la sempiternelle question des enfants... parce qu'elle n'aurait su quoi lui répondre. Elle savait seulement qu'elle découvrirait là-bas ce qu'elle espérait, ou redoutait, trouver. Bedell s'était enfui de cette maison parce que quelque chose l'effrayait. Elle devait y retourner, le plus vite possible, avant que les policiers n'aient identifié le cadavre et ne s'y rendent à leur tour, sans lui laisser la possibilité de découvrir la nature de ce qui avait provoqué la frayeur de cet homme. Un fil conducteur menant jusqu'à Mike, où qu'il pût se trouver. Sitôt après être sortie du parking, elle inséra la Toyota dans le premier espace libre qui se présenta au sein du flot de voitures.

Quand elle se gara dans l'allée de la villa, la clarté du soleil matinal illuminait la rue et la rosée s'évaporait de la pelouse. Le vaisseau spatial avait glissé sur le plancher de la voiture et se trouvait entre les pieds d'Eddie depuis un bon moment. Steff le ramassa, le tendit à l'enfant, et lui ordonna d'une voix qu'elle tenta de rendre posée :

– J'en aurai seulement pour une minute, mon chéri. C'est promis. Alors, tu vas m'attendre ici, d'accord ?

Il hocha la tête. S'il restait silencieux, il n'était plus contaminé par les émotions de sa mère. Un des ailerons du modèle réduit s'était détaché et il entreprit de le remboîter pendant qu'elle descendait du véhicule.

La porte d'entrée, toujours ouverte, révélait une tranche des pièces obscures derrière les rideaux tirés.

Qu'est-ce qui t'attend, là-dedans ? Un cadavre ? Mike avec des yeux exorbités et un couteau entre les dents ? Ou rien du tout ? Elle poussa le battant et entra.

Sa dernière hypothèse était la bonne. Elle regarda la pièce donnant sur la rue. Une maison vide, pratiquement sans mobilier. Un meuble-classeur contre un mur, une moquette poussiéreuse tachée en son centre. Le plan de travail de la cuisine était encombré d'assiettes sales et de cartons ayant contenu des plats surgelés. Quand elle écarta le rideau d'une porte de verre coulissante, elle découvrit les mauvaises herbes qui s'élevaient à travers le treillis de plastique d'un fauteuil de jardin en aluminium. Une odeur de draps sales lui parvenait d'une pièce où se trouvait un lit couvert de vêtements.

Elle regagna rapidement ce qui avait dû faire office de salle de séjour, en quête d'un détail ayant pu lui échapper lors de sa première inspection des lieux. Le classeur lui réservait une déconvenue. Mike lui avait parlé des recherches de Bedell sur le Groupe

Wyle... son obsession... mais si des indices se trouvaient parmi les monceaux de papiers fourrés dans les tiroirs métalliques, elle n'avait pas le temps de les chercher. Les policiers risquaient d'arriver d'un instant à l'autre. Ils n'avaient qu'à ouvrir le portefeuille de Bedell pour connaître son adresse.

N'importe quoi... Elle pivota sur ses talons au centre de la pièce, dans l'espoir de trouver un sens à ce fouillis et à l'odeur de renfermé et de sueur rance, une indication du lieu où elle pourrait poursuivre ses recherches.

Des livres jonchaient la moquette, le dos brisé. Il ne restait qu'un téléphone, sur une des étagères. Puis elle nota juste à côté un voyant rouge qui clignotait.

Un répondeur téléphonique. *Évidemment.* Comme chez la plupart des gens. Elle gagna rapidement l'étagère et regarda les deux cassettes révélées par le couvercle transparent de l'appareil.

Elle pressa du doigt le bouton PLAY, et n'entendit que le sifflement d'une bande vierge. *Merde.* Augmenter le volume amplifiait simplement le son aigu. *Mais non, idiote.* Elle trouva la touche REWIND et la maintint pressée. La bande ronfla, puis un cliquetis signala son arrêt.

PLAY, à nouveau. Et, une seconde plus tard, la voix de Mike. Elle était rauque, ainsi reproduite par le petit haut-parleur du répondeur.

Bedell ? Tu es là ? (Elle se pencha, pour mieux entendre.) *... Je veux que tu fasses quelque chose, dès que tu rentreras et écouteras ce message. C'est extrêmement important, alors écoute-moi bien.* (Sa voix paraissait différente. Les muscles de ses mâchoires semblaient tendus, donnant à chaque mot une intonation plus dure.) *Je sais où se trouve Slide. Il garde mon fils avec lui. Bryan est vivant. Je le sais, à présent.*

Bryan, son fils. Les pensées de Steff défilaient

dans son esprit, parallèlement à la bande qui se déroulait. Vivant. C'était donc vrai.

Tu avais raison. J'ai interrompu mon traitement, et j'ai cessé d'être aveugle. Je peux tout voir.

L'image des gélules brisées sur le bureau du cinéma remonta des profondeurs de son esprit et se superposa à celle de l'appareil.

Je vais me rendre où se trouve Slide, pour lui reprendre mon fils. Je te demande de venir me rejoindre devant le dépôt des services d'entretien de la East Seventh, près de la voie rapide. Je te remettrai Bryan, que tu conduiras au père de Linda... il prendra soin de lui. Ensuite, tu pourras écrire autant de bouquins que tu voudras. Je te contacterai pour te dire tout ce que tu veux savoir. Parce que j'ai regagné les ténèbres, avec les autres, et qu'il me sera désormais impossible d'en ressortir.

Elle ferma les yeux et dut se retenir à l'étagère pour conserver son équilibre. Elle savait désormais où il s'était rendu, et pour quelle raison : sauver son fils.

Tu as bien compris, Bedell ? Dépôt des services d'entretien, sur l'East Seventh. Tu m'y retrouveras.

Le répondeur cliqueta, signalant la fin du message.

Combien de temps s'était écoulé depuis qu'il avait été enregistré ? Impossible de le savoir. *Mike est peut-être là-bas, en ce moment,* pensa-t-elle. *Dans ce dépôt, où il attend Bedell.* Mais ce n'était pas certain... la détermination qu'elle avait perçue dans sa voix laissait présager un affrontement violent. *Avec Slide.* Un nom. Cet homme avait enlevé Bryan, pour une raison qu'elle ignorait, et Mike voulait récupérer son fils. Une onde glacée envahit son ventre.

Ce Slide était dangereux et elle redoutait qu'il ne fût pas seul. La chose qui avait terrorisé Bedell au point de lui faire fuir sa demeure en hurlant et courir au-devant de la délivrance de la mort pouvait également attendre Mike là-bas.

Pas le temps d'approfondir la question. Si elle n'allait pas le rejoindre immédiatement, avec la peur au ventre, elle n'irait jamais. Il ne lui restait qu'à espérer que sa panique deviendrait un simple souvenir, comme le reste.

Elle referma la porte d'entrée de la villa et courut vers la voiture. Sans faire cas du regard surpris d'Eddie, elle recula dans l'allée et prit la direction de l'autoroute.

Il restait un pack de lait sur les provisions apportées par Slide le jour précédent. Le breuvage était tiède et aigre, mais le petit garçon le but malgré tout. Des ruisselets blancs descendirent des commissures de ses lèvres.

Jimmy s'agenouilla près de lui pour l'observer. Le visage de l'enfant était congestionné et luisant de sueur, sous la pellicule de crasse. Il caressa son front, toujours brûlant.

Slide se redressa sur un coude. Jimmy sentit le regard de l'homme se river sur son dos et s'imagina ses yeux mi-clos et rieurs.

– Hé, petit.

Jimmy regarda par-dessus son épaule. Slide avait collé ses paumes au toit de béton et faisait jouer les muscles de ses bras, afin de réactiver leur circulation sanguine. Le petit garçon ne semblait pas l'avoir entendu et Jimmy se pencha vers lui, pour le protéger.

Le sourire de Slide s'élargit.

– Hé... tu veux ton papa, petit ? Hein ? Tu veux ton papa ?

Jimmy secoua lentement sa tête baissée.

– Ne...

– Silence. (Slide posa ses mains sur le sol et s'étira en avant, tel un félin, pour étudier l'enfant.) Tu aimerais que ton papa vienne te voir ? Qu'il te rende une petite visite ?

Bryan regarda Jimmy, avant de porter les yeux sur Slide.

– Je veux ma maman.

– Fiche-nous la paix, avec ta mère, répondit l'homme aux traits métamorphosés en masque de clown par son large sourire. Elle ne risque pas de venir. Non, certainement pas. Mais ton papa ne va pas tarder à arriver. Formidable, non ?

Terrorisé, l'enfant recula et fut arrêté par la paroi de la cavité. Jimmy eût voulu s'interposer, mais ses membres refusaient de se mouvoir.

Slide renifla et s'allongea sur le dos au centre du petit refuge. Il étudiait à nouveau le béton. Les vibrations dues à la circulation suivant la voie rapide provoquaient une pluie de grains de poussière rendus incandescents par la clarté matinale qui pénétrait entre les piliers.

– L'attente ne sera plus très longue, à présent, murmura-t-il.

Il avait finalement découvert le lieu où se trouvait son fils, au sein des ténèbres régnant derrière ses paupières. Tyler se pencha en arrière pour laisser filer la voiture sur la voie rapide plongée dans une nuit artificielle. Les véhicules qu'il doublait n'étaient que des ombres conduites par des personnages indistincts, et un fin liseré bleuté soulignait l'horizon. Il savait où il se rendait.

Des fragments de ténèbres, vus par les yeux de Slide et ceux d'une autre personne proche de cet homme. Un long moment avait été nécessaire à Tyler pour parvenir à ce résultat : il était resté garé une heure, ou plus, dans une petite rue située à proximité du cimetière, en gardant les yeux clos comme s'il dormait et rêvait, pour reconstituer une scène à partir de visions incomplètes de certains gratte-ciel se découpant contre le ciel, de ponts de la voie rapide, d'engins de chantier alignés. Puis il avait perçu les odeurs et les sons... puanteur de la nourriture avariée et de la sueur à l'intérieur d'une poche d'air grondante... et les contours de la petite cavité occupée par ceux qui partageaient cette nuit avec lui, les autres personnes auxquelles l'Hôte avait conféré le statut d'habitants des ténèbres. Alors qu'il conduisait, il sentait sous ses paumes la courbe lisse du volant et la terre, contre ses omoplates le tissu du siège et le béton rugueux. De nouvelles pièces du puzzle avaient continué de s'assembler jusqu'au moment où le doute n'était plus permis.

Ils se trouvaient sous la voie rapide. À proximité du dépôt où étaient remisés les engins de chantier des services d'entretien. Cela réduisait l'aire des recherches à une petite section de la ville. *C'est là que se trouve Slide. Ainsi que mon fils.*

Il vit la bretelle qu'il désirait prendre : un ruban noir d'asphalte bifurquant de la voie rapide. Pendant que la voiture négociait la courbe menant à la rue située en contrebas, il étudia les tours de la ville dressées dans le lointain. Il les découvrait sous une perspective légèrement différente de celle que voyaient les autres.

Les rues que surplombaient les autoroutes étaient silencieuses et désertes. *Pas trop près,* pensa Tyler. *Slide sait que tu arrives.* Le surprendre serait difficile.

Une clôture en grillage surmontée de fils de fer barbelés affaissés entourait le dépôt. Il suivit lentement la rue qui longeait la clôture, en étudiant les rangées de bulldozers et de camions qui se succédaient jusqu'à la butte de l'autoroute. Ce dépôt était assez vaste pour englober une demi-douzaine de passages inférieurs et tout le réseau de rues plongées dans l'ombre de la voie rapide. *Près du but...* ce qu'il voyait se superposait presque exactement à la vision toujours présente dans son esprit. *Très près.*

Il arrêta la voiture, descendit et poursuivit son chemin en courant. Il atteignit une des rues qui traversaient le dépôt : une bande d'asphalte bordée par des clôtures grillagées. Quelques secondes plus tard, il pénétrait sous l'autoroute, un lieu où les ombres étaient rendues encore plus profondes par la nuit au sein de laquelle il se déplaçait.

Derrière la clôture, un talus de terre... qu'il avait déjà senti sous ses mains sans jamais l'avoir touché... montait jusqu'à la face inférieure de la voie rapide : un toit de béton dont il avait également perçu le contact contre sa colonne vertébrale.

Il y avait quelque chose, là-haut. Il découvrait une présence dans les ténèbres, comme si la chaleur des corps serrés dans la cavité au sommet de la pente était visible. En un point de la clôture, le grillage s'effondrait et les fils de fer barbelés rouillés avaient été rompus. Tyler agrippa les mailles, s'y hissa et se laissa tomber de l'autre côté.

Accroupi sur le sol, il étudia la crevasse qui s'ouvrait sous la voie rapide. Aucun son ne lui parvenait de la cavité. Il planta ses mains dans la terre et grimpa.

À l'intérieur du boyau creusé dans le sol, deux yeux malades s'écarquillèrent et cillèrent en le voyant. Il parcourut rapidement les lieux du regard pour découvrir une femme sans âge au visage maculé de poussière. Dans l'espace exigu, son haleine avait une odeur d'alcool aigre. Elle recula et s'enfouit dans un nid de chiffons tout en serrant contre elle un sac en plastique plein de boîtes d'aluminium aplaties; ce qu'elle possédait de plus précieux.

Tyler se pencha dans la cavité.

– Où est-il ?

La bouche du visage ratatiné s'ouvrit sur quelques chicots pour exprimer de l'incompréhension.

Il se rapprocha de la vieille femme, assailli par la puanteur des haillons entassés autour d'elle.

– Le petit garçon, précisa-t-il. Il y a un petit garçon, ici. Tu sais où il se trouve, n'est-ce pas ? (Elle secoua la tête. Des mèches de cheveux gris clairsemés vinrent se balancer sur ses joues.) Si, tu le sais. Le petit garçon. Tu le sais. Où est-il ?

La peur qu'il lui inspirait fut plus grande que celle qui lui imposait le silence.

– Là-bas.

Elle tendit sa main décharnée et tremblante, puis recula encore dans le monticule de vieux chiffons.

Après avoir regardé dans la direction indiquée, il reporta les yeux sur la vieille femme.

– Le passage suivant ? C'est là qu'il se trouve ?

Elle secoua lentement la tête, les yeux toujours captifs du regard de son interlocuteur.

– Non... Plus loin.

– L'autre ?

Un hochement de tête.

Tyler quitta le refuge de la vieille femme et se laissa glisser vers le grillage. Ses talons creusaient des sillons dans la terre meuble de la pente.

– Maman...

Elle lança un regard à Eddie qui s'était recroquevillé dans l'autre siège et l'étudiait craintivement. *La vitesse,* comprit-elle. *Tu conduis comme une folle, ma vieille... et tu aurais peur, toi aussi, si tu étais encore lucide.* Elle releva le pied pour calquer son allure sur celle des autres véhicules suivant la voie rapide. Ce n'était pas le moment de se faire arrêter pour excès de vitesse.

– Tout va bien, mon chéri.

Elle tint le volant d'une main pour caresser le genou de l'enfant. *Seigneur, combien de fois vas-tu lui répéter la même chose... et réussir à le convaincre ?* Eddie n'avait qu'à la regarder pour lire de la terreur sur son visage et comprendre qu'elle mentait.

Une partie du dépôt des services d'entretien apparut en contrebas et la sortie surgit brusquement devant elle. Steff tourna le volant, et les pneus crissèrent tandis que la voiture frôlait le rail de sécurité. Elle parvint malgré tout à redresser le véhicule et à ralentir pour poursuivre sa descente.

Un autre grillage, toujours intact, était surmonté par trois rangées de fils de fer barbelés. Tyler avait couru et était à bout de souffle. Il suivit la clôture du regard, y cherchant un passage.

Là-bas... un petit fossé d'une trentaine de centimètres était creusé sous le grillage.

Il se glissa sous la clôture. Arrivé de l'autre côté, il ramena ses jambes contre lui et s'accroupit. Au-dessus de lui, la voie rapide masquait le ciel et une cavité s'ouvrait au sommet du talus.

Prends ton temps. Il sait que tu arrives. Tyler étudia les lieux, cherchant des traces de présence, des mouvements. Sans faire de bruit, il rampa vers le premier pilier, puis attendit le temps de quelques inspirations avant de regarder autour de lui.

Quelque chose, là-haut... le sifflement d'autres respirations. L'angle de la pente lui dissimulait les occupants de la cavité, bien qu'il pût discerner le moindre grain de poussière en suspension dans l'air et la texture grossière du béton. *Identique au trou où vivait cette vieille femme,* pensa-t-il. *Un refuge aménagé dans les hauteurs.*

Il rampa jusqu'au pilier suivant et découvrit le bord du terrier ainsi que le point de jonction entre la terre et le toit de béton. En se levant, il aurait pu toucher le plafond et sentir sous ses doigts les vibrations de la circulation.

Tu y es. Du calme.

Il se hissa à plat ventre sur le reste du chemin et retint sa respiration quand sa tête arriva au ras de l'ouverture. Ensuite, il grimpa vers le côté du boyau et fit reporter tout son poids sur ses genoux et une main, afin d'assurer son équilibre.

À quelques pas de là, des yeux l'étudiaient. Ceux d'un homme qu'il voyait pour la première fois, paralysé par la peur.

Et ceux du petit garçon que l'inconnu serrait contre lui.

La voix de Slide lui parvint, s'élevant des ténèbres, très près de lui. Un murmure souligné par un rire :

– Salut, Mike. Je savais que tu viendrais.

Le sourire avait surgi de la nuit. Jimmy vit les yeux brillants de Slide apparaître près du visage de l'inconnu et l'étudier avec méfiance.

Son père, pensa-t-il en serrant l'enfant contre lui. *Ce type est le père de Bryan.* Mais le petit garçon ne sembla pas le reconnaître et s'agrippa plus fermement à sa chemise.

L'inconnu n'avait pas eu le temps de bouger que Slide sautait de l'autre côté du nid et effectuait une pirouette pour se retrouver à côté de Jimmy. Accroupi, ramassé sur lui-même afin de pouvoir bondir à nouveau, Slide arracha l'enfant des bras de Jimmy et l'attira contre lui. La faible clarté pénétrant entre les piliers fut reflétée par l'objet métallique qu'il colla au cou du petit garçon.

– Reste où tu es, ordonna Slide à l'autre homme, alors que le fil de la lame relevait le menton de Bryan. J'ignore si tes intentions sont amicales.

Le père de l'enfant se tenait en équilibre contre la paroi de la cavité et gardait la tête baissée entre ses épaules voûtées. Son expression était menaçante, comme celle de Slide, et Jimmy recula vers la pente sans attirer l'attention. Les pupilles des deux hommes étaient noires et évoquaient des puits par lesquels se déversaient les ténèbres.

– Je veux mon fils.

Le sourire de Slide s'élargit.

– Naturellement. C'est la raison de ta venue, pas vrai ?

La lame s'enfonça légèrement dans la chair de l'enfant, qui gémit et tenta de repousser le bras de Slide. Ses plaintes contractaient la colonne vertébrale de Jimmy, glaçaient son haleine.

Il aurait pu tendre le bras et saisir le poignet de Slide. Il était assez proche pour l'atteindre et écarter le couteau du cou de Bryan, déséquilibrer Slide, le faire rouler au centre du nid et permettre à l'autre homme de récupérer son fils et de s'enfuir avec lui. Peu importait ce que Slide ferait ensuite... lorsque ses genoux atteindraient la poitrine de Jimmy, qu'une de ses mains immobiliserait la nuque de ce dernier contre le sol et que l'autre lèverait le couteau... c'était sans importance.

Jimmy ordonna à sa main de se tendre et de se refermer sur le poignet de Slide, mais elle refusa de lui obéir. *Parce que tu as peur.*

Tout son corps était paralysé et acceptait seulement de se coller plus fortement à la pente, de reculer, de s'éloigner de Slide.

Parce que Slide n'était plus Slide.

Dans les ténèbres, à quelques dizaines de centimètres de lui, son sourire s'élargissait encore sur de longs crocs acérés.

L'enfant se débattait, et la clarté bleutée qui les nimbait se reflétait sur la lame collée à sa gorge. Sur le métal, poli comme un miroir, Tyler voyait sa propre image accroupie à l'entrée de la cavité, bras tendus. La voix de Slide se lova autour de ses ricanements.

– Tu peux obtenir bien plus que ton fils, Mike. Tu le sais, pas vrai ? Beaucoup plus. Tout peut redevenir comme avant. Encore plus agréable. Plus intense. C'est possible, Mike. Tu le sais.

Leur univers se réduisait à cette petite cavité aménagée sous la voie rapide, un cercle délimité d'un côté par la pente et de l'autre par les tonnes de béton pesant sur eux. Les doigts de Tyler se pliaient et traçaient des lignes dans la poussière, alors qu'il imaginait ses mains refermées autour du cou de Slide. Il pensait pouvoir franchir d'un bond l'espace les séparant, atteindre la gorge de l'homme et la déchiqueter, mêlant à sa voix rieuse les gargouillis du sang qui jaillirait...

Mais le fil du couteau frôlait le cou de l'enfant et il connaissait la rapidité de son adversaire.

Fais-le parler, se dit Tyler. *Fais-le parler, sourire, et rire, afin qu'il ne remarque pas que tu te rapproches. Toujours plus près de lui.*

— Je ne sais pas, Slide, fit-il d'une voix posée mais aussi tendue que les muscles de ses bras. J'ignore de quoi tu parles. Pourrais-tu me fournir quelques explications ?

Slide rapprocha son visage de celui de l'enfant, sans quitter Tyler des yeux.

— Oh, si, tu le sais, Mike. Parce que tu te trouves à nouveau à l'intérieur. Pas vrai ? Avec nous tous. Je le sais. Exactement comme avant.

Tout en hochant lentement la tête, Tyler se pencha vers le centre du nid et fit glisser ses genoux sur quelques centimètres.

— Oui. Tu as raison. Tu es parvenu à tes fins. Nous voici tous réunis. Nous sommes tous à l'intérieur.

Slide ferma les yeux à demi, au comble du bonheur.

— Oui... c'est agréable, pas vrai ? Exactement comme avant.

Ses mains le tirèrent sur quelques centimètres de plus.

– Alors, laisse partir l'enfant. Tu n'as plus besoin de lui, à présent que je suis ici. Et c'est effectivement agréable. J'avais oublié à quel point, mais maintenant je me souviens. Nous sommes à nouveau réunis, Slide. Tu peux le lâcher.

Des cailloux meurtrirent ses genoux, qu'il ramenait sous son corps.

Les yeux de Slide s'ouvrirent. Il recula, en secouant la tête.

– Non… n'as-tu donc pas compris ? (Il frotta son visage à celui de l'enfant, essuyant ses larmes avec sa joue.) Il est la clé, Mike. Le moyen de réussir. De renforcer tout cela. Il se trouve à l'intérieur, avec nous. Tu le sais, Mike. Tu le sais. Tu dois le savoir.

Sa voix s'était faite plus douce, implorante.

– Non, je l'ignore, Slide. (Encore un centimètre et, ensuite, il ne lui resterait qu'à bondir.) Je ne sais pas. Explique-moi.

– *Il est né à l'intérieur,* fit Slide, soudain exalté. Linda et toi… vous vous trouviez tous deux dans les ténèbres, quand vous l'avez conçu, quand elle a accouché. (La main droite de l'homme serrait toujours le couteau alors que la gauche caressait la chevelure du petit garçon.) Ne le comprends-tu pas ? Nous devions retourner dans les ténèbres. Nous ne sommes rien, sans elles. Sans Lui. Mais l'enfant… il y est né et l'Hôte est présent dans son corps depuis sa naissance. Il a grandi, désormais. Il est devenu plus puissant. (En extase, il colla son visage à celui de Bryan et goûta à ses larmes salées.) Désormais, nous resterons toujours ensemble. Ils ne pourront pas nous séparer.

– Oui… je comprends, déclara Tyler pour gagner du temps.

Il fit reposer son poids sur une main afin d'assurer son équilibre et utilisa l'autre pour se redresser.

L'homme se balançait sur ses talons, et ses larmes

de joie se mêlaient à celles de terreur de l'enfant qu'il berçait contre lui.

– Comme avant... à jamais...

Le couteau, à quelques centimètres.

– Oui... pour l'éternité...

Tyler ramena ses jambes sous lui, banda ses muscles et bondit.

Sa main se referma sur le poignet de Slide, qui le repoussa aussitôt vers le centre de la cavité. Le couteau s'éleva en scintillant, puis glissa vers le bas de la pente. Un hurlement couvrit les grondements de la circulation et emplit le boyau.

Ce n'était plus Slide qui se dressait au-dessus de lui mais l'Hôte aux traits déformés par un cri de triomphe, à la bouche aux crocs acérés métamorphosée en porte béante ouverte sur des ténèbres qui avalaient toute lumière, engloutissaient ce monde miniature enchâssé dans la terre et le béton.

Slide dévalait la pente, serrant Bryan contre sa poitrine tout en assurant son équilibre avec son autre main. L'enfant utilisait ses petits ongles pour tenter de se dégager en griffant l'épaule de l'homme, et c'était de sa bouche que jaillissait le cri inhumain résonnant dans le passage inférieur.

Le souffle coupé, Tyler prit une inspiration et se mit à quatre pattes. Slide avait déjà atteint le bas de la pente et poussait l'enfant sous la clôture. Quand Tyler sortit de la cavité, l'homme relevait déjà Bryan.

Elle vit tout d'abord la voiture abandonnée dans la rue déserte, puis les rangées de bulldozers et de camions silencieux alignés derrière le grillage. Elle ralentit et tendit le cou, dans l'espoir de découvrir d'autres traces de sa présence.

Où... Le volant était moite sous ses paumes. Mike pouvait se trouver en n'importe quel point de ce dépôt qui semblait s'étendre sur des kilomètres. L'ombre de la voie rapide plongeait la rue dans l'obscurité. *Allons*. Une prière, en retenant ses larmes. *Par pitié*...

Puis, à l'extrémité de la clôture, elle vit l'homme qui s'éloignait en courant, minuscule. Plus loin encore, un autre personnage fuyait et trébuchait sans cesse en raison du fardeau qu'il serrait dans ses bras.

Mike. Le plus proche des deux hommes était Mike; elle le savait. Eddie, qui s'était agenouillé sur son siège pour voir ce qui se passait, fut projeté contre le dossier quand elle écrasa la pédale de l'accélérateur.

Il avait déchiré sa chemise et s'était éraflé la peau du ventre en se glissant sous le grillage. À présent, il courait derrière Slide et du sang coulait de ses blessures.

Ils avaient laissé le dépôt derrière eux et la clôture longeant la voie rapide n'était plus surmontée de barbelés. Slide regarda par-dessus son épaule et serra Bryan contre lui. Son visage était blême, son menton humide de salive. Il haletait. Il trébucha et dut se retenir au grillage pour ne pas tomber. Puis il se hissa, lesté par le poids de l'enfant qui se débattait. Arrivé au faîte de la clôture, il poussa Bryan de l'autre côté. Le petit garçon s'étala dans l'épais tapis de plantes grimpant jusqu'à l'autoroute. Les mains de l'homme laissèrent leurs empreintes dans la terre, lorsque ce dernier vint le rejoindre.

Tyler cria quelque chose quand Slide se releva et reprit l'enfant qui restait bouche bée, muet de douleur et de surprise. Le grillage se mit à vibrer sous les doigts de Tyler qui l'escaladait à son tour. Entre ses mailles, il voyait Slide se frayer un chemin dans la végétation, en direction de la voie rapide.

Un mur de soutènement vertical séparait le talus des barrières de sécurité. De sa main libre, Slide tenta de saisir le rail, mais ses doigts ne parvinrent qu'à quelques centimètres de la barrière alors que Tyler sautait à son tour dans les plantes écrasées.

Voyant Tyler approcher, Slide se ramassa sur lui-même et bondit, bras tendu vers le rail.

Ses doigts se refermèrent sur l'arête tranchante du métal et il se hissa, serrant toujours l'enfant contre lui avec son autre bras. Ses pieds raclaient le béton, le poussant vers les véhicules qui poursuivaient leur course effrénée au-dessus de lui. Aucun conducteur ne remarqua le bras aux muscles bandés juste au niveau des roues des voitures.

Trop haut pour se hisser, et Tyler n'était plus qu'à un mètre. L'enfant secouait la tête, poussait des hurlements et se débattait frénétiquement.

Tyler sentit son cœur s'emballer, son sang battre dans ses tempes. Au-dessus de Slide, des étoiles éteintes creusaient des spirales de feu glacé dans un ciel nocturne tournoyant. Pendant un instant, Tyler vit son propre visage, le masque d'un homme serrant les dents, se superposer aux traits de Slide. Les deux visions s'amalgamèrent et dansèrent devant ses yeux cuisants de sueur, puis il ne subsista qu'un visage, une seule haleine grondant dans leur poitrine.

Il vit sa main se tendre pour saisir son fils, ramener vers lui l'enfant arraché à la prise qui l'écrasait contre la poitrine de Slide, les battements de son cœur synchronisés sur ceux de l'autre homme...

Le pied de Slide atteignit son cou et lui fit perdre l'équilibre, le projetant à la renverse dans le tapis de plantes humides.

Lorsqu'il fut à nouveau à quatre pattes, il vit Slide se hisser contre le béton avec ses pieds, faisant glisser sa main exsangue le long de l'arête inférieure de la barrière de sécurité. Le métal entailla ses doigts et du sang ruissela sur son poignet. Il progressait le long de la voie rapide en direction d'un passage supérieur, centimètre par centimètre, s'éloignant de la pente, de la clôture et du dépôt.

Arrivé au sommet de la butte, Tyler se colla au mur et s'étira pour saisir la jambe de Slide. Ses doigts se refermèrent sur le pantalon de l'homme et l'agrippèrent.

L'homme se figea, bloqué contre le pont du passage supérieur, suspendu par une main à la barrière de sécurité, l'autre serrant Bryan contre la paroi.

– Rends-le-moi.

Tyler était parvenu à briser la croûte de sel qui obstruait sa bouche. Il colla son visage au béton tout en prenant garde à ne pas glisser sur les plantes piétinées. S'il tirait sur la jambe de pantalon qu'il serrait dans son poing, l'homme tomberait dans le dépôt. Avec son fils.

– Non... (Slide tourna la tête, écorchant son visage contre la surface rugueuse de la paroi.) Tu ne peux pas... tu ne sais pas...

Tyler sentait le tissu devenir moite sous ses paumes.

– Allons. Il m'appartient. Tu le sais...

Le chant de la circulation devint assourdissant.

Les yeux de Slide se rivèrent aux siens pendant une seconde. Le reflet de son visage, un point minuscule dans ses pupilles noires, fut englouti par les ténèbres qui régnaient au-delà. Puis d'autres traits se substituèrent aux siens.

Une bouche béante aux crocs pointus se refléta dans les pupilles de Slide.

Il hurla, ses bras battirent l'air dans l'espoir de trouver un point d'appui.

Et il tomba à l'instant où Tyler sautait et tendait les bras pour saisir l'enfant.

Il l'arracha à la prise de l'homme et le serra contre lui, avant de rouler vers le bas de la pente où la clôture l'arrêta, meurtrissant sa colonne vertébrale.

L'enfant, son fils, haletait et sanglotait dans ses bras, tentait de reprendre haleine. Tyler sentait son cœur battre follement contre le sien.

Elle avait vu les deux silhouettes depuis la voiture; Mike et l'inconnu, collés contre le pont. Steff courait vers le grillage lorsqu'ils lâchèrent prise, et son cri fut couvert par celui de l'homme qui tombait.

Il se releva et dut se retenir au grillage pour rester debout et continuer de bercer l'enfant apeuré.

Le corps de Slide gisait contre la lame d'un bulldozer, à l'intérieur du dépôt. Sa tête s'inclinait étrangement sur son épaule et son bras droit pendait derrière la plaque d'acier incurvée.

Quelque chose anima le visage du cadavre. Il put le noter. Il voyait toute chose, dans cette nuit qui s'étendait jusqu'aux lointaines collines.

Et le visage exsangue aux yeux vitreux l'appelait, lui murmurait de douces paroles :

Tu es celui que je voulais. C'est toi mon véritable élu. La chose pivota vers lui en arborant un sourire de triomphe. *Slide n'avait aucune importance. Aucun d'eux n'en a jamais eu. Pas même le petit garçon.* Les yeux redevinrent limpides, avant de s'assombrir. *Ils sont faibles, tous. Toi, par contre, tu es fort.*

Tyler remonta l'enfant contre son épaule, où il pourrait étouffer ses sanglots. La voix s'adressait toujours à lui, avec douceur.

Maintenant, tu es revenu vers moi. Nous sommes à nouveau réunis. Comme tu le souhaitais. Tous ensemble, ici.

Encore plus douce, tentatrice.

Maintenant, je te révélerai tout.

310

Les traits de l'homme redevinrent flasques, sans vie. Tyler entendit appeler son nom et se tourna vers Steff, serrant toujours son fils dans ses bras. Elle se trouvait de l'autre côté de la clôture et Eddie venait de la rejoindre en courant. L'enfant agrippa la jambe de sa mère et la retint près de lui.

Il avait des difficultés à lever les pieds assez haut pour progresser dans la végétation épaisse. Les doigts de Steff se tendirent à travers le grillage pour le toucher.

Il la regarda sans cesser de caresser les cheveux de Bryan.

— Prends-le et conduis-le aux parents de Linda, lui dit-il. Ils sauront s'en occuper.

— Que veux-tu dire ? Où comptes-tu aller ?

Il secoua la tête. Les ténèbres se refermaient autour de lui et l'emportaient dans leurs profondeurs.

— Je ne peux rien faire. Il est trop tard. C'est en moi, désormais, et il m'est impossible d'en ressortir. Plus maintenant.

Il colla son front au grillage. L'autre monde, celui de la nuit et des rues infinies où des yeux vides et durs pivotaient pour l'observer, soutenir son regard et le saluer d'un mouvement de tête... cet univers l'avait réclamé. Il n'existait aucun moyen de lui échapper, à présent. Même s'il l'avait souhaité.

Il leva l'enfant à bout de bras pour lui faire franchir le grillage.

— Prends-le avec toi. Il ne peut m'accompagner là où je vais.

Steff se hissa sur la pointe des pieds. Eddie la regardait tendre les bras pour prendre Bryan. Elle serra le fils de Mike sur sa poitrine et baissa les yeux vers son visage.

Le temps pressait. *Pour moi, tout au moins*, pensa Tyler. Tout se trouvait désormais de l'autre côté de la clôture.

Elle releva le regard vers lui et, sans prévenir,

sans que son visage eût trahi la moindre émotion, elle referma ses mains autour du cou de l'enfant. Bryan se débattait, lui donnait des coups de pied et agitait les bras. Elle accentua la pression de ses doigts, sans détacher son regard des yeux de Tyler.

Mike sentit sa gorge déchirée par un cri silencieux. Les mailles du grillage pénétraient dans ses mains qui tentaient désespérément d'atteindre la femme, de lui arracher son fils.

Steff recula, sans cesser de soutenir son regard, et ses mains serrèrent la gorge de l'enfant avec des forces décuplées.

Elle possédait la puissance propre à certains cauchemars, et le corps et la tête de l'enfant se séparèrent dans un craquement de cartilages et d'os broyés. Un flot de sang gicla sur la femme.

Tyler s'affaissa contre le grillage. Seuls ses doigts captifs des mailles de la clôture l'empêchaient de tomber.

– Pourquoi...

Le petit corps se détacha des derniers lambeaux de chair qui pendaient de son cou et tomba sur le sol, aux pieds de Steff. La vision brouillée et la respiration hachée, Tyler regarda le cadavre d'enfant décapité.

Puis la femme lâcha la tête qui alla, à son tour, rouler dans la poussière. Pris d'étourdissements, Tyler sentit le monde s'effondrer autour de lui.

Son regard plongeait dans les yeux de plastique d'une tête de baigneur en celluloïd, sous des cils de nylon.

Il tomba à genoux et tendit des doigts tremblants à travers le grillage, pour toucher la poupée aux membres raides et roses : piètre imitation de la chair d'un enfant potelé. Des doigts factices saillaient à l'extrémité des bras souples.

Steff pleurait et serrait Eddie contre elle, quand Tyler releva les yeux.

– Ne vois-tu pas...

Ses paroles l'étouffèrent.

Il est mort. Son fils était mort. Son corps occupait depuis plusieurs années une petite bière enterrée sous une vaste pelouse silencieuse.

Bryan avait continué de vivre en Linda. Et également hors d'elle, dans le décor de l'illusion. Un petit garçon, un fils qu'elle seule pouvait voir, étant donné qu'il ne sortait jamais de ce petit appartement où elle pouvait l'aimer et le choyer. Et lui apporter des jouets, ces accessoires d'une hallucination causée par la drogue charriée dans son sang. Et les mots d'enfant entendus lorsqu'elle le berçait devant la télé n'étaient que les murmures de l'Hôte dans ses oreilles. Alimentant sa folie.

Cette folie qui n'avait pas cessé après que la poupée eut été enlevée; par un homme aussi fou qu'elle et, comme elle, capable d'entendre la voix d'enfant que la drogue et les ténèbres éternelles prêtaient à un poupon de celluloïd.

Puis je l'ai entendue à mon tour. J'ai vu Bryan. C'était ainsi que la folie les avait contaminés tour à tour. Jusqu'au jour où ils s'étaient tous retrouvés réunis dans la même folie. Tel était le système qu'employait l'Hôte. C'était ainsi qu'il contraignait ses serviteurs à accomplir ses volontés.

Si cette drogue pouvait faire revivre le passé, un enfant décédé, tout ce que l'on croyait à jamais perdu, cela signifiait que sa puissance ne connaissait aucune limite. Et l'on respectait le moindre de ses désirs.

(Une dernière vision du monde qu'ils avaient partagé se fraya un chemin; quelque part, dans un réduit exigu dont elle n'était jamais sortie, Linda pleurait l'enfant qu'on lui avait volé, ce fils que personne ne lui ramènerait jamais. Elle y demeurerait pour l'éternité, à verser des larmes.)

Il releva la tête et goûta aux perles salées qui

atteignaient les commissures de ses lèvres. Toujours agrippé à la jambe de sa mère, Eddie porta sur lui des yeux écarquillés par la peur.

Tyler colla ses paumes au grillage.

– Tout va bien... N'aie pas peur. Tout va bien. C'est fini, je te le jure. Tout va bien.

Ses jambes tremblaient quand il se releva. Avec des bras sans force, il se hissa le long de la clôture et égratigna à nouveau sa poitrine et son ventre en franchissant le sommet. Craignant qu'il ne fît une chute, Steff s'étira pour le retenir.

Puis elle se rapprocha de Mike, pour lui permettre de faire reposer son visage sur son épaule. Eddie vint se glisser entre eux et leva les yeux afin d'étudier l'homme. Ce dernier se pencha et attira l'enfant contre lui.

– Ne restons pas ici, suggéra doucement Steff.

Elle le prit par les épaules et l'éloigna de la clôture.

À la frontière de l'ombre de la voie rapide, sur la ligne de démarcation entre la pénombre et la clarté matinale, le soleil se reflétait dans les yeux du baigneur en celluloïd décapité.

Mike s'arrêta pour étudier l'objet et nota les petits cercles noirs au centre de ses yeux sans vie. Le contact de la main de Steff sur son épaule semblait de plus en plus lointain, tandis que le regard de la poupée se rivait au sien avec une intensité croissante.

La moue boudeuse du baigneur allait se fendre en un sourire, s'élargir, s'entrouvrir pour murmurer son nom... il l'entendait déjà, au seuil de l'audible.

Ensemble. Derrière lui, l'ombre de l'autoroute rampait dans sa direction, se rapprochant. *Comme tu le désirais.*

Il leva le pied, au-dessus de la tête de poupée.

Je te montrerai tout ce que tu souhaites voir.

Son talon écrasa le sourire du baigneur et il pesa de tout son poids sur la tête de celluloïd pour la

314

faire éclater. Un œil sauta de son orbite et alla rouler dans la poussière.

– Viens.

Eddie se mit à courir pour les précéder vers la voiture et les rues qui les ramèneraient chez eux.

Il avait tout vu. Accroupi dans la terre d'un passage inférieur situé loin de celui abritant son nid douillet, Jimmy avait suivi furtivement Slide et ce père venu reprendre son fils. Il avait pris soin de rester dissimulé dans l'ombre de la voie rapide, pour ne pas être vu.

Slide était mort. Il lui suffisait de regarder vers le dépôt pour voir, derrière les rangées d'engins, son cadavre disloqué, brisé par la lame d'un bulldozer. On ne tarderait guère à découvrir le corps. Mais, pour l'instant, Slide regardait le ciel, la bouche grande ouverte.

Et la femme avait tué le petit garçon, près de la clôture, au-delà du dépôt. Jimmy longea discrètement le grillage pour se rapprocher des lieux où avait été perpétré le crime abominable. Le hurlement poussé par l'homme, quand la femme avait arraché la tête de son fils, vibrait toujours sous son crâne.

Mais il ne s'agissait pas d'un enfant. Il baissa les yeux sur le torse et les membres de celluloïd, puis sur les deux moitiés de la tête vide, ce visage de bébé... pas celui qu'il avait vu, nourri et veillé dans son nid... fendu en deux. Il ne parvenait pas à comprendre.

Il se pencha pour ramasser une petite sphère dans la poussière. Un œil en plastique. Celui du baigneur.

Son image se refléta dans le cercle noir peint en son centre.

Il regarda quelques instants dans la direction du passage inférieur où se trouvait son nid, avec le lit de haillons et sa douce chaleur, le murmure de la circulation qui venait bercer son occupant. Il décida de garder cet œil, de le rapporter dans son foyer où il grossirait son trésor.

Puis il scruta l'objet dans sa paume et lança brusquement le globe de plastique dans la pénombre régnant sous l'autoroute. Il fit ensuite demi-tour et partit en courant par les rues désertes, en direction des immeubles du centre de la ville.

Science-fiction

Depuis 1970, cette collection est leader du genre en France. Elle a publié la plupart des grands classiques (Asimov, Van Vogt, Clarke, Dick, Vance, Simak), mais elle a aussi révélé de nombreux jeunes auteurs qui seront les écrivains de premier plan de demain (Tim Powers, Joan D. Vinge, Tanith Lee, Scott Baker, etc.). La S-F est reconnue aujourd'hui comme littérature à part entière, étudiée dans les écoles et les universités. Elle est véritablement la littérature de notre temps.

2356

Composition Communication à Champforgeuil
Impression Brodard et Taupin
à La Flèche (Sarthe) le 9 mars 1988
1976-5 Dépôt légal mars 1988
ISBN 2-277-22356-5
Imprimé en France
Editions J'ai lu
27, rue Cassette, 75006 Paris
diffusion France et étranger : Flammarion